U0651920

独木舟 / 作品

我亦
飘零久

全新增补版

湖南文艺出版社

博集天卷
CS-BOOKY

EXILED
IN
TIME

I will arise and go now, and I shall have some peace there.
我要起身走了，于是我会有安宁。

自
序
|
PREFACE

《我亦飘零久》出版五年以来，一直被我的读者喜爱，这是我作为一个写作者的福祉。

很多人对它的情感超过对我的小说。在签售会上，他们不止一次问我，你什么时候会再写一本像《我亦飘零久》这样的书呢？

我总说，谢谢你们。但是，恐怕是很难了。

人生中很多珍贵的事物都是如此，可遇而不可求。

即便重游故地，遇不到彼时彼刻的那些人，那些场景，你又该如何面对曾经的浪漫和幻想逐渐泯灭的失落。

一直感觉庆幸，在我想要写它的时候，就真的全力以赴地把它写了出来。

随着年岁增长，我深刻地意识到：在我们的一生中，你和某些事情某些人，真的只有那一次机会。

这是一部个人特质太过鲜明的作品。这就意味着，它不是故事性的，也不是文学性的，它只是一个胆小的、怯懦的、满怀着成长的忧伤和对爱情的偏执的姑娘，激烈地度过她年轻的那个阶段后，写下的最诚实的篇章。

五六年的时间过去了，理所当然地，我老了一些。可是这本书里写到的人和细节，至今仍然是我内心里不能随意触碰的部分。

我知道这种说法很感性，从某种意义上来说也有点儿矫情，可是一个人如果没有这样矫情的坚守，他的灵魂会失去柔软。

人需要保持一定的柔软。

在月圆的时候，把这些褶皱摊开来，晒晒白月光，抵消一些生之苦楚。

《我亦飘零久》的底色，是孤独。

是大千世界，一个小小的人，一些小小的事，是爱而不得，是有些事情你就是过不去。

写它的人和读它的人，借由着这个本质而寻找到彼此，视为同类。

这些年来，经常有女孩子摘出里面的句子，在微博上@我，像是面对面轻声向我诉说，这些句子是如何安慰到她，令她感觉自己诸多奇怪的想法和念头其实都是正常的。

我在那些脆弱而玲珑的心事面前，时时感觉到世界的温柔善意。

关于柬埔寨的旅行，是我一直想要补充的部分。我原本可以选择将这个部分放进新书里，但最终我决定让它和《我亦飘零久》融为一体——或者说，它们本该一脉相承。

在我的心目中，它是《我亦飘零久》这部作品最后一个环节。当年因为要等印度的签证，我没能和 Jenny 一块儿去成柬埔寨，这曾经是我心底的小小遗憾。

我一直在想，如果我和它还有未尽的缘分，希望命运能再给我这个机会，让我完成这件事。写完这个部分，这本书和我那一段人生，才算是真正地完整了。

　　尽管我已经不是彼时彼刻的自己，可是内心里，我仍然有着这样的执念。

　　这一次，对于我来说，那段旅程终于走完了。

　　我深深感谢喜欢它的人们，同时，也深深地明白，那些岁月永远不会再回来。

　　我们曾共同度过那些岁月，为之欢笑过，也为之泪如雨下过。

　　我们会一直记得自己所经受的痛苦，记得爱，也记得它们全都是真实的。

　　发生过，感受过，身在其中过，也就足够。

目 录

CONTENTS

目 录

# CONTENTS

一月，你还没有出现

二月，你睡在隔壁

三月，下起了大雨

四月里，遍地蔷薇


五月，我们对面坐着

犹如梦中

就这样六月到了

六月里，青草盛开，处处芬芳

七月，悲喜交加，麦浪翻滚连同草地，直到天涯

八月，就是八月

八月，我守口如瓶

八月里，我是瓶中的水，你是青天的云

九月和十月，是两只眼睛，装满了大海

你在海上，我在海下

十一月尚未到来

透过它的窗口

我望见了十二月

十二月，大雪弥漫


——林白《过程》

我们是受过了伤痛，余生都在流血的人。

# ［ 一月 ］

◎ 鼓浪屿　你还没有出现

JANUARY

## { 我沉默，想起了深深海洋 }

那年初秋的某天早上，天刚刚亮，马路上只有环卫工人在打扫卫生，睡眼惺忪的我，拖着那个伴随着我去了不少地方的红色复古行李箱坐上了民航大巴。

在去往机场的路上，我感觉到心中郁积的哀愁伴随着窗外的雾气在轻轻地蒸发。

就像陈奕迅的歌词中唱的那样：乘早机，忍着哈欠。

此次出行的目的地是厦门，鼓浪屿。

"每一次难过的时候，就独自看一看大海。"

这是我年少时喜欢过的歌词，在还没有从网络下载歌曲这件事的时候，我们都习惯了攒零用钱去买磁带，睡不着的晚上躲在被子里听随身听，再大一点儿之后便是用 CD 机，书架上整整齐齐摆着的一排 CD 在呼啸而过的时光里一点点蒙尘。

再后来，MP3 的体积越来越小，选择越来越多，大家都习惯了从网上下载音乐，走在路上看到每个人的耳朵里都塞着耳机，流行歌手们一年发好几张唱片，可是音乐所带来的感动，却越来越少，越来越淡。

可我还记得，年少时的自己凝望着下雨的窗外，暗自发誓一定要亲眼去看看大海。

我想要的海洋，是幽深的蓝色，干净，壮阔，从容，宛如高原上的天空倒转过来。

我想要看到的，是这个孤独星球的眼泪。

不久之前，我刚刚结束了为期两个月的长途旅行，从云贵高原上了西藏，穿越无人区阿里抵达了新疆，在乌鲁木齐微淡的晨光里，告别了 S 先生 。

有多久没说起过这个人，我在四季更迭之中沉默如哑，尽量避讳这个魔咒。

他的光芒有多耀眼，我总觉得任何的遣词用句都不足够，反而越是用心用力，越是落了俗套。

"我是不得不留下，你是不得不离开"——所以呢？

所以我们是不得不分开。

风尘仆仆地从云南到西藏，再到新疆，八千里路云和月，最后所有的深情和隐忍都只能出现在小说里，以程落薰的口吻缓缓叙述。

S先生，你的名字叫往事。

回到长沙的生活，看起来似乎跟从前没有区别。

依然是独居，找不到一起吃饭的人就每天打电话叫外卖，盒饭的分量总是很足，吃不完的就放进冰箱里等到又感觉到饿的时候拿出来，放进微波炉里热一下。

十月的长沙依然热得令人窒息，每到黄昏的时候我会穿上人字拖出门去离公寓不远的水果摊上买一些红提回来，洗干净之后装在透明的碗里。

夜里写稿子写累了的时候，会听着豆瓣FM随机播放的音乐，随意地刷一下微博，或者看一下帖子。

偶尔心血来潮的时候，会在上午去一趟超市，买两条鲫鱼和豆腐，配上辣椒和紫苏就能做很好喝的鲫鱼豆腐汤，或者拿玉米炖排骨，但总之一个人怎么都吃不完，放在冰箱里过两天只好拿出来倒进马桶。

这种时候，心里就会觉得特别特别难过。

那个时候的我，还不是一个能够跟寂寞和平共处的姑娘，每天晚上站在窗前抽烟的时候，总会问自己，这样的生活什么时候才会终结？

那段时间，我经常莫名其妙地流泪，情绪像一只饱胀的水球，稍微给它一点儿压力，便会汁液飞溅。

就这样过了一个多月，我知道，自己快不行了。

我打开校内给一个叫柚子的姑娘留言说："嘿，我想去看看海。"

飞机起飞的那天因为是大雾天气，晚点了一个多小时。

饥肠辘辘的我，理智最终输给了本能，带着十二万分的不情愿在机场餐厅里点了一份七十八块的牛肉面。

我想，七十八块钱的巨额，无论如何也应该有十片以上的牛肉吧。

等那碗面端上来的时候……这个已经伤害了我无数次的世界，再次毫不怜惜地在我的心口捅了一刀。

那碗面里除了一夹就断的面条之外，只漂浮着一个看起来可怜兮兮的煎蛋，至于牛肉……我不知道它们是不是比方便面里的脱水牛肉体积还要小，总之，我所看见的几点儿零星红色不是牛肉，而是湖南人民喜闻乐见居家旅行必备的——剁辣椒。

关于那碗面的微博下面的留言差不多都是这样的内容：

我 ×，七十八？你确定没有少打一个小数点？

好可怜哦，摸摸，舟舟不哭。

机场的餐厅就是这样的啦，谁让你不备吃的在包里，活该！

…………

带着一点儿伤感的豪迈，在一个多小时之后，我终于坐上了飞往厦门的航班。

从落地到上出租车，一路畅通无阻，南方城市煦暖的阳光治愈了早上那碗面带来的伤害。

在人头攒动的码头上，我看见那个白净清爽的小姑娘对我笑，她说的第一句话是："舟舟姐，我喜欢你五年了，终于见到你啦。"

那天我终于看到了大海，在夕阳中，它泛着金黄的光泽。

我坐在与鼓浪屿遥遥相对的必胜客餐厅，失语地看着各种船只划破海面留下的波纹，那一刻我原本想说点儿什么煽情的话，可是很奇怪的是，我什么都说不出来。

原本应该像励志剧里那样，站在海边振臂高呼"大海我终于来了"吧……

可是在夜晚咸湿的海风里，我依靠着轮渡的栏杆，看着周围形形色色的陌生面孔，只觉得平静。

## { 受过了伤痛，余生都在流血的人 }

那一年的秋天，我时时刻刻不自知地陷入思念。

的确，遗忘是个漫长的过程，我想他不会明白我真的经历了长时间的折磨。
我记得，他讲过的故事，写过的字。
我记得，白天黑夜的交替。
我记得，高原上刮过的凛冽的大风和冰川上的"等"字。

在那之后，世界依然活着，可我已不再是我。
我想，大概都只是幻觉吧。
好像那些反射弧特别长的动物，拖着沉重的躯体在过往的回忆里缓慢地前行。

当时的我，像很多小清新的帖子里所描述的那样，穿棉布长裙，披着长鬈发，脚上踩着万年不换的匡威，单反挂在脖子上，独自穿行在岛上弯弯曲曲的巷子里。
有时很吵，有时很安静，有时我会停下来把镜头对准一大丛艳丽的花朵，看起来特别像文艺女青年的样子。
后来他们告诉我那种花叫作三角梅，是厦门的市花。

奶茶店和酸奶店的客人络绎不绝，价格真是不公道，但有什么办法，那个时候我还没有走出"不××××× 就等于没来过 ××"的局限，所以尽管有些不爽，但仍然每天挤在那些趋之若鹜的游客当中。
但我难以融入欢声笑语的人群，我像一抹惨白扎眼地戳在五颜六色当中。
我怎么会忘记那时的自己是多么的郁郁寡欢，几乎随时随地都会有某个名字在脑海里突然闪现。
虽然已经跨越了大半个中国，但有些难以说清楚的东西却丢失在了风里。

很难相信，真的不在一起了。

很难接受，以后大概不会再见了。

像会致幻的麻醉剂似的对自己重复了一千遍：你再也不会遇见那样的人了，你再也不可能爱上任何人了。

我知道自己看上去有多不快乐，最惨的是，我对此毫不掩饰。

在青旅的后院里，阳光充沛，不知道是哪一栋闽式建筑里每天都会飘出悱恻的曲子，我坐在地上一边晒太阳一边给朋友打电话，他们问我："你好些了吗？"

握着手机忽然就不知道说什么了，好些了吗？好些了吗？这些句子仿佛从听筒里飞出来凝结成一个个沉重的问号把我砸蒙。

怎么可能会好起来？如果你爱过你就不要问这样的问题。

其实世上没有什么好的爱情和坏的爱情，只有实现了的爱情和夭折了的爱情。

我们是受过了伤痛，余生都在流血的人。

## { 谁也不能碰我的梦 }

那是我在青旅的第二天黄昏，一天当中的狼狗时间，我坐在青旅外面的椅子上抽烟，原本喧嚣的小岛逐渐安静下来。

前台那个男生跑过来问我："喂，要不要跟我们一起吃饭？"

他说："我叫曾畅。"

他们问我："打算在岛上待多久？"

我说："不知道，看心情吧。"

他们又问："还想去别的地方吗？"

我说："不知道，没计划。"

我看着他们眼睛里闪着毫无恶意的好奇，带着一点儿疑惑问我："你是做什么的？"

"这还看不出来吗？"我笑得很风尘，"你们看我这么年轻，又没有金钱概念，又没有时间限制，当然是被包养了啊。"

这样恶俗的玩笑在两天之后，被慕名前来的读者戳破了。

我清楚地记得当时曾畅一副又惊又喜的表情说："我×，你居然是作家。"

…………

满头黑线，有乌鸦从头顶飞过的感觉。

1990年出生的男生，四川人，因为抑郁症在很小的时候就退了学，之后辗转去了很多地方，做了很多份工作，我印象最深的是酒店厨房里的五厨和影楼婚纱摄影师。

他带我去一家相熟的店吃早餐，我没话找话地问他："你想过自己的未来吗？"

临街的门面外面很吵，我很清楚地记得他抬起头来，带着少年的意气风发，满不在乎地说："没想过，但有一点，我只做自己喜欢的事。"

我只做我喜欢的事情。

这句话，十七岁的独木舟，也说过。

十七岁时的独木舟，是什么样子的呢？确切地说，其实应该是十七岁时的葛婉仪吧。

那时候，独木舟只是论坛上的一个ID，QQ上的一个网名，它还没有成为某本书书脊和封面上醒目的作者名字。

那个时候的我，是一个不太合群的女生，成绩不好还不肯笨鸟先飞，每天趴在堆得高高的参考书后面写小说，作业本和圆珠笔都用得特别快。

下课时间就跟一群男生去天台抽烟，很少跟身边的同学聊我内心世界的想

法，大概就算我愿意说，也没人会明白。

老师们都不太喜欢我，尤其是班主任，经常无缘无故地叫人把我的课桌搬去她的办公室写检讨。到毕业的时候，我写的检讨大概有一寸厚，可我真的不知道自己到底犯了些什么不可原谅的错误。

记忆中那时的天空总是灰蒙蒙的，惨淡的青春期好像没有尽头。

十七岁的我没有美丽的躯壳，没有钱，没有知己，没有圆满的爱情，但还好可以写字，还好我是真的喜欢做这件事。

可以说，我是靠着梦想活下来的那种人。

十四岁时，同桌的女生问我："你的梦想是什么？"

我说："第一，是要出一本书；第二，是要去非洲。"

在爱情里，在生活里，我可以任由别人伤害我，这些伤害可以被看成滋养生命的养分，练就我日渐强大的内心世界。

但只有一点，有关我的梦想，这是一个禁忌，谁也不能碰我的梦。

从早餐店里出来，我们一起去菜市场买中午要吃的菜，看着他又高又瘦有点儿晃荡的背影，想起多年前那个倔强得几乎没有眼泪的少女，我在晨光中模模糊糊地笑了。

真想对那时的自己说——谢谢你没放弃啊。


{ 我在沙滩上写下你的名字，海水带走了它 }

厦门大学是中国最美的大学——之一，好吧，必须加上后面这两个字。

多年来一直觉得厦大的学生好幸福啊，不用出校门就可以看见海，还可以逃课去海边谈恋爱。

在环岛路上，我捡了好几片落叶，在下午四点钟的阳光里，它们散发着迷人的色泽，叫不出它们的名字，可是我很想用药水将它们制成标本夹在随身携带的本子里。

十二月初的海水真的有些冷了，可我们还是像疯子一样打着赤脚往海里跑，风把我的头发吹得像个疯子，镜头里的我笑得像个傻子，还恬不知耻地对着他们喊："拍我啊，快点儿拍啊，假装我不知道那样拍啊，要自然啊……"

后来那些照片中很大一部分，配着一些诗意的句子，出现在《深海里的星星 II》附赠的小册子里。

人这一生，能够留下的字迹有多少？

小时候的字帖，作业，日记，后来的检讨，个人档案。长大后，去旅行，给朋友们寄明信片，在青旅的墙壁上写下煽情的句子，在高原的经幡上写下爱人的名字。

到离开世界的那一天，还能记得多少？

我在沙滩上写下一个名字，然后一个浪打过来，它就不见了。

我一面写，它一面消失。

一场感冒痊愈的时间大概是十天。

一场夭折了的爱情痊愈的时间是——未知。

在这里，我曾用最温柔的目光注视过一片落叶，我用最深情的笔触给你写过一封信，信的末尾，我说："与你之间，我是求仁得仁。"

这四个字太重了，不能随便用。

所以这么多年，尽管零零散散也遇到过一些合眼缘的人，但我也就只用过这一次。

我用手指在沙滩上写下你的名字，冬天的海水带走了它。

在岛上的晓风书店，我随手翻开《杜尚传》，这个迷人的家伙，他说："在我很年轻的时候就想明白了一些事，人生在世，其实很多东西是不必有的，甚至包括妻子和孩子，所以这使我很早就过上了相对自由的生活。"

S 先生正是他所描述的这种人，为了这个原因，我买下了这本书。

简约的白色封面，至今仍摆在我的书柜里。

两年后，我在微博上看到一条消息，这个充满了文艺气息的书店终于因为入不敷出而面临歇业。

那一刻，我因此想到了，不仅仅是一家文艺书店最终走向末路的悲哀。

恍惚之间，仿佛看到那一年的秋天，我站在书架旁，手指沿着书本一路抚过去，没有人大声讲话，空气里只有细碎的声音，那是永不再来的好时光。

因此，我便坐在电脑前，沉默地，狠狠地难过起来。

# [ 二月 ]

◎ 西安　你睡在隔壁

## { 那段故事的结尾，我像个笨拙的小丑一般流着泪 }

2011 年的春天，我开始写《深海里的星星 II》，距离第一本长篇上市已经两年过去了。

两年多的时间里，有很多姑娘通过各种途径问我："程落薰还好吗？她后来怎么样了？"

"林逸舟死后，她的人生是不是被摧毁了？"

"那么好的许至君，她为什么不要？"

每次看见这样的问题，我都会有些窘迫，我知道是他们真诚地浸淫其中的阅读，赋予了《深海里的星星》真正的灵魂，他们用青涩和笨拙的关心，陪伴着那个茕茕孑立的程落薰。

可是她后来怎么样了，我真的不知道如何回答。

从 2009 年开始，我在接受一些网络和报纸的采访时，总要面对一个虽然难堪但怎么都躲不过去的提问，他们总是问我："这本书里写的是你的亲身经历吗？程落薰，就是你？"

就像多年前，发在《花火》上的那个让无数姑娘流过眼泪的《全世界已经剧终》，她们也总爱问我："是真的吗？舟舟，那个故事是真的吗？"

我沉默了很多年，直到这个问题的女主角从林卓怡换成程落薰，从短篇换成长篇，从读者换成媒体，我知道，纵然沉默是金，也不得不开口了。

程落薰的确是我。

但我，并不就是程落薰。

程落薰高一时因为在老师的茶杯里放泻药，而被学校开除。

她是在单亲家庭长大的孩子，内心极度缺乏安全感，却总是以一些玩笑的方式来掩饰这种缺失，她装作对一切都不在意的样子。

她既尖刻，又骄傲，既敏感，又倔强。

她脆弱，却害怕一旦露出真相，会吓跑爱人。

她渴望有人爱她，但她不说，她觉得说出来就是羞耻。

她有抑郁症，时常有自杀倾向，她在青春期做了很多离经叛道的事情，耳洞、刺青这些在别人看来是她的标志，但其实都是她的伤口。

她的成长经历当中没有父亲这个概念，记事之后唯一一次见到父亲，是因为他被误诊为癌症。

她有过难堪的初恋，她的爱情结结实实地被伤害，被背叛，被轻慢过。

她孤独，并且无药可救。

以上这些的的确确都是曾经真实发生在我身上的事情，但真实的人生，往往比小说更加复杂。

故事里的程落薰，无论遇到什么不好的事情，总会有许至君替她收拾烂摊子，有康婕不离不弃的陪伴，有罗素然温柔而充满力量的安慰，而这些，生活里我都是没有的。

我也曾经真的希望委屈难受的时候，有个人站在身后，告诉我该怎么对抗，告诉我，有他在，我什么都不要怕。

我的人生似乎从没有过这种时刻。

需要的时候，该存在的人却不存在，该怎么对抗，该怎么战斗，都是我自己的事，只有自己站在这儿，哪怕对面是成群结队的敌人。

《深海里的星星II》的开头非常不顺利，交上去几万字就被打回来几万字。

我的责编宋小姐跟我在生活中也是很好的朋友，她了解我的生活，因此戳穿我毫不留情。

她说："感觉不对，你在逃避什么？你没有用感情，这些文字干巴巴的没有灵魂。"

她问我："为什么？"

我看着那个对话框，手指停在键盘上像是被施了魔法一样不会动了。

我不知道如何回答她提出的"为什么"。

　　失眠的深夜里我在豆瓣上说，不能如期交稿，并不是因为我懒惰和拖沓，而是因为我没法面对那些过往。如果我一旦决心把那些过往血淋淋地撕开，就不得不面对一个破洞百出的真相和一个滑稽可笑的自己。

　　删掉了当时所有的微博，隐藏了所有有关这段感情的日志，那段时间拍的所有的照片都放在一个再也不愿意点开的文件夹里。

　　我是这样战战兢兢地回避着过去，我没法忍着恶心去看自己曾经写下的那么多不要脸的甜言蜜语，我这么一个没有安全感，在爱情这件事上摔了好几次，对生命里的美好事物始终怀着不信任的人，居然那么高调地，在那么多双眼睛的注视下，宣称我又去爱了，而且还带着一点儿炫耀的成分，因为我遇到的是那么完美的一个人。

　　你们看，我真是不怕死啊。

　　到后来，我觉得悲凉，虽然我决意不恨任何人，甚至不迁怒命运，但我仍然没法原谅那样的一个自己，直面那个愚蠢又张扬的自己——那个笨得让人嫌弃，笨得让人心疼的自己。

　　我的 S 先生，现在我还能这样称呼你吗？

　　那时我的笨拙和鲁莽，我对游戏规则的无视，我那颗扑腾扑腾跳着的虚荣的心，因为遇到你，而变得前所未有地强壮。

　　我不懂克制，不懂收敛，不懂逢场作戏，我太认真了，太用力了，我知道这样的爱太可怕了，足以吓得对方一句再见都不想说转身就跑。

　　那种感情，差点儿把我自己给摧毁了。

　　我知道在这段感情结束的时候，我的样子可笑极了，像一个满脸淌着眼泪的小丑，额头上写着两个字：活该。

　　很久很久之后，当时光将尖锐的痛打磨得浑圆，当你的名字成为甲乙丙丁一般稀松平常，当有关你的一切都成为我不关心的日常琐碎，我们之间的篇章，才终于算是翻过去了。

无以计数的白昼和长夜，我被这段从一开始就只有我一个人在发疯的感情弄成没有阳光远离故乡自我放逐的疯狂模样。

那时我怎么都想不到，原来也有这一天，念及你，竟既无风雨也无晴。

2011年的春天，我对着那个名叫废柴的文件夹哭了很久，不是一年前走在路上突然爆发的那种号啕大哭，是像受了重创的野兽躲起来舔伤时发出的呜咽。

我知道，一个诚实的人才有可能是可爱的，同时也是幸福的人。

一个故事也同样，必须是诚实的，才能彰显其价值。

我可以用破釜沉舟这个词吗？反正当我打开那些尘封已久的文件夹，所有的文字和影像陈列在我眼前时，我只想冲着黑夜大喊一声：各位看官，请撒花瞻仰吧！

我一直认为，写作是一件能将人逼上绝路的事情，而作者只能在这样的前提下，无数次地置之死地而后生。

从那之后，就像是魔咒解除了一般，行云流水畅通无阻地写了下去。

在潮湿的春天，我许诺自己，写完这个故事就去西北旅行。

第一站，我选择了西安，如果他没有骗我，如果我没有记错，这座城市是他的故乡。

西望长安。

### { 最后我们成了老友 }

夏天来临的时候，笨笨从江苏来到长沙跟我会合，准备一起去西北旅行。

那是一个深夜，我穿着背心短裤去公寓楼下接她，我很清楚地记得我们从街对面的那家二十四小时营业的小餐馆走出来的时候，一抬头，看见了月全食。

我们买了一个星期之后的火车票，然后在这一个星期当中，每天晚上我

都会跟一帮哥们儿在一起，要么唱歌，要么坐在烟熏火燎的烧烤摊子上喝冰啤酒。

那群哥们儿里，有一个是我高三时暗恋过一阵子的人，外号叫马当。

暗恋的原因，说来很好笑，因为高考的时候他坐在我的旁边，考数学时我睡着了，他一直很焦急地想要叫醒我。

我这样解释是因为我不想说出真实的原因。

而真实的原因是他让我抄了数学选择题。

我不得不承认，这个原因显得我很没节操。

后来他去成都念大学，学室内设计，我在长沙，学新闻。

从军训开始我就一直表现得不好，有些惊世骇俗的味道。直到毕业的时候，班上还有同学跟我讲：大一那年第一次上课，你穿着一条红色的裙子在教室外面的走廊上抽烟，好张扬，当时我们全呆了，没有一个人敢去跟你说话。

那段形单影只的日子里，我每天都会没话找话地给远在成都的他发短信，那些短信都是"你吃饭了吗？""听说四川美女多是真的吗？"这么无聊的内容，可是他所有的回复，我都抄在了一个小本子上。

再后来我认识了别的男生，注意力渐渐就转移了，我得承认我其实蛮花心的。与此同时，他为了自己喜欢的女孩子，频繁地奔波于两座城市，攒下厚厚的一沓火车票。

没有人这样爱过我，坐二十多个小时的火车，只为了见我一面。

我曾经想和他一样为了爱情做这些事的时候，没有遇到那个能令我燃烧的人。

而当我遇到那个人的时候，我却已经懂得了节制，丧失了勇气。

事实上，在很长一段时间里，我一直以为我对他的暗恋是只属于我自己的秘密。

直到大二的某天晚上我无聊，穿着睡裙，跷着二郎腿，在 QQ 上逗他说："我有个事情要告诉你。"

他说："什么事？"

我欲擒故纵地装娇羞，说："哎呀，我有点儿不好意思呢。"

我心里都盘算好了，他一定会说，都这么熟了，有什么不好意思的，然后我就可以水到渠成地把我当年那点儿小心思说出来了。

可是……结果……

这个不解风情的家伙一句话把我堵死了："那就别说了。"

当时我还是一个性格相当暴躁的女生，一口气憋得我恨不得把电脑砸了，我记得我用了将近一分钟的时间才调整好心态，当作什么事都没有发生一样，当作自己没丢这个人，说："我还是想说。"

"哦，那你说吧。"

"其实啊……我以前啊……暗恋过你……哈哈哈——"

"哦，这个事，我知道。"

…………


后来的这些年，我们离开最初爱过的人，在这个喧闹的尘世中折腾，又遇见了一些人，在一起一段时间之后因为这样那样的原因又分开，独自在陌生的城市里迁徙，各自有各自的痛苦和失意。

我们都孑然一身，却百分之百地肯定我们之间的关系不会再有任何改变。我们知根知底，可以忽略性别勾肩搭背，我们甚至没有像很多异性好朋友那样，互相约定假如到了多少岁，大家都还是单身，就在一起。

坐在一起吃烧烤，喝啤酒，讲脏话的这一年，距离我们高考的那年，已经过去六个夏天了。

在一起喝酒的时候，他说起自己跟当时的女朋友之间的矛盾，一桌人都没怎么发表意见，只有我这个贱人落井下石地打击他说："你已经错过你人生里能够遇到的最好的姑娘啦。"

他居然笑了，然后说："是啊，我知道，委屈你了。"

烧烤摊的油烟太呛人了，否则我不知道如何解释，为什么过了这么久，听到这句话，我的眼睛里还会有一些泪光闪烁。

这些年来，我从来都不是你喝醉时突然叫出口的名字，我只是这多年一直站在你右侧，与你谈天说地，陪你成长的女子。


## { 后来的后来，街头的少年唱着我们的歌 }

到西安的那天，下着大雨，等出租车的队伍排得很长很长。

我披着那块伴随着我走了很多路的枣红色披肩，茫然地看着滂沱大雨中的古都。

书院青旅就在城墙边儿，天气好的时候，会有一些年轻的外国男生和女生坐在门口弹吉他唱歌，他们朝气蓬勃，无论谁路过那里，他们都会很热情地打招呼。

我并不是一个冷漠的人，但因为对自己的口语发音不自信，我总是腼腆地笑笑，然后迅速地溜之大吉。

也许他们和后来我在清迈的厨师学校里认识的那些欧美男生想法一样，都认为我是一个非常非常害羞的中国姑娘吧……

=·=！

七月的北方城市尽管热，也是干爽的热，不像在南方时，皮肤上总糊着一层黏湿的油腻。

德芭从她位于郊区的学校提着一个几乎能砸晕一个大男人的西瓜来青旅找我，见到我的时候她很镇定，但一起吃过饭之后，她便提出了一个过去很多姑娘不敢提的要求："舟舟，我今晚不回学校了，我要和你睡。"

狭窄的单人床睡两个 168cm 的姑娘确实有些挤，旁边床上的澳大利亚姑娘睡着了，发出响亮的鼾声，我们在这鼾声的掩护下，说了很多很多话。

具体说的话，在这么久之后，其实我已经记不太清楚了，只是依稀模糊地感觉到她的快乐和兴奋，让我觉得自己能够用文字陪这些姑娘一同成长，是任何一段爱情都代替不了的安慰。

写字的女生有很多，但我庆幸一路陪着你们的那个人是我。

傍晚的时候，我们一起散步，绕一圈鼓楼和钟楼之后回青旅，在街头看到一个男生弹着吉他，在唱李志的歌。

突然之间就被打动了，我们在离他两米的台阶上坐下来，点了支烟，谁也没有说话。

他唱李志的歌，也唱许巍的歌，都是我过去非常喜欢的，路边来来往往的人全成了无声的背景。

过了好一会儿，我问他："你会唱《米店》吗？"

他看了我一眼，挠着头说："不是很有把握，我试试吧。"

第一次听到张玮玮唱的《米店》，是在 2010 年 8 月的某天下午，我坐在沙发上看书，S 先生在摆弄他的电脑，陆续有游人从石板路走过去，音乐就是在这个时候飘出来的。

> 三月的烟雨，飘摇的南方，你坐在空空的米店。
> 你一手拿着苹果，一手拿着命运……

我从书中抬起头，看到正前方 S 先生的侧脸，他蹙着眉，神情非常认真。

灰尘在光线里飞舞，就在那个瞬间，我产生了一个奇怪的念头，我觉得我爱上了这个人，而在此之前，我并不了解他的过去。

这个念头使得那个午后和那首歌有了不一样的意义，后来我们真的在一起走了一段路，我们冷战过，争执过，甚至差一点儿决裂过，我们在各自的城市重逢过，云淡风轻的交流中我内心满溢出浓烈的哀愁……

而这一切，竟始于那个午后，音乐响起来的时刻，那一瞬间他冷峻而若有所思的样子对我的触动。

那些无声的路人像是电影里常用到的转场镜头，将我从 2010 年的西南拉回到 2011 年的西北。

起身离开时，我在那个男生的吉他盒子里放下一些钱，数目不大，但是我的心意。

有时候我面对这样的场景；会觉得很尴尬，我知道这些年轻人都有自己的理想和坚持，也知道在商品社会中，坚持理想是一件非常需要勇气的事情。

正因为我懂得他们的艰难，所以我在面对这些人时，时常手足无措。

如果我不给钱，我会很难过。

如果我给了钱，我会更难过。


那天，是我二十四岁的生日。


## { 这座城市在我脸上盖了个章 }

二十四岁的生日，在青旅的地下酒馆里，喝了好大一杯白啤酒。

关于本命年，大家都说要么不顺，要么大顺。我对它的态度是，既来之，则安之。

虽然有时候看到路上那些穿着校服的小姑娘，留着妹妹头，皮肤吹弹可破，心里也会生出一些羡慕，但我总觉得，姑娘要多活一些岁月才能体会到生命的真滋味。

二十四岁，从前觉得离自己很遥远的一个数字，一下子就到了眼前。

在去华山的路上，我想，我还有很多事没做，还有很多地方没去过，怎么一下子就到二十四岁了？

我是坐缆车上的华山，尽管如此轻松，我还是因为恐高而在密封的缆车里哇哇大哭。

那天晚上我们四个人在金庸题词的"华山论剑"的石碑旁扎了两个帐篷，

半夜我被笨笨吵醒，她瞪着我说了一句让我瞬间清醒过来的话："我要尿尿了！"

我们形迹可疑，姿态猥琐，四处躲避那些晚上登山，等着早上看日出的人。

我们小心翼翼，战战兢兢，生怕毫无防备就被突然冒出来的手电筒光照到我们正在进行的行为。

就在这个时候，发生了一件更让我崩溃的事："大姨妈"突然来了！

我准备好止痛药、暖宝宝、卫生巾、红糖水的时候，它不来！

我连一张多余的纸巾都拿不出来的时候，它来了！

从华山上下来之后，我的右脸上突然冒出来一块很大的红色印记，像是命运不怀好意的玩笑，给了我这份意想不到的生日礼物。

吃了息斯敏，擦了药膏，饮食忌口，狂喝水。

一点儿作用都没有，它还是顽强地在那里，好像这辈子都不打算离开我了似的。

在西安的最后那几天，我成了钟无艳。

一直到后来，我走了很远的路，看了很多美丽的景色，认识了来自很多不同国家的朋友，有惊无险地跟各种大小灾难擦肩而过之后，我又想起了这块莫名其妙出现，又莫名其妙消失的红色印记，想起了老人们说的那些有关本命年的各种禁忌。

这世上有些用科学和医学都无法解释的事情，大概只能用玄学来说明。

直至今时今日，我依然相信，它在我二十四岁的第一天出现，其实是为了替我挡住那些不好的事情。

因为破了相，所以在之后那些漫长的，孤单的路途中，我才一直平安。


## ｛我只是想看看里面的玫瑰花而已｝

嘿，我得承认，我对你的故乡了解得太少。

我没有去大雁塔，也没有爬古城墙，你推荐我去看的博物馆，我倒是顶

着烈日排队去参观了一番。

如你所说，确实牛掰，从石器时代一直到大唐盛世，在幽暗的灯光里我仿佛经历了一次奇妙的时光之旅。

到我离开西安的前一天晚上，我还不太相信，我跟这座城市的缘分仅仅就这么浅吗？

当时我在酒店的走廊里给朋友打电话，地上铺着红色的地毯，顾不得脏，我就坐在地毯上很没教养地哭。

我说怎么办，都过去这么久了，我还是一想起他就哭，我这辈子是不是完蛋了。

我说，其实也不是为了他哭，我是为了自己，我就是觉得自己骗自己骗得太辛苦了。

如果那通电话打了一个小时，我大概就哭了五十九分钟。

其实我也说不清楚为什么要哭，只是当时觉得非得这样表现一下，才对得起自己千里迢迢，坐十八个小时的火车到你的故乡来看一眼的举动吧。

我十五岁的时候看过一篇小说，女主角背着包去到她前男友长大的城市，在某个机关门口，她被保安挡住了，死活不让她进去。

她一遍又一遍地哀求那个保安说，有人告诉我里面种了很多玫瑰花，我想看看。

但保安怎么会听得懂她在说什么，于是，不管她如何声泪俱下，还是把她赶走了。

我记得结尾处，她抱着自己的背包，蹲在对街，远远地看着那扇无情的黑色铁门，无比委屈地喃喃自语："我只是想看看里面的玫瑰花……"

快十年了，我一直记得这个故事，大概是当初看的时候太替她难受了吧。

十五岁的我，没想到多年后的自己，竟然也做出了小说里才有的事情，不管这深情多么荒唐，总还是出于爱。

可惜你没有给我更多的信息，否则我或许会表现得更夸张一点儿。

我真希望能够在那座古城里找到你儿时住过的旧房子，让我把耳朵贴在门上，隔着山河岁月，隔着你我之间无法逾越的人生悬殊，阅历深浅，听一听还是一个孩子时的你的笑声。

　　最后那天晚上，我在街上随便找了一辆人力三轮，叫师傅带着我随便转一圈。

　　师傅看了我半天，忽然冒出来一句话说："我记得你，你的脸上有块疤。"

　　我没费唇舌跟他解释那不是伤疤也不是胎记，它是西安给我做的一个记号，像盖在护照上的入境章一样，是来过这里的证明。

　　在西北的夜风里，我轻声唱了一首歌。

　　我来到你的城市，走过你来时的路。

　　只能这样了，还能怎样呢。

# ［三月］

◎ 甘南　下起了大雨

## ﹝残忍的是，人会成长﹞

从西安去兰州时，不知道为什么，我像脑子短路似的买了张卧铺票，后来一算时间，才短短七八个小时，忽然之间特别心疼钱……然后……就开始发微博……催人还债……

那条微博下面的回复不少，但是那些跟我有债务关系的贱人（ =_= ）一个也没出现。

为什么你们要装死，难道你们不知道我这条微博是写给你们看的吗，难道要逼我一个个 @ 你们吗？你们是欺负我老实吗……

然后就在心里恶狠狠地发誓，以后他们就算穷死，也不关我的事……

在火车上认识的那个兰州美女，人非常好，在出站口态度相当强硬地让我们跟她上一辆出租车，说什么也要把我们送到酒店再走。

在火车上短短几个小时的相处中，她说了一些自己的事情，最难忘的是她提起丈夫时说："男人嘛，都爱玩，但玩累了，也总要回家。"

当时我觉得有点儿难过，可我实在不知道说什么好。

她那么年轻，而且漂亮，可是她对于情感和婚姻所表现出来的消沉，实在让人心悸。

最可怕的是，她并不觉得这有什么问题。

如果你自己都认同了那些不合理的规则，那又怎么可能有资格、有立场去谴责对方所做的事情对你造成了伤害？

公司市场部打来电话，跟我说就在这一两天要做一个电话连线的采访，我说 OK，那我把酒店房间里的座机号码给你们好了。

那是国际频道一个读书节目的采访，电话连线定在第二天下午一点半。

第二天早上我很早就起来，背着被我拉坏了拉链的包出去转了一圈，居然就在离酒店几十米的地方让我找到了一个修鞋铺和邮局以及牛肉面馆。

运气太好了真是挡不住，十二点之前我顺利地修好了包，吃了牛肉拉面，寄了明信片。

然后，我回到房间里，等待一点半的到来。

在此之前，我还特意念了几段绕口令来锻炼一下口舌，说真的，我受够了自己略带一点儿湖南口音的普通话。

2010年在北京接受了腾讯读书的采访之后，去看视频回放，我真的想砸电脑！那是二甲的普通话吗？二甲的普通话证就发给我这样的人吗？发证的老师你们太仁慈了！还给我打了90.7分！让我穿越回去抱着你们的大腿哭一场吧！

所以，不能再丢人了！绝对不能！

所幸这次发挥正常，并且一改谐星本色，认真严肃地跟主持人探讨了她提出的所有问题，以至后来我的责编宋小姐在听完录音之后，失望地感叹说："这次居然没有搞笑，太不像独木舟了。"

陈奕迅唱得很对，感情总是善良，残忍的是，人会成长。

残忍的是，谐星也会成长。

## ﹝写给那个没有父亲的女孩﹞

去往夏河的那天清晨，尽管是阴天，但你仍然戴着巨大的墨镜，枣红色的披肩将头部包裹得很严实。

你脸上的红色印记仍然十分明显，你对笨笨说，你终于明白为什么那些有残疾的人，无论得到多少鼓励，无论他们多么清楚自己只是灾难的无辜载体，但在面对外界的时候，仍然是颤颤巍巍的样子。

荣格讲过：对于普通人来说，一生最重要的功课就是学会接受自己。

只有精神世界无比强大的人才能够坦然地接受自己的不完美，甚至不完整吧。

可是要学会接受自己的残缺，又需要多少时间和阅历的不断洗涤与沉淀？

你说，你看我，自以为已经算是超脱豁达了，就因为脸上突然冒出来的这块莫名其妙的东西，都不敢跟陌生人说话了，怕吓到别人。

面对相貌上的残损，你曾引以为傲的内涵、智慧、气场，通通化作了云烟。

你戴上耳机，隔着深色镜片，静静地注视着外面渐渐消散的雾。

清早的候车大厅里人声依然嘈杂，你没有胃口，什么也不想吃。

你一心想着，如果这块该死的红色印记永远停留在你的右脸上，该怎么办？

在抽完一支烟之后，你依靠着冰冷的墙壁，得出了一个悲哀的结论：如果它永远不退去，那一定不会再有人爱你了。

没有人是因为灵魂美丽而被爱的。

你回到座位上时发现旁边多了一对父子。

小男孩看起来七八岁的样子，披着校服，左手打了石膏固定在胸前。父亲的左手揽住孩子的肩膀，轻声细语地跟他说着什么，不断有泪水从他的眼角流下来。

他看起来好像很疼的样子。

半个月来的头一次，你摘下了墨镜，凑过去问那个父亲："孩子怎么了？"

那是一张中年男人的面孔，黝黑的皮肤上是岁月镂刻的纹路，眼睛里有些混浊但挡不住对孩子的痛惜，这样的面孔，在每个大城小镇都随处可见，那是最平凡的中国父亲。

他断断续续地告诉你一个大概，骑摩托车时，不小心把孩子给摔了。

你注意到他自己的脸上也有擦伤也有淤青，或许在看不到的地方有更重的伤痛，但这一切都比不上孩子的眼泪滴在他心脏上的分量。

你把背包反过来，找出仅剩的几颗悠哈奶糖，你怕自己的脸吓到孩子，只能侧着头跟他说话。

孩子收下那几颗糖之后，很乖地说："谢谢阿姨。"

你怔了怔，像是到了这一刻才发现对于七八岁大的孩子来说，自己早已经不是漂亮姐姐。

而是阿姨。

对于这个发现，你心里有些淡淡的悲伤，但你只是笑笑，安慰他说："男子汉不要哭，手很快就好了。"

七点半，去往夏河的游客们开始上车，你起身背着包，拖着箱子对小孩挥挥手。

在那段车程中，你的脑海里不断反刍着小孩子握着父亲的大拇指的画面。

很久很久以后，你从印度回来，借来朋友的空房子写字，某天晚上你梦见祖母那间漆黑的老房子，它阴森可怕，你用尽了全身的力气也打不开那把生锈的锁。

你的父亲就在门外，与你一墙之隔。

你急着哭着就醒来了，外面的天还是黑的，对面那栋楼没有一扇窗口亮着灯，你在寂静的黑暗中待了很久很久。

你忘了他的样子，或者"忘了"这个词语都用得不够恰当。

对于曾经握在手里，真真切切地存在于人生里的人和事物，才可以说忘了。

但自记事起就一直空白的部分，如何能够说忘了？

那天凌晨，你在私密微博上写下了一句话，正是在去往夏河的路上，配在你脑海中那幅画面旁边的文字：父亲，到底是什么样的一种感觉？

我想你这一生都不可能会明白了。

小学时候，死党D的爸爸，有一头卷卷的头发，每个星期五都会骑着摩托车去接她放学。P的爸爸，会做很好喝的皮蛋瘦肉粥，有天早上你去叫她一起上学，她爸爸从窗口伸出头叫你上去吃早餐。

初中时的好朋友L的爸爸，给她买很多很多课外书，每个月都有数额不小的零花钱。

高中时你身边的女孩儿换成了F，全校著名的美女，家境殷实，下雨天她爸爸会开车在校门口等她，因为顺路的缘故，总是带你一程。

可你这个敏感的家伙，后来反而渐渐地疏远了她，别的同学都很惊讶，为什么呢？曾经那么好的两个人，形影不离的两个人，为什么到后面却形同陌路？

十七岁的你没法向那些虽然同龄，但完全不同心智的人解释什么叫作，穷人的自尊。

没有人侮辱你，但你觉得自己没有尊严。没有人欺负你，但你觉得无比委屈。

十八岁，你是独自提着行李坐汽车去大学报到的少女，那一天天气晴朗，你兴致高昂地穿梭在各个接待点，办好所有手续之后冲进宿舍，看到跟你同寝室的姑娘仰着头看着她爸爸在替她挂蚊帐。

大学那几年，承蒙K一家人的照顾，每个周末都把你叫去她家吃饭、睡觉，还让你用她的电脑写稿子。

她爸爸做的菜特别好吃，你每顿都想添饭，可怎么都不好意思。

有一天他们站在电视机前看NBA的转播，你在旁边剥着橘子，忽然发现他们叉腰的姿势一模一样，对于你的惊叹，叔叔脸上那种神情除了骄傲不可能有第二个词可以形容，他说："我的女儿，当然像我啦。"

后来K交了个男朋友，吵架吵得凶的时候，他会动手打她。

有父亲的姑娘，不用怕，不管出了什么事，背后都有老爸。

毕业之前，你经常接到Z的电话，问你："我爸爸开车来长沙，一起回去吗？"你改不了贪图便利的小市民习惯，总是欣然接受她善意的邀请。

然而每次回去之前，你都得跟着她去参加她父亲的应酬，经商的人免不了觥筹交错的那一套，这是令千金啊，真漂亮，在哪里读书啊？哎哟，好学校，学什么专业啊？

末了再转向坐在旁边一脸丫鬟般惊慌的你，这是？哦，同学呀。这位同学你爸爸是做什么的啊？

这种问题根本得不到你的回答，你表现得很没有礼貌，对面前的那盆菜兴趣浓厚至极，仿佛除了它你不知道世界上还有什么更吸引人的东西。

后来，你最亲近的闺密 H，在谈到她的童年时说："我小时候家里条件也不是特别好，但我爸爸是那种有十块钱都会为我花九块钱的人。"

你似乎从来没问过，为什么别人都有你没有。

从很小的时候起，你就不问这种像废话一样的问题，很多年过去了，你坚硬、独立、果敢，你人生中的任何决定都是自己做选择，然后自己承担。

你在没有亲人的城市里生存下来，赚钱养自己，照顾妈妈，独自远行，你没有比那些姑娘过得差。

你甚至活得比某些男生还勇猛。

但在内心深处，你知道，那种缺失永远没法填补，无论你后来得到多少簇拥和关怀，无论表面上你多么光鲜靓丽，它永远都存在于你的内心最深处。

那种失意，会在你人生的短短几十年中以各种暴烈的方式表现出来。这是一种解不开的结，只有经历过这种内心折磨的人才会明白，它像是一种无法根除的疾病，不影响你饮食，不影响出行，你不会疼痛得呻吟，也不会虚弱得喘息，但它存在着，若即若离，时隐时现地让你不得安宁。

但你已经是成年人了，我跟你说这些的时候，你不要难过，不要哭。

每个生命来到这个世界都是有使命的，都有它的悲与喜，辛劳与成就，缺失与收获。

甲处短少的，乙处会加长。

你要相信，神是公平的。


## ｛泥上偶然留指爪，鸿飞那复计东西｝

夏河县下辖的拉卜楞镇。

在红石青旅，我拾级而上。

踩在木楼梯上的脚步，忽然之间变得非常沉重。

从朋友那里得知，早我一年，S先生他们在甘南时，正是居住于此。

时隔一年，阴错阳差，又重复走着他走过的路，住他住过的店。我站在二楼昏暗的走廊里，看着尽头的房间，黑暗中有浓重的灰尘的气味，像是有一列载着我驶向过去的列车，驶向我内心深处的怀念和不舍。

到这一刻，我才发现，人生中有些感情的确是可以随着岁月的推移而淡出的，但有些感情却将纠缠终生。

对于那些仅仅是擦肩而过的人，浮光掠影的事，尚能在生命中占据一个或大或小的角落，何况是曾经相伴走过一程的人。

无数的人都曾说起，不要活在过去，事实上没有任何人可以活在过去，但回忆不可替代。

是时间还不够长吗，我站在那扇门前，犹豫着要不要敲开门进去，尽管我知道门后面并不是过去的时光。

将要直面的，与已成过往的，较之深埋于我们内心的，皆为微末。

那一刻，我想起了这句话。

所有的回忆都没有走远，所有的期待、沮丧、灰心、隐忍、压抑，这些情绪从来都没有真正平复过。

当命运像开玩笑一般将我投掷在最不愿意面对的窘境时，我对自己产生了无法抑制的失望。

我发现自己依然没有进步，依然是一副手无寸铁的蠢样子，面对往事的逆袭，束手无策。

下雨的夜晚，来自五湖四海的旅客都挤在一楼的大厅里，我一边听歌一边修着下午在拉卜楞寺拍的照片。

那是一张喇嘛的背影，红色的墙，红色的喇嘛服，但说不清楚为什么，在这张照片里，红色完全没有彰显出它原本该有的张扬和喜庆，反而透露出深深的寂寥。

下午在参观拉卜楞寺的时候，这个年轻的喇嘛是我们的导游，藏族人，但汉语说得很流畅。同一批的游客中有那么几个人很不讨人喜欢，声音又大又吵，走到哪里都要举着相机咔嚓咔嚓，个别无聊的人甚至提出一些相当冒犯的问题，但他没有露出丝毫怒色，始终是一脸的淡然和平和。

从一座殿转去另一座殿的途中，我走在他的旁边，大概是见我一直比较沉默的缘故，他反而主动跟我交谈起来，我问他："面对那些人，不会产生反感吗？"

他淡淡地笑，说："不会，这也是修行。"

那个下着大雨的夜里，我在故人住过的旅店，趴在昏暗的灯光下将我最喜欢的那首诗写在了随身携带的日记本上。

人生到处知何似，应似飞鸿踏雪泥。

泥上偶然留指爪，鸿飞那复计东西。

我想你大概永远不会明白，我做很多事情真的没有别的理由，仅仅是因为爱。

## ｛ 在大草原上预感到海的降临 ｝

桑科草原上的野花被一个陌生的大姐采来编成了花环。

她用不太流利的汉语热情地问我："你从哪里来？"

那片草原没有边际，天空很低，像是我曾经看过的大海，倒悬过来。

我拉着大姐的手说："我要走啦，我们要走啦。"

她说："你等等，这个送给你。"

她把编好的花环戴在我的头上，那一刻我觉得自己好像女王。

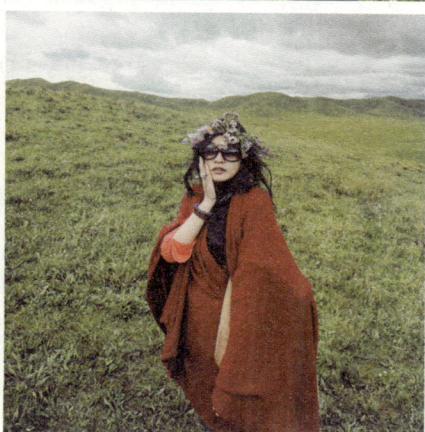

## { 三场大雨之后，我们说了再见 }

第一天晚上，那场雨像是要淹没世界。

我在跳动的烛火中给自己写了一张明信片。

爱情死去的时候，通常死得寂然无声，但当你意识到的时候，你会误以为它是在烈火中艰难死去的。

这比你能说出来的任何痛苦都还要痛苦。

并且这种痛苦衍生出恐惧，你会怀疑自己，怀疑自己的心里以后还能不能住进另外一个人。

人这一生，所能够得到的爱，和所能够付出的爱，配额其实都是有限的。

但这件事，你需要再走一些路，才能够明白。

第二场雨，阻止了我上山看天葬台。

炎炎八月，如果留在长沙的话，应该是穿着睡裙在开着空调的房间里看书，吃水果，看电影，或和闺密闲聊。

但在郎木寺的这天早晨，我换下湿漉漉的衣物，坐在旅社的客厅里烤火。

倘若总是固守一成不变的生活，人们很容易将幸福视作平常，只有看过不同的人，做过一些在自己的城市里听起来不可思议，甚至荒唐的事情，才会知道人的不同，生活的不同，这或许就是"行万里路"才能领会到的秘密。

旅朋旅社客厅里的那盆炉火是我的最爱，几乎每天我都会把我们几个淋湿的衣物搭在椅子上烘烤，可做事情总是虎头蛇尾的我，永远不记得要去收。

每每等我意识到这件事的时候，所有的衣服都已经叠得整整齐齐地放在房间里了。

一直默默无声地做着这件事的人，是泰逻，对于我们咋咋呼呼的感谢，他总是表现得有些不好意思，不管我们怎么说"从来没有见过这么有教养的男生"，他都是一副"这没什么稀奇呀"的样子。

让我对他的钦佩和赞叹达到顶点的，是一粒花生米。

一粒，真正的，花生米。

那天吃饭的时候，他夹起一粒花生米的时候，不小心掉了，滚到了地上，我们谁都没当回事。

就在这个时候，他放下碗筷，站起来，蹲下去，捡起那粒花生米，走到垃圾桶前，扔了进去。

笨笨说："吃完有人收拾的啦。"

让我感动的是泰逻说的那句话："我不捡，待会儿就要麻烦别人捡啦。"

这件事令我印象非常非常深刻，我为此甚至反思了很久。

这些原本微不足道的生活小细节却恰恰在某种程度上反映了一个人真正的素质。

什么叫作文明，并不是体现在口号和决心上，而正是体现在那些最容易被人忽略，被人漠视的小事上。

我一直觉得自己勉强算是一个知礼的姑娘，"不好意思""打扰一下""谢谢"这些礼貌用语常年挂在嘴上，有一次甚至有服务员问我是不是从事销售行业的，她的理由是除了做销售的人之外，还有谁每句话后面必定要加上谢谢。

尽管如此，在旁观泰逻的这几天之内，我仍然深深地觉得惭愧。

我承认，如果那粒花生米是我掉的，我大概不会当时就去捡起来扔进垃圾桶，我也会觉得，这实在是很小的事啊。

我们太多人，已经被一个凡事不要太认真的大环境给宠坏了，表面上看着是不拘小节，但实际上我们丢失的是一些很珍贵的东西，它们有着无法量化的价值。

最后那场雨，下在唐克。

因为那场雨，我和Joe这一路剑拔弩张的关系终于彻底缓和了。

在山顶上看着远处的黄河九曲十八弯，所有的人都在屏息等待着日落。我回过头去，看到在另一个山头，一个穿着藏袍的男子在风中撒着纸风马，天地间唯有他一个人，那幅画面竟让我莫名湿了眼睛。

我们没有等到壮丽的夕阳。

起先，只是淅淅沥沥的小雨，随着时间越来越晚，小雨变成瓢泼大雨。

泰逻把他的雨衣给了笨笨，Joe 看了我一眼，把自己的雨衣脱下来给我。

我原本是想拒绝的，可不知道为什么，那一刻我敏感的自尊心没有发作，像所有柔和的姑娘一样，我默默地承接了他的好意。

那是我们这个小联盟在一起的最后一天。

回到旅社时天已经黑透了，我洗完澡换上那条宝蓝色的长裙，穿着白衬衣坐在门口的椅子上抽烟。

泰逻坐在我对面跟一个小孩子打闹，我心里涌起难言的酸涩，为了明天的分离。

Joe 站在街边给我们拍了张照片，因为光线不足，那张照片照糊了，只能大概地看出我当时在笑，泰逻和那个小孩子玩得很疯。

从参数上来讲，那大概只能算是一张废片，但对于我们的人生来说，它有着特殊的意义。影像是脱离文字独立存在的印记，当时我和泰逻看着那张照片都默然良久。

我们心里都很清楚，即使将来故地重游，我们的人生中也不会再有这样一个夜晚。

那天晚上我们都睡得很晚，白龙江的江水就在屋后奔腾。

我似乎一直没有说起，在郎木寺镇范围内，白龙江的北岸属于甘肃，南岸属于四川，那儿实际上有两个寺庙，分别在河的两岸。

分别的那天中午，Joe 和泰逻送我们去坐车，临上车之前我终于开口说：

"来，抱一下吧。"

那是非常干净的拥抱，不带任何暧昧的色彩，一路上一直针锋相对的我和 Joe，终于没有再发生任何口角，我甚至忘了从认识第一天开始，他对我所有尖刻的挖苦。

在他宽厚温暖的怀抱里，想起人生无常，想起不知再见是何时，我的眼泪便不能抑制地流了下来。

至此，我的右脸完全康复，没有留下任何疤痕。

# [ 四月 ]

◎ 西宁　遍地蔷薇

## { 隧道长长长长 }

郎木寺至合作，转车到兰州，从兰州出发去西宁，很难想象吧，这些地名的转换就在一天之内。

那是一条很长很长的隧道，年久失修，散发着一股阴冷潮湿的气息，像无数次在我梦里出现过的那些隧道一样。

我从不找人解梦，也不懂弗洛伊德。梦里那些似乎没有尽头的狭长空间给我造成的惊恐，也仅仅是停留在梦中。

我只是靠着车窗上的玻璃，挂着耳机，目光呆滞，隧道的顶上每隔一段距离就有一盏昏黄的灯，在我的想象中，那些灯泡上一定围着厚厚的蜘蛛网。

在忽明忽暗的光线里，我的脸看起来已经完全没有少女的青涩，只有成年女子的疲惫神情。

耳机里在播放《离家五百里》，忧伤的曲调，我有点儿想流泪，眼睛却分明很干燥。

以前，我一直害怕太长时间的车程，怕辛苦，怕孤独，怕无聊，怕这怕那，所以只好哪里都不去，守在只要打个出租车就能到的酒吧里混日子。

那时候我觉得酒吧真是好地方，男生都好帅，女生都好辣，站在洗手间门口都能看到无数漂亮的面孔。

那时我大好年华，却总是化着怪模怪样的妆，半个小时睫毛膏就融了，我站在洗手间的镜子前面用手指狠狠地擦那些晕在眼周的黑色痕迹，我下手真重，一点儿也不怕伤着整张脸上最嫩的皮肤。

那时我还没有用眼霜的概念，雅诗兰黛ANR被我偏激地说成老女人用的东西，当然，那时我也买不起ANR。

那时我玩得很疯，生理期照样喝加了冰块的芝华士，一仰头，干了，一仰头，又干了，根本不知道痛经是怎么回事。

有男生跟我要电话号码，我在激光灯下眯起眼睛，意味深长地问他："你真的会打给我吗？"

我手里夹着烟，跟异性朋友紧紧地抱在一起贴面跳舞，我丝毫不担心他会对我有不轨的企图，因为他喜欢的是男生。

我卖弄风情，像一个孩子拙劣地模仿旧海报上的明星。

那时候我太年轻，刚刚领略到自由的滋味，不懂得当时任性的挥霍其实都是有代价的，我亏欠未来的自己，岁月给我记着账，来年都要一点儿一点儿地慢慢还。

大一那年的冬天，我跟当时喜欢的男生吵了一架，一怒之下倾尽所有买了一张去杭州的硬座票。

十二月的晚上，我穿着劣质的白色毛衣，冻得瑟瑟发抖。夜越深温度越低，我不得不把脏兮兮的窗帘拉过来裹在身上御寒，能有什么作用呢？

长达十几个小时的车程，我冷得睡不着，却又无聊得发疯，那时候我没有任何数码产品，只有一部破得仅仅能打电话发短信的手机，我甚至匆忙得没有带一本可以阅读的书。

那是一次很不愉快的出行经历，当我回忆起来的时候，除了记得当时自己斩钉截铁地发誓以后一定要努力赚钱，无论去哪里都坐飞机这个雄心壮志之外，别的什么感受都没了。

这件事的后遗症是导致我在很长的时间里，听到从某地到某地要坐八个小时以上的车，就会有一种"这辈子都不要去那里"的想法。

不管我愿不愿意承认，在很久很久以前，我的确是只井底之蛙。

二十三岁那年的夏天，我的后遗症被每天至少八小时的坐车经历治愈了。

在和田买去乌鲁木齐的汽车票时，S先生轻描淡写的一句"差不多二十六个小时吧"把我吓傻了，我像是没听懂这句话似的，不死心地追问一遍："多少？！"

二十六个小时，我不知道要怎么才能熬过去。

在和田汽车站旁边的宾馆里，我忧愁地吃着清甜的葡萄，看着 S 先生的背影，拼命地安慰自己说，没事，他还在这里，你们还在一起，不要怕。

那天我很早起来去离车站有点儿远的新华书店买了四本阿加莎·克里斯蒂的侦探小说，我算一算觉得撑十多个小时应该没什么问题了，剩下的时间就睡觉好了。

我知道自己当时为什么表现得那么惊慌和害怕，像是要去死似的，S 先生一直冷眼看着我，在他看来这又是我不成熟不淡定的一种表现。

我跟他争执，说你不知道无聊多可怕。

他看了我一眼，那种眼神就是大人看自以为是的小孩子的眼神，他说："我不知道什么叫无聊？那年我一个人去中亚，每天坐长途汽车，睡了一觉醒来以为车没动过，周围的景色没有任何变化，除了戈壁就是沙丘，周围的人既不说汉语也不说英语，你说我无不无聊？"

后来我们分开，各自回到各自的地方，有一天在网上聊天时，他跟我讲，做人应该是形散神不散，你啊，还没有神。

不知道为什么，在这段长长的隧道里，我忽然又想起他。

想起经过塔克拉玛干沙漠的那天晚上，天上又大又白的月亮。

想起在那之后，每当我在痛苦面前表现得不够强大，便会用他对我说的那句话狠狠鞭笞自己，想起那些靠近和抵触，那些沉沦和反复。

想起那些我不知道该不该叫作爱情的东西。

停车时，司机说，西宁到了。

乘客们开始陆陆续续地起身拿行李，下车，一时之间动静很大。

我被这声响惊醒，回过神来，看着窗外稀稀拉拉的灯火，眼睛里有着落寞的光。

## ﹛字迹﹜

在这么久之后，当我做出了很大努力，仍然无法重拾那天下午，在厚厚的十几本留言簿里，第一眼就看到你的字迹时的心情，才惊觉，我们之间的一切都已经被稀释淡化。

我再也找不到彼时彼刻的激动，和只有落泪才足以表达的酸楚。

原谅我吧，时间已经太久了，足够两个相爱的人达成婚姻契约甚至孕育生命，或者厌倦彼此分道扬镳。

人做不到的事情，时间能。

我终于心服口服地相信了这句曾经无数次对自己，对那些为了爱情在深夜里痛哭的姑娘说过的话。

在我杂乱纷繁的记忆里，那是一个炎热明亮的下午，西宁的天空深远空旷，云朵洁白无瑕，窗口那株植物被人忽略得太久，叶子已经枯黄。

我盘腿坐在木头椅子上，旅社里所有的留言簿都堆在我面前的桌子上，我信手拿来一本，只是想要在那个无聊的下午发现一些琐碎的诗意，只是想看看在我之前的旅客们在这里留下了怎样的心情。

大厅里不断有人走过来走过去，中国的外国的，男的女的，黑色头发金色头发，像是在电影里一样。

事情就在那一刻发生了。

我翻开第一页，看到你的字，蓝色水性笔的痕迹，安静地陈列在土黄色的再生纸上，干练简洁，带着某种宿命般的味道。

我没法解释这件事情，该说什么好呢，命运的奖赏，还是不怀好意的玩笑？

这里每天来来去去的人那么多，为什么偏偏是你，为什么偏偏是我？

你让我如何不相信，我走在逃离命运的路上，却与命运不期而遇。

我一共保存过三张你写了字的纸。

其中有两张是快递单，你寄东西给我，寄件人那一栏上是你的名字，收件人是我。

你永远不会知道我在拆那两份包裹的时候小心翼翼成什么样子，我对那张单子的重视甚至超过对盒子里的物品。完整地，不缺一个角地揭下来之后，折好，放在一个小小的纸盒子里。

第三张……我不得不承认，我得到它的方式不那么光明磊落。

在看到留言簿上你的字迹的那一刻，我就做出了这个决定，我要带走它。

是的，我把它撕了下来，夹在我的日记本里，一直携带着直到旅行结束，回到长沙，打开那个小盒子，把它跟你送给我的所有东西放在一起。

我不知道如何解释这件事才能让自己显得不那么猥琐，但如果再给我一次机会，我还是会这么做。


有科学研究的数据表明，如果人这一生活得足够久的话，可以遇见两万个喜欢的人。

但我想，在这两万个人当中，也只有那么屈指可数的一两个，能够让你觉得一点儿也不后悔，哪怕受了很重的伤也还是值得，再给你一次机会，你还是要去爱这个人。

虽然不知道还会不会遇见比你更好的人，虽然不知道我还能不能再爱上别人，但在有限的生命里，假如再给我一次机会，我还是愿意在二十三岁那年的夏天遇见你。

我想我又矫情了，真对不起。


我这一生所能够拥有的，关于你的回忆，在几十年的人生长河里，毕竟只是零星。

我知道我还要一个人独自活很久，在没有你的状态下活很久。

见不到你，听不到你的声音，痛苦难过的时候也无法拥抱你，但我知道你永远在那里。

我不愿再惊动你，我以静默作为代价，换得你长长久久地留在我孤独的生命里。

## { 假如我能送你一张照片 }

我有什么能够送给你，旅途中的陌生人？

如果这一生没有机会再见到你，我能不能送你一张照片？

在聪聪离开西宁的前一天，我决定跟她一起去门源看油菜花，同行的还有被我们叫作宅男的小张。

聪聪是我在桑珠认识的姑娘，我们同住在一间女生房里，某天推门进去的时候，她回过头来笑着跟我打招呼，两只眼睛圆滚滚的，一派纯真的样子。

一起去坎布拉的途中，她跟我讲，这趟旅行结束之后她就要去香港读书了，所以趁开学之前，要玩个痛快。

我带着羡慕的眼神看了她半天，然后她问我："你是做什么的？"

我有点儿不好意思地说："写书的。"

这下，换成她用羡慕的眼神看我了。

八月的门源，漫山遍野都是油菜花，为了上镜好看，我们穿得无比明艳。

她是蓝色书包大红裤子，我是宝蓝色裙子枣红色披肩。

背景是金黄的花田，采蜂人在路边支起帐篷卖蜂蜜。

负责给我们拍照的小张同学一直感叹说自己的眼睛都快被这强烈的色彩对比给刺瞎了。

玩累了，我们就像小孩子一样在田埂边坐了下来，聪聪从她的书包里拿出前一晚特意去莫家街买的两张巨大的馕，边分一些给我边教育我，要学会省钱啊舟舟，你一顿吃几十块钱是不行的啊。

她真不愧是学商科的！

那个后来多次被我写进博客和专栏里的回族大叔，就是在这个时候出现的，他戴着一顶小白帽，骑着一辆灰扑扑的摩托车，从我们身后那条凹凸不平的碎石子路过去了，又倒回来。

我们转头看着他，他也看着我们，一秒钟后，大家都笑了。

大叔在我们身边坐下，跟我们聊天，起先他有点儿拘谨，汉语说得不太流畅，总要重复个两三次我们才能弄明白，但这一点儿也不影响大叔跟我们交流的兴致，在我趴着给一群骑着单车的小孩子拍了几张照片之后，他有点儿不好意思地指着我的相机问我："我能不能看看这个？"

拿着无敌兔（佳能 5D2 单反相机）研究了好半天之后，大叔有些迟疑地问我："这个很贵吧？要几千块钱吧？"

我入无敌兔的时候，机身一万六，我是咬着牙闭着眼睛刷的卡，网上说的"单反毁一生"真不是开玩笑。

大叔问了我这个问题之后，我和聪聪互相看了一眼，像是交换着某种默契，然后我听见自己说："不贵，就两千多。"

两千多，大叔听到这个价格时还是忍不住咋舌，连忙把相机还给我，生怕弄坏了似的。

其实我也不知道为什么，原本可以说实话的，但在那一刻，我撒了谎。


后来他问我们能不能给他拍张照片，我们说："当然可以呀，你把你家的地址给我们，等我们回去了洗出来给你寄过来。"

可是很遗憾的是，他说他不识字，不知道自己家的地址。

我们又想了很多办法，循循善诱地提示他，你儿子的学校地址呢？别人给你家汇款的地址呢？你住在什么村？有没有大队？

看到我们那么着急，大叔倒是释然了，转移话题跟我们说："还是读过书好啊，在城市里生活好啊。"

我说："才不是呢，城市里有什么好的，蓝天白云都没有。"

话音落了之后，所有人都沉默了。


那群骑着单车的孩子，我们在离开之前叫住了他们，让他们把学校地址留下。

回到长沙之后，我把照片洗出来，寄给了照片上那几个男孩子。

他们穿着黑色的布鞋，踩着老式的单车，脸颊上有长年日照后留下的高原

红。他们的笑容很灿烂，眼睛漆黑明亮，让人想到秋天翻滚的麦浪或者果园里成熟的果实，那些与土地相关的、那些本真的、纯粹的贴近生命本质的事物。

那些事物，是无论世界如何变更，城邦兴衰与否，都无法改变的。

而大叔那张纯朴的笑脸至今仍安静地保存在我的电脑里，我想假如我以后再去青海，一定要再去一次门源试试，看还能不能碰到他，还有没有机会把这张照片送给他。

并且也就是从那一天开始，我决心要买一个小型的照片打印机，随身带着。

## { 原本不应该是我一个人站在这里 }

我穿着在民族服装城买来的藏族姑娘穿的衣服，紫色，绒面，金色盘扣。

我把相机放在石头上，设置好定时器，二十秒一张。

旁边不断有当地人过来问我要不要骑马，我一律回答说不要，谢谢。

你见过八月的青海湖吗？

站在路边望过去，先是一片不掺杂色的金黄油菜花，然后是一道散发着泥土香气的紫红，再过去是蓝得像海一样的湖水，再远一点儿的地平线上是梦中才有的白云和蓝天。

面对那样美丽的画面，你会发现再广的镜头也无法呈现它的万分之一。

我眨了眨眼睛，它定格在我的脑海里。

在青海湖边，我有一点点惆怅，但不至于悲伤。

我只是觉得，原本不应该是我一个人站在这里。

## {神会安排好一切，你要等}

我与 Lulu 姐唯一一次认真的长谈，发生在我离开西宁前的那天晚上。

当时她是桑珠的义工，负责前台接待，我入住的那天晚上她值夜班，快十二点我才到旅店，并且在办好了入住手续之后，我还锲而不舍地抱着笔记本坐在已经熄了灯的公共大厅里蹭 Wi-Fi。

我想 Lulu 姐对我的第一印象一定不太好，那天晚上她催了我好几次我都不肯走，当时她并不知道我的职业，不知道那天晚上累得筋疲力尽的我其实是在赶一个专栏稿子。

我大概是那年夏天在桑珠待得时间最久的客人，整整半个月，我哪里都没去，牢牢地霸占着靠窗的那个位子看书，上网，吃水果，喝酸奶，写日记和明信片。

Lulu 姐有时候路过，看不过眼了，就会问我一句："你辛辛苦苦地跑到青海来就是为了上网吗？"

我不知道怎么解释，只好冲着她哈哈笑。

那时候她一定觉得我是神经病。

第一次正正经经地引起她注意是因为我看一个求婚视频看哭了，哭得有点儿吓人，她从前台跑过来问我："怎么了，舟舟你哭什么？"

我喘不过气来，好半天才告诉她："我没事，就是太感动了。"

她带着啼笑皆非的表情看了我一会儿，什么也没说就走了。

至此，我们才算是正正经经地认识了对方。

买好去张掖的票之后，桑珠所有的工作人员看到我都会问一句："明天走啊？"

我说："是啊，不好意思继续待下去啦。"

当时的店长小孙哥一直很照顾我，在铺位最紧张的时期总会利用私权给

我留出床位来。

　　前台的萍萍，是个跟我差不多年纪的小姑娘，有时候趁人不注意，会给我单独调很好喝的奶茶。还有好几个打扫卫生的阿姨，每次在晒衣服的天台碰到我都会热情地说："这里空着，晾这里来。"

　　我丝毫不怀疑自己是有史以来桑珠最受欢迎的客人——之一。

　　有时候我也会思考，到底是因为我从没遇到过坏人，才能一直维持对善良的信任，还是因为内心一直保有孩童的纯真，才能一直享受这种让人羡慕的好运？

　　到底哪个是因，哪个是果？

　　离开西宁前的那天晚上，大厅里闹哄哄的，一大群年轻人拖着很多东西吵吵嚷嚷，领队的是一个高白瘦的男生，看起来比他们都要大，有点儿幼儿园老师带孩子的感觉。

　　他们是一群义工，大部分都是在校的大学生，第二天就要前往玉树支教。

　　彼时我刚洗完澡，穿着一件墨绿色的绸缎面料的衣服，披着头发坐在前台喝酸奶，Lulu姐悄悄对我使眼色说："那个男生不错啊，要不要认识一下？"

　　我差点儿把酸奶喷出来。

　　夜渐渐深了，站在吸烟处，Lulu姐双手抱肘，静静地看着我，过了一会儿，她问我："你抽了多少年烟了？"

　　让我想一想，在我十六岁的时候，心里那个名字是周。

　　分开一年之后，他在另外的城市，我的朋友打电话给他，反复问："你们真的没可能了吗？"他在电话那边斩钉截铁地说："没可能了，以后不要再问了。"

　　他大概也没想到，那通电话摁了免提，我就坐在旁边。

　　电话挂断之后，我很久没有说话，我记得他们在我旁边说："你想哭就哭啊，没关系的。"

我说：“我不想哭，你们给我支烟吧。”

我很清楚地记得那就是我第一次抽烟，当时我的确是觉得有点儿伤心。

为什么你那么果断，为什么你那么决然？

为什么你完全不想想我的未来，将来我要如何生活下去？

怎样再去相信爱，怎样再去相信自己依然值得被爱？

多年后，生命里来来去去的人多得我都记不清楚名字和面孔了，我才明白一件事，其实很多时候我们以为的伤心，只是自尊受到了打击和挫折，真正能够伤到我们的心的人，这一辈子也只有那么几个。

所以，从十六岁开始，到现在，我的烟龄是八年。

不断有人从我们的旁边走过去，我说：“Lulu 姐，我们明天就分开了，下次再见不知道是什么时候了。”

她扬起眉毛跟我说：“人生是一本写好了的书，我们每天的生活不过是在翻页而已。”

我好像从来没有问过，她到底是做什么的，义工显然只是一个暂时的身份。

到了离别的这一天，她才告诉我，她是一个传教士。

她说：“我从知道你的职业那天开始，一直在网上看你的微博和日志，我知道你心里有一个很爱的人，那段感情还没有过去。”

我是个不喜欢在别人面前示弱的人，但说不清楚为什么，听到她这句话，我的眼泪忍不住簌簌地落下来。

一个曾经占据你心灵和情感的人，一个曾经教会你如何去了解这个世界的人，他不是别的，他是你的天空、阳光和氧气，一旦失去，没有任何东西任何人可以取代，可以弥补。

Lulu 姐拍了拍我的肩膀，凝视着逐渐平静下来的我，说了那段至今我还能一字不差地背出来的话——

舟舟，你要相信，这个世界上一定有你的爱人。其实每个人都有，但等待的时间长短不一样。恕我直言，你是一个很特别的姑娘，也许你等的时间要比别人长一些，你要有耐心，不要急。

　　神会安排好一切，你要等。

　　我不知道这些年来，自己所承受的一切是命运对我的恩宠还是惩罚，如果是前者，那我是应该从容地面对痛苦。

　　命运是公正的，它知道你的极限在哪里，它不会把你承受不了的苦难强加给你。

　　你要相信每个苦难的生命都会迎来一个摩西，相信他的强大和慈悲，相信他会奉耶和华的旨意，以权杖分开红海的水，最终你会抵达丰饶之地，上帝之城。

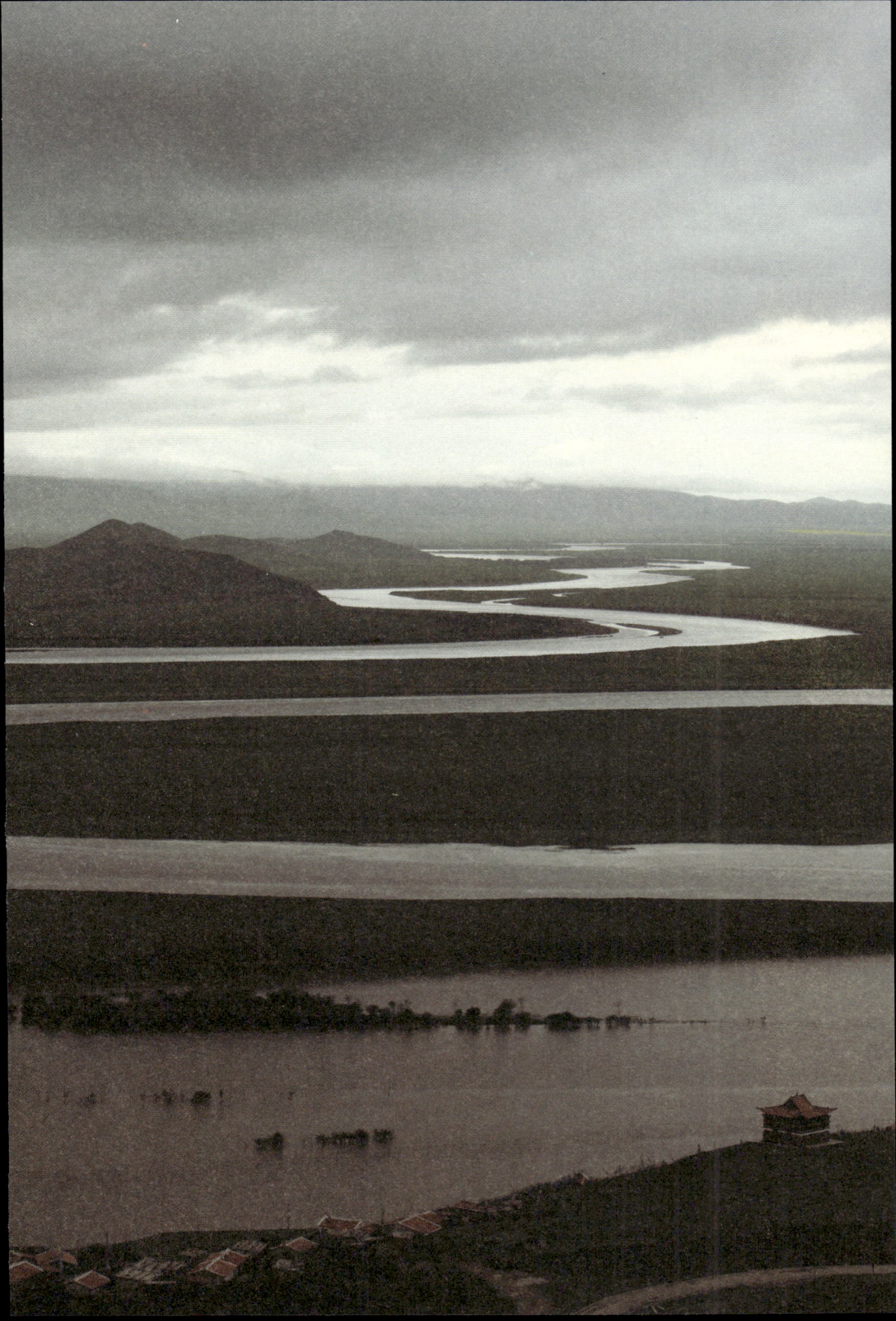

# [ 五月 ]

◎ 敦煌　我们对面坐着，犹如梦中

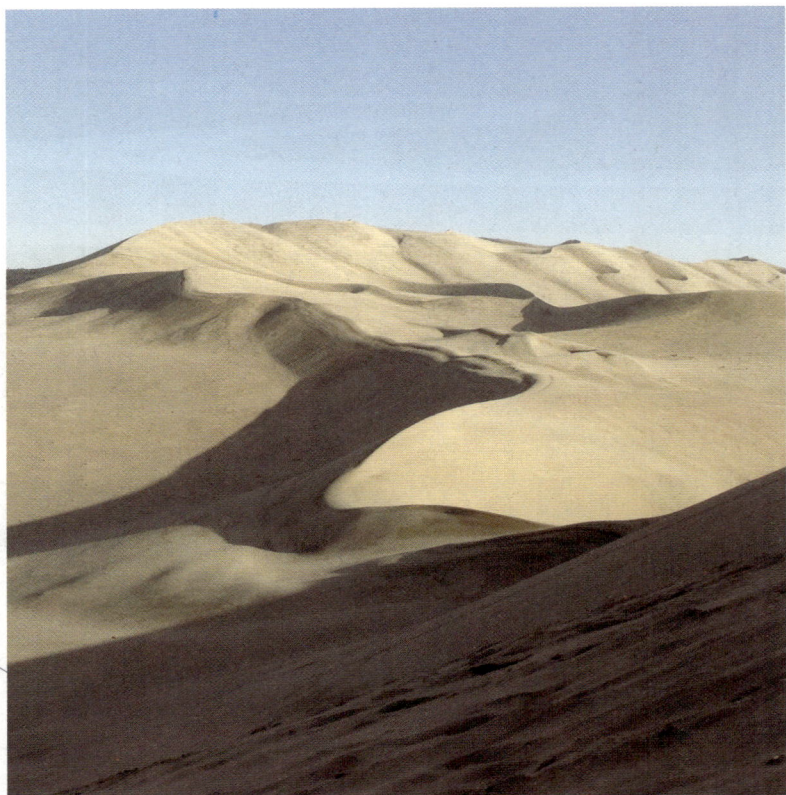

{ 人世冷暖，如同盲人摸象 }

这原本只是西北之行中微不足道的一个转乘站，但我决意要认真地写写它。
为了它给我的意料不到的感动，为了那质朴、敦厚、善良的一家人。

七个小时的车程，从西宁到了张掖，薄薄的暮色中，一个戴着眼镜的小姑娘站在汽车站门口等着我。
她说："舟舟姐，我叫李卓，我妈妈叫我来接你。"

对彼此来说都是陌生人，我是说，我们原本只是陌生人。
琼姐在见到我的时候一直说抱歉，原本应该亲自去接我，但店里有事，走不开，只好叫她女儿去。
我一整天没吃没喝，脸色苍白，拖着箱子一个劲地对她道谢，说是我给他们添麻烦了，是我不好意思。
她又问我："你是小黑的朋友？"
我仰头喝下她倒给我的开水，心里盘算着怎么解释这件事。
我并不认识她所说的小黑，我们之间的关系只是曾经同住在桑珠青旅而已。

某天晚上，我在楼梯间打电话给朋友，说我要从张掖转车去敦煌，但我一点儿也不了解张掖，有点儿担心。
挂了电话之后，那个长得很好看的男人在背后叫我："喂，我在张掖认识一个大姐，你去了可以找她。"
我握着手机怔怔地看着他，不知道这是唱的哪一出。
很久之后，我们在网上聊天时他才解答了我的疑问：那时候在桑珠，你每天都一个人站在那里抽烟，我对你印象蛮深的，看你一个女生走，就帮帮你。
除了运气之外，我想不到别的解释了。
我原本只是想找一个干净一点儿、安全一点儿的旅店暂居一晚，但琼姐一家人说什么也不同意我一个姑娘住在外面，不由分说地把我连同行李一起拖回了家。

家里有个九岁的小男孩，一直不跟我说话。我能够理解他，换了是我，也会对这个不知道从哪里冒出来的陌生姐姐有一点儿防备。

换了是我，我可能会觉得我家人疯了，还不知道她真名叫什么，是做什么工作的，就往家里带，这不是神经病吗？

整个晚上我一直收到朋友们的短信，叫我千万千万小心。

我回复他们说："我挺好的，这家每一个人都非常好。"

一个哥们儿留言给我说："你小心明天醒来发现自己少了个肾。"

虽然人人都在危言耸听，但那天晚上我还是睡得特别踏实，第二天醒来的时候，我什么也没少，九岁的小男孩站在我床边跟我说："姐姐，你起来啦，我妈妈叫我带你去吃早餐。"

我只在这座小城里待了一天一夜而已，全中国，这样的小城成千上万，不繁华，有些寥落，但它是不一样的。

我会记得奶奶亲手做的手擀面。

会记得小男孩把他的《七龙珠》拿给我看，棒棒冰也分我一半。

我会记得李卓在租来的房子里拿她画的画给我看，告诉我，这是她喜欢做的事，这是她的梦想。

人世冷暖，如同盲人摸象，永远无法得知其全貌，我只得用所有的真诚和勇气来探究它的虚实。

无论多少人以过来人的口吻告诉我，这个世界远比你想象中更加肮脏险恶，我仍然坚持尽我最强的意念去相信它的光明和仁慈。

那些原本只是擦肩的人，也许在下一个瞬间我们就永远地告别彼此，也许我们没有来日。

我带不走他们的哀愁和美丽，带不走他们的欢乐和悲伤，改变不了他们的艰难和贫穷。

可是我们在一起的时候，彼此信任，不带任何矫饰，我靠近过他们，我

拥抱过这些平凡而坚韧的生命，这些简单、纯粹，没有任何坏心思的普通人。

无所谓对错，真伪，我只要记住我所感受到的这些，保存在心中。

我知道这情谊珍贵，永不褪色。


## { 你永远也不知道这些都是写给你的 }

我知道最终我还是要走的。我一直这么提醒自己，让自己在每天醒来的时候少喜欢你一点儿，在离开的时候就可以轻松一点儿。

——2010 年秋天


其实，你不爱我，我肯定也不会死。但是，如果你肯爱我，我一定就会非常、非常勇敢地活下去。


有句话是这么说的，幻觉比药有用。有个人的存在跟精神鸦片似的，有时候我觉得怎么办，真是撑不下去了，累啊疼啊怕啊穷啊，可是摸摸心口，发现你还在这儿，就觉得说不出地踏实。

没想伸手要些什么，你当我傻呀，我也知道留不住的就放了吧，我也过了做梦的年纪啦，可是……算了，你当我是浮夸吧。


我没法告诉你我有多害怕，害怕那些曾经像氧气一样的东西，我赖以生存的，在贫穷孤独病痛的时候，支撑我继续活下去的那些东西，已经被时间打败了。

我没法让你知道，在我浮萍似的岁月里，那些仅凭着臆想杜撰出来的力量，曾给过我多大的勇气。直到如今，我确定它们都已经彻底消逝，溯洄从之，道阻且长。

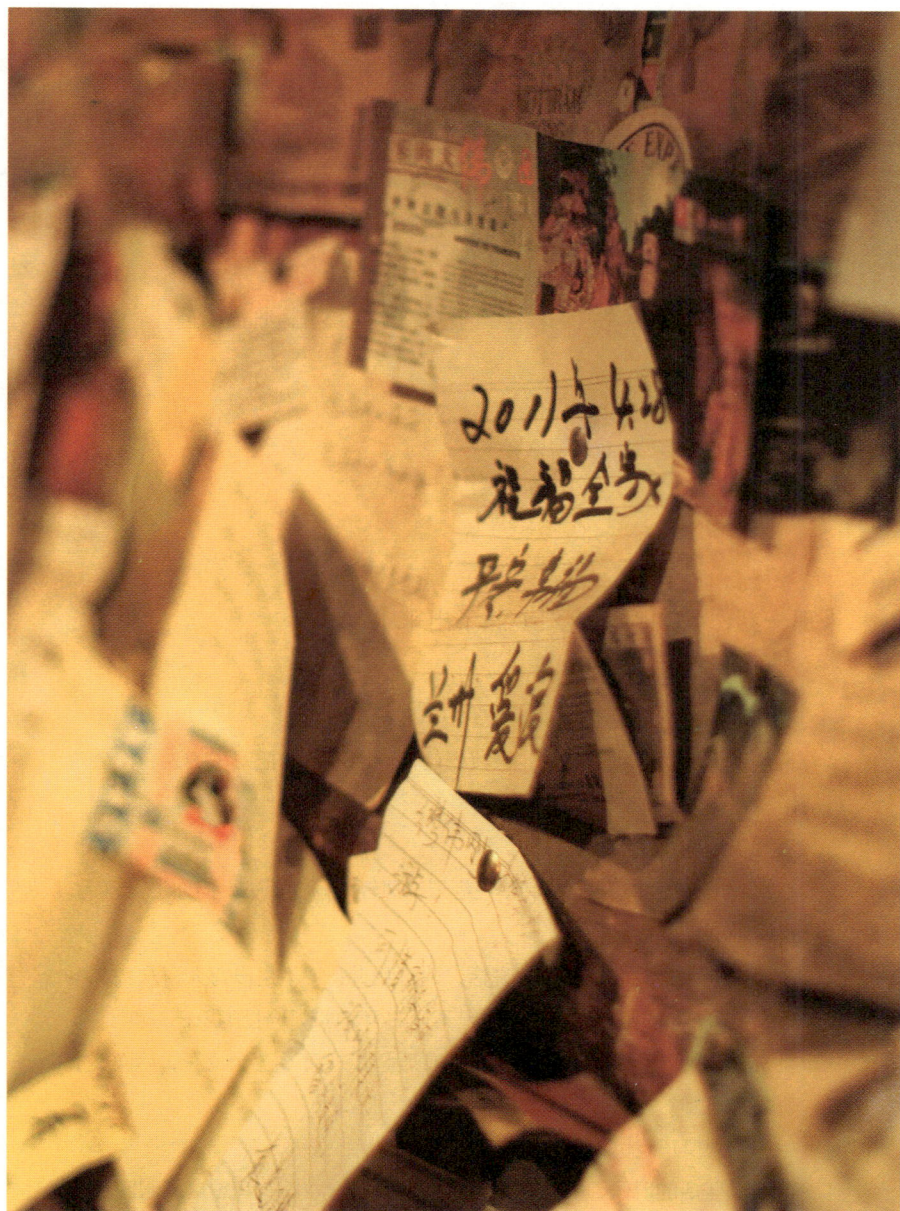

我曾以为过去早已过去，可是心里总有些什么却反复地幻灭之后又重生，对于这一切，我不抗拒也不躲避，要来的让它来。

很久以前，我就已经坦然地面对你虽不完美但我仍然爱你的这个事实，所有的心理屏障只能挡住那些与爱情毫不相关的人，它们挡不住你漫不经心的脚步声，没错，人生需要一场这样的完败，才算完整。

你永远都不会知道以上这些，全都是写给你的。

它们是生长在无人涉足的幽谷中的花朵，兀自盛开，继而凋谢。

你记得也好，最好你忘掉。

是啊，你忘掉吧，我记得就好。

## { 那一刻，我的眼泪热烈地涌了出来 }

列车摩擦着铁轨的声音贯穿了整个夜晚。

烟色发来短信问我："舟，像我们这种心口插着一把刀子的人，出去旅行有用吗？"

我回答她说："没用，真的。"

在你心里捅下这把刀的人，早已经云淡风轻地扬长而去，但你走得再远，心还是疼。

曾经有一次，我们坐在一起说话，她跟我讲："不是没有人喜欢我，不是没有人示好，有人跟我说，你这样是不行的啊，你放下他跟我在一起吧。"

她说："我觉得跟听笑话似的，爱情这回事，又不是坐公交车，后面下个人，前面就能上个人。"

她说："反正我也不打算抵抗了，就这么耗下去吧。"

她说这些话的时候，一直在流泪，我沉默地看着她，我想这双眼睛在流泪之前到底是看过些什么，七年了，还能为这一个人流泪。

就在这个晚上，我执意坐一晚上的硬座独自前往敦煌，只为了我心心念念的"大漠孤烟直，长河落日圆"。

我看着周围乘客昏睡的面孔，那一刻我突然明白了她为什么跟一个人纠缠了七年，耗尽了青春，所有人都跟她说算了，你跟他没有未来，可她仍然执迷不悟。

我想我能够明白，为什么时间过去了你过不去，为什么一点儿小细节就会让你想起他，那种虽然短暂却震撼的被人珍视的感觉，再也没有任何人给过你。

我想，也许你也曾试图去爱别人，却失望地发现其实大多数人都差不多，朝秦暮楚，见异思迁。

你尽得爱的真髓，看破情爱其实是不坚牢。

于是你想算了，反正是输，输给他一个人足够了。

其实你不是非要爱他，你是无人可爱。

很久之后有个男生跟我讲他的前女友，他说："是她先爱上我，而我因为喜欢被爱的感觉，才爱上她。"

他问我："舟舟，为什么你一直都是一个人，你不喜欢被爱的感觉吗？"

他坐在我的对面，毫无恶意地问了我一个几乎将我置于死地的问题。

我凑过去看着他，他的瞳孔里包裹着我哀伤的笑容，我听见自己回答他说："我不知道啊，因为……没有人爱过我。"

这个晚上，我迷迷糊糊地睡了又醒，醒了又睡，在逼仄的空间里把身体扭曲成一个奇怪的形状。

朦朦胧胧中，感觉得到周围有乘客在走动，有些人下有些人上，我睁不开眼睛，疲惫至极。

直到那一刻，像是有一种无形的力量在召唤，我忽然睁开眼睛。

那是我毕生难忘的景象。

金色的太阳从地平线上缓缓升起，数之不尽的风车，在广袤无际的大地之上，在瑰丽的朝阳中呼啸着转动。

寂寂旷野，人生之不如意，皆如微末。

我抱着我的包，惊呆地看着这一幕，皮肤上乍起一颗一颗的鸡皮疙瘩，列车还在不断地前行，我的眼泪热烈地涌出来。

无论我如何斟酌用词，都无法将那一刻的震撼表达得淋漓尽致。

舟车劳顿，彻夜不眠，饥肠辘辘，蓬头垢面，这些算什么。

当你亲眼看到那样的画面，你会知道，一切的艰辛、孤单、疲累都是值得的。

那是在冗长的黑夜中，生命的海岸上第一道破晓的金色微光。


## ｛十七颗流星，划破了鸣沙山的夜｝

到达敦煌那天，我穿着已经被我糟蹋得不成样子的中袖白衬衣和亚麻长裤，而当天的地面温度是四十二摄氏度。

拖着小红箱子走了好长好长一段铺满骆驼粪便的乡间小路，汗流浃背的我终于到了青旅，破旧的铁皮房子里热得可以蒸包子，把行李放下之后去公共卫生间上厕所，推开门的那一瞬间……我就哭了。

很久之后，在我向朋友借来闭关写作的毛坯房里，我最要好的闺密黄鹤问我："你一个人住在这么大这么空的房子里，晚上不怕吗？"

我想都没想就回答说："不怕啊，可能我习惯了吧。"

一个生命中没有得到过太多爱的人，是不太明白什么叫害怕的，因为她没有后盾，因此缺少对自己的怜惜，久而久之，身体里关于"怕"的那根神经自然而然就坏死了。

在我五岁那年，父母离异，把我安置在奶奶那里，平房，老屋，幽静漆黑，散发着一股霉味。

某天凌晨我醒来发现奶奶不知去向，打开门号啕大哭，当时天还没亮，宇宙之中，漫天繁星都俯瞰着孤立无援的幼女。

第二天，住在附近的大人都把这件事当作笑谈。

似乎就是从那一天起，我拒绝再向这个世界示弱，所有的委屈和恐惧，都被隐忍在咬紧的牙关后面，都被掩藏在攥紧的拳头里面。

后来我用了很多很多年，才敢在自己之外的人面前哭，才明白了作为一个姑娘，流眼泪并不是羞耻。


但即使是在我像一个战士般活着的这些年里，仍然有一些禁忌是我没法克服的，首当其冲的是恐高症，其次……就是大便……

我知道说出来都没人相信，但这偏偏就是真的。

没错，当我推开洗手间的门时，赫然跃入我眼帘的，就是它！

那是我第一次在旅行中因为这样匪夷所思的原因哭泣，打电话给闺密的时候，我哽咽着说，为什么我要受这个罪啊，为什么？

电话那头，久久没有回音。

阿呆是在我哭完之后，坐在阁楼上吃面的时候出现的。

那恰好也是他做义工的第一天，因为年纪相仿，我成了他在敦煌结交的第一个朋友。

他说话带一点儿南京口音，非常温柔，虽然我一直觉得温柔这个词语用在男生身上有点儿怪，但除此之外，没有更恰当的形容词了，别跟我说温和，如果你也认识他的话，你就会知道温和是不够的。

他在我身边的木凳子上坐下，笑意盈盈地递给我一瓶农夫山泉，然后问我：“喂，晚上你要不要跟我一起去爬鸣沙山？”

我吃完盘子里最后一根面条之后，说：“我觉得……门票有点儿贵。”

他那双灵动的眼睛在镜片后闪着狡黠的光：“美女，你从来没逃过票吗？”

相对于后来七八个人互相扶持的大部队，第一天晚上只有我和阿呆两个人从骆驼圈里翻铁丝网的记忆，可谓刻骨铭心。

西北天黑得晚，八点多我们才在骆驼圈门口会合。

几十峰骆驼张着鼻孔呼哧呼哧地冲着形容猥琐的我们喷热气，它们水汪汪的大眼睛在长得令人忌妒的睫毛下，带着不解的神情看着我们这两个不速之客。

骆驼们一定不知道，人类一旦坏起来，是这么不要脸吧……

阿呆见到姗姗来迟的我，当即就呆了，他忧心忡忡地看着我的小热裤和机器猫拖鞋，过了半天才说："舟舟啊，你这一身，真不适合翻铁丝网啊。"

我一把拉过他挡在我前面："说真的，比起铁丝网，我觉得那几十峰骆驼更可怕。"

我不想描述自己那天晚上从铁丝网上摔下去的窘相，也不想评价当我骑在铁丝网上进退两难时，阿呆同学仰着头一脸善良地说"跳吧，我接着你"是多么天真的行为，更不想说当我真的相信他会接着我，眼一闭，心一横地跳下去之后，发生了怎样的人间惨剧。

不管怎么样，反正我们第一次逃票，圆满成功！

夜里的鸣沙山不似白天巍峨壮阔，清冷的白色月光下，只能看到它的大致轮廓，朦胧缥缈，让人产生不知身在哪个时空的错觉。

绵延不尽的沙丘，踩下去就是一个坑，大风里夹着沙粒，我睁不开眼，也无法开口说话，阿呆牵着我的手一直走到顶，我睁开眼抬头看过去，月亮就在前面等着我。

那一刻，我忘记了腿上被铁丝划破的伤口，万籁俱寂，寂寞永生。

再后来，我们的队伍里就多了个丫头，她跟阿呆谈起了恋爱，但是比起阿呆，她似乎更喜欢我一些。

午后我坐在秋千上吃冰激凌的时候，她会跑过来推我，晚上我们坐在吊床上聊天，她念很美的诗句给我听。

在蓝天之下，大地之上，诗意地栖居。我的果实在树上，我的食物在地上，俯拾即是。

念完之后她看着抽烟的我，一直笑，说："从小到大我一直都很想找一个匪气的女生做我的朋友，现在我终于找到了。"

她是第一个用"匪气"这个词语形容我的人，在此之前，我从未想过。

在我离开敦煌的前一天，晚上逃票上鸣沙山的队伍已经扩充到了七个人，并且每走一段路，就会遇到那么一些以同样的方式越过铁丝网的同道中人。

那天晚上我们七个人以各自觉得最舒服的姿势躺在月牙泉边，看着漫天凌乱的星星。夜晚的风格外轻柔，一时之间，没有人说话。

第一个发现流星的是阿呆，紧接着，以平均七八分钟的速度，月牙泉边响起此起彼伏的"看，那边"的声音，都是在城市里长大的孩子，一年到头难得看到几次清朗的星空，每个人都很亢奋，除了我。

每个看过《深海里的星星II》的人都知道，在海拔五千二百米的地方，陆知遥半夜把程落薰叫醒，在冷得发抖的夜里，他们一起看过银河。

她从背后抱住他，头埋在他的外套里，无声地淌了一脸的泪。

那是来不及用镜头捕捉的景象，却是她永生难忘的回忆。

同样，也是我的。

那天晚上，直到我们带着满身沙粒离开的时候，总共看到了十七颗流星。

回青旅的路上，他们都兴奋极了，我却没怎么说话，十七颗流星，我一个愿望也没许。

2010年的春天，我在北京的雍和宫，秋天，我在拉萨的布达拉宫和大昭寺，都是传说中的灵地，但每每我虔诚地拜下去时，都没有任何想要神灵帮我实现的愿望。

我只会在心里默默地说一句，我是葛婉仪，我来过了。

我对人生无所求。

这世间没有任何一样东西能够令我狂热地想要得到，没有任何一个人能够令我想要以爱的名义，夺取他的自由。

十七颗流星划破了鸣沙山的夜，深蓝的夜幕下，是我垂垂老去的背影。


## { 谁能媲美你绝代芳华 }

莫高窟，在很小很小的时候我就知道它，中国近代史上不堪回首的屈辱往事。

当我真正站在它的面前，看到被西北大漠的风吹了几百年的石岩，以及那些饱受摧残却沉默不语的洞穴时，我依然颤抖得想哭。

那是一个炎热的下午，入口排着很长很长的队伍，每一个小型团队都有一个年轻的女导游在低声指导游客佩戴耳机，她们其中有一些是在校大学生，暑假来莫高窟做义工，向慕名前来的中外游客介绍这段美得令人惊心动魄，也毁得令人痛心疾首的历史。

由于早年没有保护好，我去的时候，每天只对外开放十几二十个洞穴，并且每一个洞穴里都配有检测器，一旦二氧化碳的指数到达警戒标准，这个洞穴就立即封闭。

在我参观的为数不多的那些洞穴里，我这个毫无艺术细胞的家伙，也被墙壁上那些精美繁复的壁画深深地打动了，当目光落在残破、斑驳的部分时，人群里便会接连着发出轻声的叹息。

四个月之后，我和Jenny在印度阿格拉的古堡里，一个历史专业的年

轻人自告奋勇地要做我们的导游，当他指着昔日金碧辉煌的国王寝宫，用无奈的语气对我们说"曾经这里有很多财宝，后来都被强盗抢走了"时，我和Jenny轻声说："我们国家也是。"

我们有各自的血泪史。

在门口的景点商店里，我花高价买下了一块宝蓝色的羊绒披肩，它很好看，也很柔软，但我知道它并不值老板开的那个价。

但有什么关系，我走了那么远的路，在那么多条披肩里第一眼就看中了它，我不知道换成别人会怎么想，但在我看来这就是缘分，如果不带它走，它恐怕也会难过。

后来我披着那条披肩去了北京，在北方初秋的夜里，去见一个我很喜欢的朋友。

再后来，它被装进我新买的二十九寸的旅行箱，跟着我去了泰国，又辗转到了印度，越往北走它的用处越大，我用洗衣粉把它洗得很粗糙，挂在破破烂烂的房间里，像一面旗帜。

从宏观上看，每个人眼里的世界都是相似的，但正因为细小物件的存在，才构成了人生的千差万别。

临上车时，我回头再看了一眼莫高窟，它在伤痕累累中依然沉默如谜。

谁能媲美你芳华绝代，长歌当哭，而我只觉得，歌哭都难。

# [ 六月 ]

◎ 北京　青草盛开，处处芬芳

JUNE

## ｛我不知道还能拿什么来让你留下｝

一年中最热的时候，我从火炉长沙坐动车去一个更大的火炉武汉，只为了看一场话剧。

那段日子，豆瓣和微博的首页上，到处可见江一燕的脸，她有一张淡得几乎是素颜的面孔，也有烈焰红唇的风情，这两种风格迥异的妆容出现在一张话剧的宣传海报上，被文艺青年们海量转发。

《七月与安生》。原作者安妮宝贝，这是她最出名的一个短篇，被改编成了剧本，在 2011 年的夏天，全国巡演。

十年前安妮宝贝以颓废、抑郁、小资的文风，横空出世，十多年来，喜欢她的人和讨厌她的人都长大了，有一些曾经喜欢她的人也变成不喜欢她的人。

在我买的某期《南方人物周刊》上，很意外地看到关于她的采访，依然是淡淡的口气，她说："我的读者一定会随着时间重新整合与分流，这是很自然的事情。"

十多年来，我喜欢的女作家从三毛、亦舒到严歌苓、龙应台，我阅读的题材不断变化，但我依然是安妮的读者，无论多少人诟病她的文风，在我看来她仍然是得天独厚的作者。

否则，你如何解释，在这个只要会写汉字就能出书的浮躁环境之中，为什么再也没有出现过仅仅以一个短篇就划分了一个时代的作者。

我只是代替十年前那个攒下零用钱去买那本《告别薇安》的少女看这场话剧。

八月的武汉。

离开场还有半个小时的时候，剧场外面已经水泄不通，我们买好矿泉水随着人流拥进剧院，不多时，灯灭了，人群里还有窸窸窣窣的声音，我的心是前所未有地安静。

江一燕饰演的少年安生，过于活泼，容颜也比原著中要漂亮太多。

安生应当是气质超越容貌的那种女孩子，她吸引人的是自灵魂里迸发出来的原始的力量，而不是一张精致的面孔。

后来才听说，原本是安排她演七月，但她因为更喜欢安生，主动要了这个角色。

我没有求证过，但理所应当地觉得应该是真的，她的形象和气质都的确更接近恬淡宁静的七月。

演出到中段，家明对七月坦白说："你们两个，我都爱。"

二楼的观众席上突然爆发出一声"你去死吧"，是一个看得太过入戏的姑娘，引得满场哗然。


安生背起行囊离开的姿态十分决绝，七月跟在她身后跟跄着喊她的名字，然而她没有回头。

舞台在这一刻暗了，只有一束追光打在七月身上，她喃喃自语："我不知道还可以拿什么来让你留下。"

黑暗中，我的眼泪第一次落下来。


我不知道还可以拿什么来让你留下，我这残破的余生，像是早已荒芜的花园，长不出一株明艳的植物。

究竟是你离开了我，还是我离开了你，这真不好界定。

你拥有的一切都超过我所能供给的能力范畴，我像一个被遗弃在时光中的拾荒者，而你本身，就是我拾到的唯一一块宝。

于此，我又能拿什么来让你留下，我又如何能超越贫穷的自尊，开口挽留你。

虽然，我曾经的确想留住所有留不住的，也曾经的确想对要走的说别走。


故事的尾声，一直特立独行、信马由缰的安生，终于回来了，怀着家明的孩子。她和七月在年少时缔结友谊的那棵大树下，她说："我累了，走不动了。"

从那一刻开始，我的眼泪泛滥成灾。

我在这个十年前就看过的故事里，流着自己的泪。

我说不清楚为什么，是我太多愁善感，入戏太深，还是在故事里看到自己的命途轨迹。

我是在期待，还是害怕，有一天我会像安生一样拖着疲惫的躯壳回到最初出发的地方。

是物伤其类，还是感同身受，如果走了那么远的路，只是走成了一个圆，那么这些孤单的路途，究竟有没有价值和意义？


最后那一幕，安生骑在单车上，在巨大的月亮前面往后一仰头，像极了我们热情饱胀却不知如何排遣的青春。

完美落幕。所有人都从位子上站了起来，掌声雷动。

我哭红了双眼。


## { 那一年我们二十岁，一切都还很美 }

这一年夏末，我买了一个二十九寸的白色箱子，上面被我和黄鹤一起贴满了花花绿绿的贴纸，十分壮观。因为它浮夸的扮相，以至后来在印度穷游时，我所到之处总是引来印度人民的热情围观。

带着破釜沉舟的心情，我拖着这个满满当当的箱子飞去了北京。

离开长沙那天，温度很高，我穿着那条宝蓝色的长裙在公寓楼下等 R，下午两点的飞机，十二点半我们才碰面。

帮我把箱子放进后备厢时，他皱着眉说："怎么这么重。"

我心不在焉地回答说："嗯啊，带了好多东西，不打算回来了。"

他呆了一下，又用试探的语气来确认我刚刚说的那句话。

"不打算回来了？"

"嗯啊，我想试试看北京的生活。"

他开车送我去机场，车里飘着若有似无的音乐声，我戴着大大的墨镜，看着在我身后不断倒退的风景。

临行前的这顿午饭我们吃得都不太好，时间太紧，甚至来不及慢慢咀嚼，我们说话的时间比吃饭的时间还要多。

我看着他，比起我们刚刚认识的那个时候，他胖了一点儿。

他说："别人都说我稍微胖一点儿比较好看。"

我嗤鼻一笑："他们骗你的，只有我才不会骗你。"

"为什么？"

"因为我曾经喜欢过你，也因为我早就不喜欢你了。"

我们认识的时候，彼此都才刚刚满二十岁，解放西路的霓虹灯下人影如鬼魅，整座城市隐约散发着堕落的美。

在酒吧里认识的朋友，当时大概谁也没想到后来会长久地留在对方的生活当中，我喜欢过他蛮长一段时间，那时候他是翩翩少年，Zippo（之宝打火机）划出的火焰，惊扰到骚动的青春。

我们之间没有天雷地火的情节，也没有风花雪月，甚至在艺术加工之后都编排不成一个动人的故事。

我们只是认识了，然后离暧昧很近，离爱情却有些距离，后来的日子里我看着他换女朋友换得很勤，一面挖苦他，一面又庆幸我们没有在一起。

我从学校里毕业的那一年，找房子找得焦头烂额，他大概是听别的朋友提了这件事，打电话给我，带着一点儿优越感说："你怎么不找我帮忙？"

那个六月的周末，他开着车带着我满城转，我一面盘算着自己的卡上还有多少钱，够找个什么档次的房子，一面尖酸刻薄地嘲讽他说："还是你们纨绔子弟过得好，二十出头就开这么贵的车。"

他无奈地叹气，说："葛婉仪你够了，我这样的都叫富二代，你要真正的富二代们情何以堪？"

他对我的称呼从最开始的舟舟，到后来的葛婉仪，直到如今带着调侃意味的舟姐，正如我们之间的关系，从礼貌到别扭的尊重到完全冰释前嫌。

我曾经问过他："你有没有什么梦想？"

他想了一下回答我说："发财算不算？"过了一会儿又补充说，"你肯定觉得我很俗气吧。"

我笑一笑，没说话。

或许每个女孩子也都经历过这样的感情，它并不刻骨铭心，想起这个人的时候既不会恨得咬牙切齿，也不会深情得永志不忘，这个人的名字不是禁忌，而是茶余饭后可以拿来做话题的谈资。

这段感情不需要你回避着某条路，某个街口，甚至某座城市，你去到这些地方完全不会触景生情，旁若无人地蹲下来哭泣。

你甚至会怀疑，你真的喜欢过这个人吗？这么平凡这么普通的一个人。

因为我们对人和事物的态度，其实就是某个时间段，自己内心的折射。审美其实是善变的，只是我们当初都不明白。

因为成长的过程本是不断的筛选，在经历了时光的打磨之后，你所喜欢的那些人和事物，较之从前的乱花迷眼会更接近你的本性，而筛选这件事，不可避免地会让你疏离你的从前，这其中包括了你曾爱慕的，你曾喜欢的。

其实这并不是他们的错，不是因为他们不够好，而是因为你的眼界打开了。

你看到的世界越来越广袤，它给你提供了越来越多的真相，你从中获得新的力量，而这力量不再寄希望于他人，而是来自你的灵魂。

而那些跟不上你节奏的人，无法跟你保持一个频率的人，以及那些早已选定了与你的路途相反的方向的人，便通通成了昨日之日不可留。

在机场分别时，没有难分难舍的情绪，放下箱子他就开车走了。

倒是我，站在候机大厅的门口，发了好一会儿呆。

我的目光沿着他的车消失的方向看过去，仿佛还能看到那一年，我们才二十岁，一切都还很美。

## { 从荆棘到藤蔓 }

在北京的第一个周末，我的左腿脚踝上加了一个新的刺青。

二十岁那年刺的 IVERSON 已经有些褪色了。健一问我："你想加点儿什么在旁边？"

我说："荆棘吧。"

他说："你是女孩子，我还是给你画条藤蔓吧。"

荆棘太凛冽，或许我是应该活得柔软些。

## { 北京病人 }

某天晚上，坐在出租车上，经过国贸的时候，我忽然泪如泉涌。

北京。

后来无数次，我挤在地铁里，看着周遭的人们僵硬的面孔和疲惫的神情，想起我在那些二三线城市看到的人，生活在没有地铁没有星巴克甚至没有麦当劳的地方的人，我生平第一次觉得我过去用"麻木"这个词形容他们是多么的不恰当。

北京，灯火辉煌的北京，文艺青年们心中的殿堂，每年都有多少人为了他们所说的"机会"来到这里，有多少人的愿望得以实现，又有多少人的梦想就此埋葬。

我记得小时候，中国地图还认不全的时候，我就渴望去北京。

我动用了一个儿童所有的想象力去构造我心目中的北京，当然，无非也就是尽人皆知的那些名胜古迹和特产，故宫、长城、天安门以及烤鸭、果脯……

但对于那时的我来说，北京，是一个遥不可及的名词，只能存在于我的

想象之中。

后来高考完，我说什么也要把志愿填在北京，可一估分数，凡是我能说得上来的学校我都考不上。

收到一大摞录取通知书，我只拆从北京寄来的，好不容易看到一个有新闻专业的学校，一问北京的朋友，人家说："啊？那是什么地方啊？在六环了吧？我们都不管那儿叫北京啦。"

再后来，我来了长沙，去了武汉，杭州，云南，西藏，新疆，青海，甘肃……但我还是没有去北京，我只是路过过，做一些采访，参加一下活动，我还是不知道，在北京生活到底是什么感觉。

离开长沙之前，很多很多人都问我："你为什么要去北京？"

我说不清楚，只是向往吧我想，觉得那里有一切我想要接触的事物，那里能够满足我所有的精神需求。

那里有798，有老胡同，有大大小小的演出，我能听民谣，也能听摇滚，我能去看话剧，也能看摄影展……

我不厌其烦地说服自己，那么多人蜂拥而至不是没有原因的，他们所说的机会，不一定是指就业的机会，找到一份高薪工作的机会，而是在更大的城市里，有认识更多新鲜的事物，更多有意思的人的机会。

于是我就这样做了，你看，实际上去北京多么简单啊，拖着箱子我就来了。

可是才第一个周末，我就抓狂了。

没有闺密一起窝在沙发上一边吃零食一边吐槽那些山寨的娱乐节目，没有哥们儿随喊随到一起喝酒吃烧烤。虽然我时常觉得人与人之间的交流其实是很悲伤的一件事，但在北京初秋的夜里，我第一次感觉到前所未有的寂寞。

寂寞，跟孤独是不同的。


我跟北京的朋友们一起吃饭，喝东西，他们聊的话题全是微博上的热点。

回去的时候，有人问我："你是不是不开心？"

我说："不是，人一多我就不爱说话，我是这个样子的。"

可我知道很多时候我并不是这个样子的。

我就这样浑浑噩噩地过了一个多月，一事无成，从南边搬到了北边，在十九楼的黄昏里一个人看夕阳。

我最喜欢的那部电影叫 The English Patient（《英国病人》），在北方的秋风里，我觉得自己就是北京病人，我的北京梦在春天发芽，经历了夏季的暴晒，大雨冲刷，蒸发之后，死在了静谧的秋天里。

我想这并不是这座城市的错，有那么多人都在这里生活得好好儿的，为什么我不行？

我问自己，为什么来了这里？

是为了人吗？是为了感情吗？如果是为了这些，那失落是不可避免的，因为这些都充满了变数。要想在一座城市持续地生活下去，唯一的理由应该是喜欢。

可我喜欢吗？

去大西北之前，我也来过一趟北京，正好赶上去通州运河公园看草莓音乐节，来了好多我喜欢的乐队和歌手。

第一天晚上回去的公交车上挤得都快窒息了，突然有个男生吼了一嗓子说："咱们唱歌吧。"

整辆车上所有的人都唱了，没有什么能够阻挡，我对自由的向往。

那些陌生的年轻的面孔在夜晚发着光，我第一次为了青春这件事儿热泪盈眶，车厢里的汗味儿都变得亲切起来，在那个激情的夜晚，我头上戴着老虎耳朵，看着窗外，暗自发誓，我一定要来好好儿了解这座城市。

那个时候，我对北京的憧憬像是一个不断被注入氢气的气球。

然后在秋天到来的时候，它啪的一声，破了。

订好机票之后，我给一个大哥打电话，我说："Hi，我要走啦，你请我吃顿好吃的吧。"

我在北京落地的那天，也是他开车去机场接的我，后来他跟我讲，他在车上远远地看到我站在那里时，就觉得这姑娘的气质很特别。

我本以为他是想夸我又不好意思直接说，便心领神会地接受了他的赞美。

可他把话说完却是这样的：气质很特别，一看就不是好好儿上班的人。

辞行的那顿饭是在三里屯附近的一家泰国餐厅吃的，那条路上有很多大使馆，枯叶落满街，的确是适合道别的场景。

他坐在我对面问我："真的不打算再多待一阵子吗？"

我说："你知道吗，我真的认认真真地想了很久，原来不是每个人都适合在更广阔的天地里游刃有余地生活，虽然可能他们自己也很向往，但实际上，他们根本无法找到乐趣和价值。

"我在北京水土不服——我指的是心理上。"


有些人，身无长物，却可以心拥天下。

我见过那样的人，没有稳定的经济来源，没有固定的住所，在简陋的房子里，喝着廉价的酒，做着自己认为是天下第一重要的事情。

我想说的是，其实我们这样的人，只需要三尺之地，就足够容纳我们的爱情，梦想和信仰。

我们这一生，所需要的，其实真的不是太多。


## ｛愿赤裸相对时能够不伤你｝


我有两台单反。两部手机。换过四台笔记本电脑。

我有两个刺青，确切地说是三个。

我有一箱子明信片，一箱机器猫的漫画，一套哈利·波特全集，一个 Moleskine 的纸质笔记本。

我有七管口红，分别是大红，复古红，裸色，纯橘色，橘红，金属红和桃红。

我有十瓶香水。

我有抑郁症。

陈奕迅的所有歌里，我最喜欢《打回原形》：

　　不要着灯，能否先跟我摸黑吻一吻

　　如果我露出了真身，可会被抱紧

　　惊破坏气氛，谁都不知我心底有多暗

　　如本性，是这么低等，怎跟你相衬

　　情人如若很好奇，要有被我吓怕的准备

　　试问谁可，洁白无比

　　如何承受这好奇，答案大概似剃刀锋利

　　愿赤裸相对时，能够不伤你

　　当你未放心，或者先不要走得这么近

　　如果我露出斑点满身，可马上转身

　　早这样降生，如基因可以分解再装嵌

　　重组我，什么都不要紧，假使你兴奋

　　情人如若很好奇，要有被我吓怕的准备

　　试问谁可，洁白无比

　　如何承受这好奇，答案大概似剃刀锋利

　　但你知一个人，谁没有隐秘

　　几双手，几双脚，方会令你喜欢我

　　顺利无阻，你爱我，别管我，几只耳朵，共我放心探戈

　　情人如若很好奇，要有被我吓怕的准备

　　试问谁可，洁白无比

　　如何承受这好奇，你有没有爱我的准备

　　若你喜欢怪人，其实我很美

　　很久以前，我也正正经经地谈过一段恋爱，那时的我，还没有如今这么多游离和破碎的情绪。

　　就在我几乎彻底忘记它的时候，它毫无征兆地，又出现了。

那段时间，每到深夜，我就会独自坐在阳台上哭，起先是呜咽，到后来则变成需要咬着牙才不至于歇斯底里的剧烈哭泣。

我吵醒了房间里的人，他走出来蹲在我面前，整夜整夜地陪我说话，可我只知道哭。纵然再亲密的人，也没法理解，没法分担这种痛苦。

在那年夏天，我就做出了一个决定，我不会再跟任何人缔结一段固定的情感关系。

我的余生，也许一直都是这样了，但他们应该有更多的机会去认识可爱的姑娘，有更多的机会去爱，和被爱。

我不知道自己会不会好起来，没有人能对我保证说舟舟你一定会好起来。

既然如此，我就不应该拖累任何人，不应该让自己成为别人的负担和累赘，不应该以爱的名义，剥夺任何人更多选择的权利。

一个人并不能够因为自己承受了自认为足够多的苦难，就可以无视，甚至蔑视别人的苦难。

至少，它还能让你记住，你没有资格把你的苦难经历当成个人的人生资本。

如果我不能与你和乐安康地一同生活，那我至少可以在你要离开我的时候坦然洒脱，这就是我能够给你的最好的爱。

很多人都喜欢这首歌里最后那句："若你喜欢怪人，其实我很美。"
但我更喜欢"愿赤裸相对时，能够不伤你"。

九月的工体，陈奕迅的演唱会，王菲是神秘嘉宾。
全场都沸腾了，可我没有。
我买了内场票，头上戴着能够发出蓝色的光的犄角。
可是他没有唱我最喜欢的这首歌。

## { 此生不复再相见 }

我似乎说过很多次再见，我把每一次都当作诀别，可是我们却一次又一次地重遇。

每个人都有一片森林，迷失的人已经迷失了，相逢的人会再相逢。

我没法拿村上春树的这段话再搪塞自己。

北京的秋天的夜，下了一点儿小雨。

我裹着披肩从胡同里走出来，在路边等车等了很久。

你知道吗，那一刻我有一种解脱了的感觉，为着坐在你身边的人。

她涂薄荷绿和白色的指甲油，用爱马仕的钱包，她比我年纪大，看起来比我得体得多。

而我是怎样的一个笨蛋呢，一个连斗地主都打不好的笨蛋。

思考要慢，做决定要快。

我就在那个夜里做了这个决定。

我这一生，再也，再也，不要见你。

哪怕我依然爱着你。

那天晚上我在回去的出租车上，又哭又笑，像演戏似的，脑子里不断冒出这句话：

"你要做一个不动声色的大人了，不准情绪化，不准偷偷想念，不准回头看。你要去过自己另外的生活，你要听话，不是所有的鱼都生活在同一片海里。"

此生再也不必相见了。

你就回到你原本的生活轨道之中去吧，我有我无可抵消的孤寂和沉默。

# ［七月］

◎ 清迈　悲喜交加。麦浪翻滚连同草地，直到天涯

## { 时光破碎往事翻涌 }

我很清楚地记得，在去清迈的前一天晚上，长沙忽然起了大风。

窗外风声呼啸，我和两个闺密在即将退租的房间里吃消夜，我一边整理行李一边跟她们聊天，三十多平方米的房间里凌乱不堪，透着一股子浓烈的离别气息。

那天晚上我们三个人挤在一起睡，但我没想到的是，那竟然是我最后一次睡在那个小公寓里，最后一次睡在那张每个朋友都觉得很舒服的柔软的大床上。

次日清晨，她们起来去上班，我拖着箱子在公寓后面吃了一碗加了很多辣椒的酸辣粉，然后赶去机场。

那是个温度很低的早晨，我穿一件白色的亚麻衬衣，再裹个披肩，仍然觉得很冷。

到昆明时，温度高了很多，我把披肩收了起来，将行李寄存在柜台，跟一个朋友一起去吃饭。

飞往清迈的航班是下午五点，我要在昆明停留五个小时。

这是我第二次来昆明，时隔两年，心境已经发生了翻天覆地的改变。

两年前，我刚刚落地时，满心的雀跃，吃碗过桥米线也觉得无限满足，我没有预计到不久之后，我会遇见生命中那么重要的一个人。

两年后，朋友见到我的第一时间就关切地问："你是不是很累啊？"

其实无关航程疲惫，颓靡和折堕是从内心向外扩张出来的，它们形成了一个无形的结界，将我包裹在一层肉眼无法辨识的愁云浓雾之中。

昆明，别来无恙。

从机场大厅里出来，我下意识地抬起头，顿了顿，跟身边那个年轻的男生说："云南的天空还是这么美啊。"

他不以为然地说："没什么好看的啦，每天都这样。"

每天都能看到的东西，的确是不值得大惊小怪，所以惊鸿一瞥的事物，才会让人刻骨铭心。

他们总是说，拥有的时候，我们不懂珍惜，每每要到失去了，才后悔莫及。

人总是喜欢说一些看起来好像很有道理，深想一下，其实蛮可笑的话。

并不是说，只要珍惜了，就不会失去。事实是，无论珍不珍惜，迟早都会失去。

我是宿命论者。

在昆明停留的五个小时里一直平淡无奇，高潮发生在最后那一刻。

朋友陪我在出境大厅里办理登机手续的时候，背后突然传来一声"舟舟姐！"，就像被人点了穴一样，我怔了好几秒钟才回过头去，两个女孩子站在离我几米的地方，其中一个一脸兴奋的羞涩，又似乎有些忐忑地看着我。

两年前，我抱着坏掉的笔记本，郁闷地走在大理的石板路上，也遇到过一模一样的情景，一个不知道从哪里冒出来的小姑娘忽然大叫一声"葛婉仪"，吓得我差点儿把本子摔在地上。

她们有个共同的称号，叫毒药。

好几年前，独木舟贴吧还只有几百个会员的时候，吧主曾经发过一个征集粉丝团名字的帖子集思广益。

这个好像是从选秀节目那里学来的，每一个参赛选手的粉丝团都有特定的称号。

我守着那篇帖子刷了好几天，一直没有特别满意的，后来我随口说，那就取"独"的谐音，叫毒药吧。

无心插柳，我也没想到后来随着时间流逝，这个群体越来越庞大，竟成为一个标签。

我拿着护照不知所措地看着紧张得有点儿语塞的她，其实我也很紧张，如果我知道有读者会看到我的微博，跑来机场见我一面的话，五个小时的时间里，我会化个妆的。

二十多岁的姑娘素面朝天地出门，要么是天生丽质，要么是自暴自弃。

显然我就是属于后者。

另外一个女生打破了僵局，向我解释说："她是你的铁粉，喜欢你六年了，

早上看到你的微博说会到昆明，下午课都没上就赶过来了。"

一时间，我感到万分惭愧，但我又很想批评她说，你这可是脑残粉干的事啊！

她丝毫不介意我的慌乱和冷淡，我是一个不太会说漂亮话的人，她把特意为我准备的耳坠和手链送给我，我只好木讷地重复着说谢谢，谢谢你啊。

这些"谢谢"并不是针对这一对耳坠和一条手链说的，而是说给如同锦云般流淌在我们隔着万水千山，仅以文字神交的岁月。

我不仅是对她说的，更是透过面前的她，向更多素未谋面，甚至也许这一生都不会相见的人说的。

说给那些在我念大学时，给我寄 Iverson 的写真集的人。

说给那些在我成年之后，还给我寄各种各样的哆啦 A 梦的人。

说给那些在我生日的时候，给我寄一整套《哈利·波特》的人。

说给那些买我所写的每一本杂志，每一本书的人。

说给那些并不介意我不够好看，执着地收集我每一张照片的人。

说给那些从开始到现在一直坚持告诉我"我们一路一起走，不离不弃"的人。

在边检口，我跟她说了再见。

她仰着稚气面孔对我说："一路顺风。"那一刻，我心中往事翻涌。

[ 各路文艺女青年 ]

整整两天过后，我时刻紧绷的神经才放松下来。

虽然已经是深秋，但热带的阳光还是让人眩晕。

清迈特有的缓慢和宁静抚平了我自北京开始一直无法摆脱的焦灼，那种舒适感就像是黄昏时，赤足踏进被太阳晒了一天的海水。

我住在一家叫小鸟的旅社，其中一个老板 Mike 是香港人，2008 年的时候在内地背包旅行，遇上地震，被活埋了好几天才被救出来。

我原以为在生死边缘徘徊过的人，应该有一种与众不同的超然气质，然而在见到他的时候，意外地发现他正在跟女朋友打闹，嘻嘻哈哈的跟普通年轻人没一点儿区别。

在小鸟的院子里，有两块很大的木板，右边全是中国人，左边全是欧美人，大家一致保持着这个默契，直到后来被我和 Matt 打破。

那是后来的事了。

在二楼的木阁楼上，我们一帮中国懒人每天重复着吃水果，聊天，喝酒，躺着发呆的堕落生活。

据说我在小鸟的那段时间，正好是当地中国人最多的一段时间。

我在清迈交的第一个真正意义上的朋友，是阿星。

她也是湖南人，就读于湖南师大中文系，作为孔子学院的志愿者在曼谷教中文，因为曼谷发大水，才躲到清迈来休假。

第一天晚上我从浴室里洗完澡出来，她躺在床上问我："Hi，舟舟，给你看看我去浮潜后的下场吧。"

我一时没反应过来，她已经从床上一跃而起，背对着我，衣服一撩，裤子一脱，赫然露出大半个裸体，除了小屁屁上内裤的痕迹之外，其他的皮肤都被晒脱了皮。

当时，我——就——震——惊——了！

这妞儿是在国外待久被开放的民风感化了还是生来就率性洒脱，我不得而知，但在那一刻我确定，我非常喜欢她。

她说："给你看过这个之后，我们就是朋友了。"

我说："哦哟，原来这就是你的待客之道呀。"

从那之后，我们每天都厮混在一起，第一天早上她带我去买泰式河粉，等待的时间里，我问她："你喜欢你做的这份工作吗？"

她抬起头来跟我说："当然，我从高中开始就想要做这件事，这是我的梦想。"

时间好像被割裂了，两年前的鼓浪屿，同样是早上，同样是新认识的朋友，曾畅的脸好像跟眼前的阿星重叠起来。

有梦想的人，在芸芸众生之中，是会发光的。

后来每天早上，我们都会去市场上买一杯混合果汁做早餐，榨果汁的泰国姑娘在最开始的那几天总是很不解，为什么我总是要把水果摊上所有的水果念一遍之后……只要一个香蕉混牛奶。

因为我是一个把英语丢光了的废柴！我只是在复习！

在我这样重复了一个星期之后，Jenny 终于忍无可忍地跟我讲："你够了！她会误会你要包场！"

Jenny，后来在长达两个月的印度之行中，与我相依为命的姑娘。

我到清迈时，她已经拿到印度签证，只等过完水灯节就前往印度。

当时我并没有确定自己接下来的行程，只是每天缠着她教我英语。

尽管她是英语专业出身，但因为是个相当随心所欲的老师，所以经常上着上着课，我们就聊天去了。

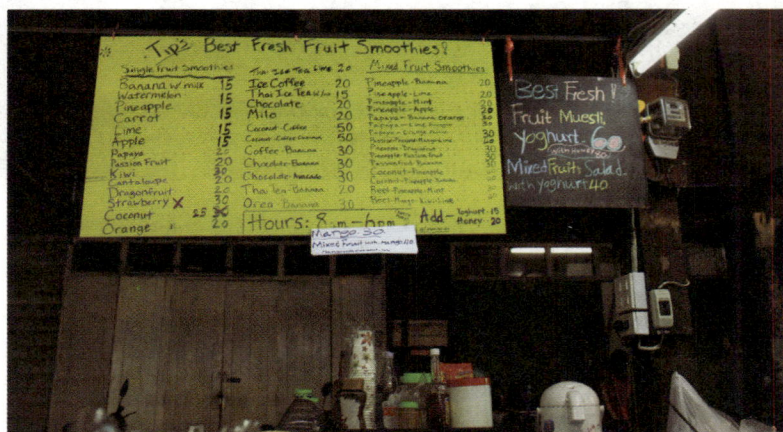

我问她："你在清迈这两个月都玩了些什么啊？"

她说："一开始吧，我还兴致勃勃地去了派县，去了厨师学校学做泰国菜，后来就每天躺在这里看电影，哪儿都没去了。"

她还说："我已经五年没有这么轻松过了。"

在辞职之前，她是杭州一家进出口贸易公司的高管，深得老总器重，当初为了留住她，甚至将副总的儿子介绍给她做男朋友。

很多人都会这样问："这么好的待遇，你为什么辞职啊？"

但我没问。

我已经在路上遇到太多这样的朋友了，他们原本都有一份看起来很体面的工作，拿着看起来让人艳羡的收入，生活得衣食无忧。

但突然有一天，他们在并没有找到下一份糊口的营生，并没有想明白以后的人生到底应该怎样度过的时候，就辞了职，背着包跑了出来。

他们并不知道自己要干什么，他们只是知道自己不要再这样下去了。

这种行为被我称为理想的觉醒。

Jenny 说，五年前她从武汉去杭州旅行，离开前的那天下午坐在西湖边，觉得这座城市真美。

于是她没有去车站，而是找了个房子住下来，开始找工作。

五年之后，她依然喜欢杭州，但她放弃了那种一成不变的生活。

她说："那个月我每天都在加班，突然有一天我问自己，难道就为了几个钱我要把命送在这里吗？"

于是她不顾老总极力挽留，辞职走人。

这世上，总有人，不为稻粱谋。

后来在我即将离开清迈去印度的时候，听说了一个关于榨果汁的姑娘的小八卦。

某天有个日本客人，给她看了一些樱花盛开时的照片，这种代表着伤逝的花，开得又急又美。

她看了那些照片之后，没几天，我们买的混合果汁的塑料杯上就多了樱花的图案，但当时我们都没留意到这一点。

　　但这不是最震撼我的。

　　在这个小八卦中，真正打动我的，是 Jenny 那句："你知道吗，她明年春天就去日本看樱花了。"

　　我记得自己当时瞠目结舌地看着 Jenny 好半天说不出一句话来，在那个瞬间，我的心里，对那个貌不惊人的姑娘陡然生出一股小小的敬意。

　　远行并没有想象中那么艰难，需要做很多很多的准备工作，要查攻略，要学语言，事实上它很简单，当你对远方的向往从你的脑子里冒出来的那一刻，你就已经出发了。

　　无关梦想，没有那么大那么空那么遥远，它只是你发自肺腑地想去做的事情。

　　印象中最后一次见她，是水灯节的时候，我披着长发，鬓角别着两朵黄色的花路过她的摊子，她笑着对我说："You are so beautiful."

　　文艺并不是多么高端的词，在阿星对我说"这是我的梦想"的时候，在 Jenny 那句豪迈的"不就是钱吗，回去再赚好了"当中，在那个穿着围裙，日复一日榨着果汁的泰国姑娘身上，我一次又一次地看到了文艺青年的光芒。

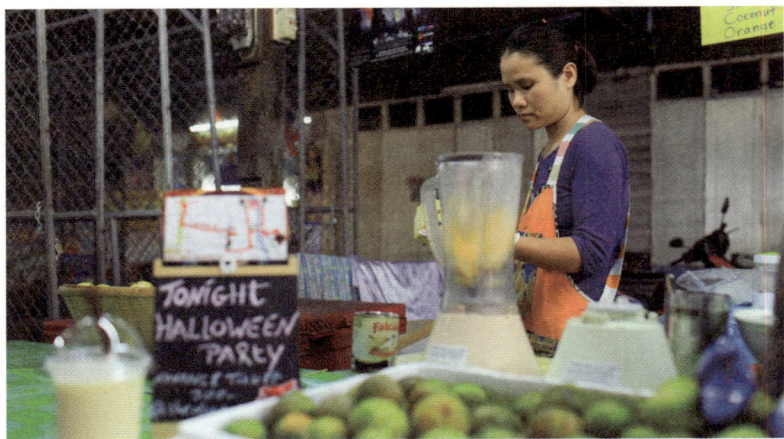

## { 我在这里给你们寄出明信片 }

十张明信片，其中九张写好地址，贴上邮票，投进了这个邮筒。

剩下那张，我夹在日记本里。

我没有你的地址。

我展开世界地图，这个星球上为什么会有这么多错综复杂的道路，这个巨大的、拥挤的世界。

一百年后，我的肉身即将沉沦于泥土，在我即将闭上眼睛的时候，你会不会出现在我的床边，来送我一程？

你会不会笑着同我讲："嘿，我收到了一百年前你没有寄出的那张明信片。"


## { 保罗脸上全无哀伤 }

第一次去屏河边的餐厅吃饭，她们跟我讲，邓丽君当年就逝世于对岸的那家酒店。

当时正值夕阳西下，微风吹皱河面，挂在树上的灯笼渐渐亮起来，但原本宁静雅致的风光，却因为这个故事，而变得有些萧瑟感伤。

多年前我在某本杂志上看到过有关这个故事的一段短文，写的是当年一代歌后邓丽君因哮喘突发窒息而亡后，记者前去采访，见到死者生前最后一任法国籍男友保罗，当时他还若无其事地抖腿，不一会儿便回房间倒头大睡。

他们曾有过五年"神仙般逍遥相爱的时光"，记者愤怒地说："可是那一刻，保罗脸上全无哀伤。"

可是有一位一直在那家酒店工作的服务生告诉我的朋友，那个小男友，每年都会回来酒店怀念她，最后一次精神状态不好，后来就再也没见过了，

服务生还担心来着。

那段故事离我太远，当年我不过是几岁幼童。

香消玉殒，时隔多年，我们来到了一个歪瓜裂枣都能当明星的时代，或许已经没有太多人记得这个笑容和歌声同样甜美的女人。

你可知后世歌者何等良莠不齐，这世间嘈杂如同万马齐喑。

你走了也好，走得早，也好。

你曾经那样风华绝代，或许，你并不需要后人记得。


## ﹝他们在吃火锅，我在发微博﹞

几个中国朋友凑在一起吃火锅，他们都很激动，激动得想对着那个锅拜一拜。

只有我很淡定，真是一群神经病。

他们泪眼婆娑地控诉我："你不懂！人离乡贱！"

他们在吃火锅，我在发微博。

后来才知道，一个人能对你造成的最大伤害，并不是他不爱你，而是摧毁你的自信。从前你只知道自己不够好，但经过他之后你才知道原来自己这么差。

你越来越消沉，从活泼明艳的少女蜕变成穿着深色衣服的成年女子，沉默地穿越由人构成的沙漠和海洋，你走了很远很远的路，但你不知道还可以相信什么。

五百多个人留言说感同身受。

这个世界上到底有多少人被另一个人摧毁了，神啊，你是不是睡着了？

## {除了快乐，是不是}


丹尼是一个法国男人，他的眼睛是蓝色的，像湖泊。

他到小鸟的第一天晚上，阁楼上就我一个人抱着电脑在写稿子。

写着写着我突然觉得不对劲了，我很惊悚地发现，离我几米之外的那个老外，他他他，他他他，在说普通话！

当时他正在跟他的中国朋友视频语聊，看我盯着他，便礼貌性地对我笑了笑。

等到阿星来找我的时候，我便神秘兮兮地告诉她，那个男人会讲汉语！

从阿星认识我那天的生猛表现，就可以得知她不是一个正常人吧。

这一晚，她再次印证了我的看法。

在我话音刚落的时候，她就起身过去跟丹尼打招呼，先是英语，接着就是汉语，噼里啪啦聊得好欢快。

我满头黑线地想，我到底出没出国啊？


在我认识 Matt 之前，丹尼是唯一一个让我不怯于交流的外国人。当然，这跟大部分时间我们是用汉语交流有很大的关系。

他经常跟我们讲他的妻子和儿子。他的妻子是中国人，他们每年一半的时间住在大理，一半的时间待在法国，儿子从小接受的就是双语教育，他说起家庭的时候眼睛会放光。

他说他第一次到云南旅行，所有的人都对他很好，吃完饭他要掏钱，被中国朋友们此起彼伏地制止了，他们凶神恶煞般地对他说："你快把钱包收起来！快点儿收起来！"

很多年了，他回忆起当时的情景还是一脸感动地说："我真的好惊讶，我想这是一个什么样的国家啊，为什么每个人都这么好啊？"

我哈哈大笑，说："你知道雷锋精神吗？我们中国人个个都是活雷锋。"

丹尼回中国前的那天晚上，我们大部队一起去吊脚楼吃饭。那个餐厅的设计非常有意思，桌子下面是悬空的，对于我这种有恐高症的人来说，真是好忐忑好刺激。

那晚大家都喝了一点儿酒，微醺的时候说起话来也就没了忌讳，我说："丹尼，你要走了，我也没什么礼物送给你，教你一句超牛×的中文回去吓死那些中国朋友吧。"

他用那双湖蓝色的眸子真诚地看着我说："是什么？"

我拿出纸笔，大手一挥："师夷长技以制夷！"

丹尼看着这几个他实在读不准的字问我："我中文不好，这句话是什么意思？"

我说："就是把你们的本事学过来再对付你们，中国的古文很有韵味，往往几个字就能表达很深奥的意思。"


那晚月色温柔，大家在吊脚楼谈笑风生。我想起就在一个月前，我还在北京的末班地铁里听着李志的一段录音，不能抑制地流泪。

他说："我也知道，我在很多的歌里面有我的感情，有我的想法，但是我并不指望你们能够彻底地了解，可是在你们并不了解的时候尽量少说，因为那样会伤害到我。"

Jenny 问我："你那时候跑到北京去做什么？"

我说："就是那里能够满足我一切的精神需求啊，我想要的它都能给我啊……"

静了一会儿，丹尼忽然说："除了快乐，是不是？"

我猜想那一刻我的表情一定是像恐怖片里的最后一个镜头，脑中雷声轰鸣，眼泪几乎到了眼眶边缘，这不能够啊，那么多亲密的人都不曾接近的真相，怎会被一个异乡人一语道破？

到底非我族类，不懂含蓄迂回。

我一仰头把杯子里的酒悉数饮下，笑着同他讲："丹尼，你还说你的中文不好，你看你差点儿把我弄哭了。"


我已经不是五岁时吃一颗糖就觉得开心的我。

我不是十三岁时买一本有 Iverson 的新闻的杂志就觉得满足的我。

我不是十六岁时，下了晚自习，看到有人在校门口等着我就觉得兴奋的我。

我甚至不是二十三岁时，因为一句"要不是你想去那里，我才懒得去"就觉得不枉此生的我。

她们都曾是我，但我已不是我。

## { 再见，我的哈利·波特 }

Hi, Matt, 从印度回国之后，我曾经用我蹩脚的英文给你写过一封邮件，但我不确定你有没有收到它，因为大半年过去了，我依然没有收到回复。

以你简单澄明的世界观和价值观，不可能理解我这个来自中国的怪胎小姐有多么敏感多么高傲，所以在我的英语未达到独自环游世界的水平之前，我不会再给你写邮件了。

但时间过去这么久了，那段温馨和快乐的记忆不仅没有淡去，反而历久弥新。

我终于在这个窗外有蛙鸣的夜晚，翻出了我在清迈时写的日记。

作为报复，我要用中文写一封你永远也看不懂的长信。

你总是告诉别人，你第一次见到我是在我们一起去厨师学校的早晨，事实上，并不是这样。

我们第一次见面，是在 Jenny 喝醉了的那个夜晚，你当时坐在一楼的台阶上翻包。

Jenny 抱着那只有奶便是娘的猫回宿舍，低头跟猫说了一句话，再抬头就不见你了。

我走在她的后面，她忽然回过头用一种见了鬼的表情惊恐地告诉我，刚刚那里明明有个人。

接着你就从房间里拿了瓶矿泉水出来，继续翻包。

我拿这件事嘲笑了 Jenny 好久，而你当时太过于专心致志，完全没有注意到从你面前走过去的这两个神经病。

所以，你才会把我们一起去厨师学校当作我们第一次见面。

其实我们的友谊真正的开端是在那个安静的夜晚，只是当时我们都没有察觉。


潜意识里，我其实很想忘记那次在厨师学校不愉快的经历，二十多年来我从来没觉得自己那么笨过，我为什么要脱离大部队去厨师学校玩呢？我为什么要存着侥幸心理认为那天除了我之外，团队里一定还有中国人呢？

事实上，刚坐上去农庄的车我就后悔了，你坐在我的对面友善地跟我打招呼说"How are you"，其实我初中就知道说"I'm fine"了呀，可是那一刻从我嘴里蹦出来的句子却是："My English is very poor, don't talking with me, please!"

你被我的强烈反应吓得往后一弹，再也不敢跟我说话了。

可是当后来上车的老外们陆续跟我打招呼时，我却又像抓救命稻草一样抓着你说："Help me!"他们目瞪口呆地看着你，以为你会中文。

你抓狂的眼神在镜片后闪烁，我知道你简直快被我这个来自中国的神经病弄疯了。

那天去厨师学校的团里总共是十个人，我是唯一的亚洲面孔。

每一个男生都试图跟我说话，但我冷冰冰的态度令他们全都退避三舍。我没法向你们解释我的沉默并非出于东方女生的矜持，而仅仅是出于对自己的不自信。

那天的我表现得很不合群，你们去睡午觉的时候我一个人坐在草地上打坐，看起来端庄娴静的我心里其实不知道爆了多少粗口，如果你中文够好的话，你会发现它们每一句都不堪入耳。

大概是不忍看我落寞的样子，你绞尽脑汁地找我聊天，告诉我你看过《西游记》，你知道孙悟空，你还会说两句中国话。

我冷冷地看着你，心想我还不知道你们这些老外吗，你们除了会说"你好，谢谢，再见"之外还会说什么？

但你令我大开眼界，你会说的那两句中国话分别是"放马过来"和"小笼包"！

那一刻，我笑得惊天动地，建立了一整天的冰山女神形象轰然倒塌。

Matt，我们竟然这样也能成为朋友。

后来，我慢慢地了解到，你比我小两岁，毕业于墨尔本大学，母亲是美国人，父亲是澳大利亚人，你有一个姐姐一个弟弟，还有一个非常相爱的女朋友。

你是一个老师，教中学生英语和历史，你爱吃甜食。

你知道为什么我会在那么多老外之中唯独想跟你交朋友吗？原因我从来都没有告诉过你。

从厨师学校回来之后的第二天早上，我出去买早餐，在院子里那块大木板上，我看见你躺在那儿看书，很安静很专注。

我是被那个画面感动了。

我认识很多跟你一样大的男生，他们每天做得最多的事情不是打 DotA 就是拿着"爱疯"刷微博，读书这件事离他们的生活已经非常非常遥远了。

这个世界上一切原始和质朴的事物都能够轻易触动我。

那是我在小鸟住了半个月之后，第一次主动跟别人打招呼，你抬起头来看到是我，很意外地笑了。

你有一双让人一看就知道你非常聪明的眼睛，它是绿色的。

你留着络腮胡子，我总会想，你吃东西的时候会不会很不方便啊？

你很像那个 J.K. Rowling 笔下的哈利·波特。

你记不记得，在我们成为朋友之前，院子里那两块大木板上的人一直泾渭分明，你们那边全是老外，我们这边全是华人，不会有谁不懂事地闯入对方的领地。

我们打破了这个局面，那段日子，老外们一看到我和阿星就会对你说："你看，你的亚洲女孩来了。"

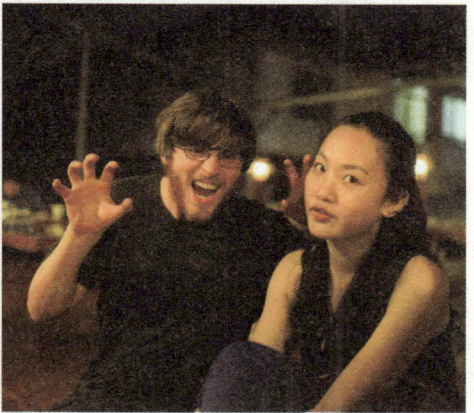

其实我们不过是朋友，我们也只能是朋友。

你在跟我的交往中所付出的耐心不亚于教导一个一无所知的幼童，我们总是要依靠各种各样的词典交流，经常你问我一个问题，我要查半天单词才能回答你。

说真的，Matt，过了这么久，我回想起来这些仍然是觉得满心的感激。

你永远也不会明白那时你的温和给了我多大的鼓励和勇气，你用你的人格魅力维护着我脆弱的自尊心。如果不是你，我想我大概早就从清迈直接飞回中国，哪里都不去了。

是你开了一个好头，让我相信尽管我跟很多人肤色不同，语言不同，文化背景不同，但我仍有去了解这些不同的勇气和机会。

你教我英语时，我偶尔心血来潮也会教你几句中国话，比如"谢谢，我吃饱了"，比如"我的女朋友很漂亮"。

你第一次听我念"妈麻马骂"的时候，一脸茫然地反复问在场的中国人："What's the difference?"

我还教你写汉字，从一到九，你每次写四都写成囧，你不明白为什么我每次都哈哈大笑，在你看来这两个字明明是一样的。

但我没想到的是，你掌握得最好的一个词竟然是"傻×"。

因为我和阿星每天都这样叫对方，耳濡目染，身教胜于言传，你竟然无师自通地问阿星："Jojo is shabi?"

阿星告诉你："No，she is super shabi."

我问过阿星："你喜不喜欢 Matt？"

那是在你从尼泊尔回清迈之后的第二天晚上，我们一起从 7-ELEVEn 出来，你和另一个挪威男生走在我们前面边唱歌边扭屁股。

阿星撇撇嘴说："Matt 啊，什么都好，就是幼稚。"

我很惊讶地问："哪里体现出幼稚了？"

阿星后来说的这句话，差点儿让我哭出来。

她说："他相信爱情啊！相信爱情，还不够幼稚吗？"

你和阿星都出生于 1989 年，当时在前面哼着歌的你，一定想不到身后三米之内，你的同龄人给了你一个这样的评价吧。

可这就是我最喜欢你的地方，你天真，干净，阳光穿过你都不会改变方向。

我从来没有告诉过你，有两件关于你的事深深地埋在我心里。

第一件事是某天晚上走在一条漆黑的巷子里，阿星他们在讲鬼故事，他们讲得栩栩如生惟妙惟肖，你听不懂她们在说什么但你看得出我很怕。

弄清楚原因之后，你说了一长串英语，语速很快，我没听清楚。

阿星跟我讲，你说的是："舟舟，你不要怕，你不是总说我像哈利·波特吗，我有魔法，会保护你。"

你知道吗，这句话如果换一个人说，我没准会觉得"真他妈脑残"，可是在那天晚上，你说得那么真诚，我被你这句话弄得眼泛泪光。

我想大概终你一生也不会明白，一个从来活得像战士般的姑娘，生平第一次听到有人对她说"保护你"时，是怎样的心情。

是啊，我多笨啊，如此博大精深的汉语，我竟然找不到一个合适的词语形容自己当时的心情。

第二件事，是玩"丛林飞跃"的那天，我因为恐高，只滑了一站就放弃了，被那个教练狠狠地骂了一顿。

你知道吗，在国内，每当我情绪低落的时候，所有的朋友都会很自觉地离我远一点儿。他们都知道我性格差，惹不起，如果我抑郁的时候谁来找我讲话，一定没有好下场。

但你不知道这个规矩，仍然嬉皮笑脸地找我聊天。

我强打起精神来应对你，其实心里已经对这次悠长的假期感到厌倦了。当你们兴高采烈地滑向丛林深处时，我戴着安全头盔从乡间小路走回联络站，一路上又是野狗又是野鸡，加上被骂过之后的沉重心情，我很没出息地哭了。

那一刻，我真的好想回长沙，找我的闺密们逛街，吃饭，看电影，散步。

我不知道我干吗要千里迢迢地跑到泰国来让一个陌生人骂，被一群动物吓。

过了好一阵子，你觉察出我的不对劲，眼珠一转，你忽然问我"smile"用中文怎么说。

我告诉你是"微笑"。

然后你非常聪明地把"我的女朋友很漂亮"中最后那两个字拆了出来，跟"微笑"组成了一个短语。

你用别扭的发音说："Jojo，你，微笑，漂亮。"

说完这句话之后的几秒钟，你惊奇地发现，我不仅没有微笑，反而流泪了。

Matt，你实在是个天才。

你看，你给过我这么沉甸甸的感动，那么，在我即将离开泰国去往印度的时候，从清迈飞到曼谷，从机场赶到火车站去见你一面，又算得了什么呢？

那次见面的时间只有五分钟，五分钟之后，你和从澳大利亚飞过来的漂亮女朋友一起坐上了去另一座城市的火车。

这次告别比起前一次我们在清迈机场告别时的三度拥抱，它实在是太仓促也太清浅了。

但我知道你会永远都记得，因为你的眼睛不会骗人。

再见了，生活在南半球的 Matt，我的哈利·波特。

## { 我的第三个刺青 }

我的第三个刺青，泰式莲花下面是清迈的坐标。

文身师是个佛教徒，泰国男人，有一双多情的眼睛。

我永远记得那天下午，街道上偶尔走过三三两两的人，时不时传来狗叫，热带的风吹得棉布长裙紧紧地贴在腿上，我把头发紧紧地绑在头顶，趴在椅子

上，死死地咬着牙一声不吭。

　　这是我刺青以来最疼的一次，我暗自发誓这是最后一次。

　　红色的莲花，在我心中象征着最后的净地，它是隐秘的，纯洁的，它在我不借助镜子就无法看到的部位，是信念的具象化。


## ｛人间别久不成悲｝

　　水灯节是泰国的情人节，所有人都亲手做好了花灯。
　　整个清迈的夜空都被天灯照亮了。
　　我们走了很久很久的路，来到屏河边。

　　谁教岁岁红莲夜，两处沉吟各自知。
　　你看到很多情侣一起蹲在河边放灯。
　　你觉得两情相悦真美，美得让人想流泪。

　　而你的爱情呢，人间别久不成悲。
　　你的爱情上面大概已经积了很厚很厚的一层灰。

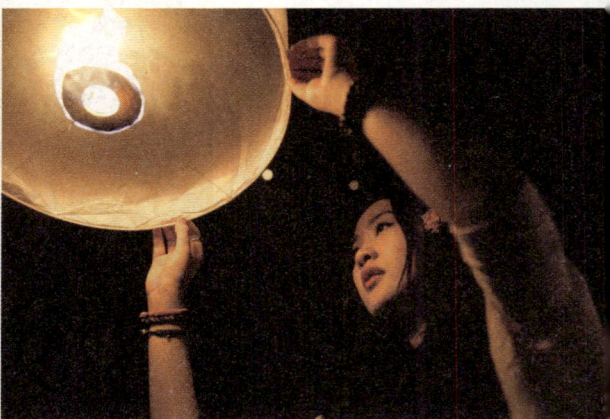

# [ 八月 ]

📍 加尔各答、大吉岭　　就是八月，我守口如瓶

AUGUST

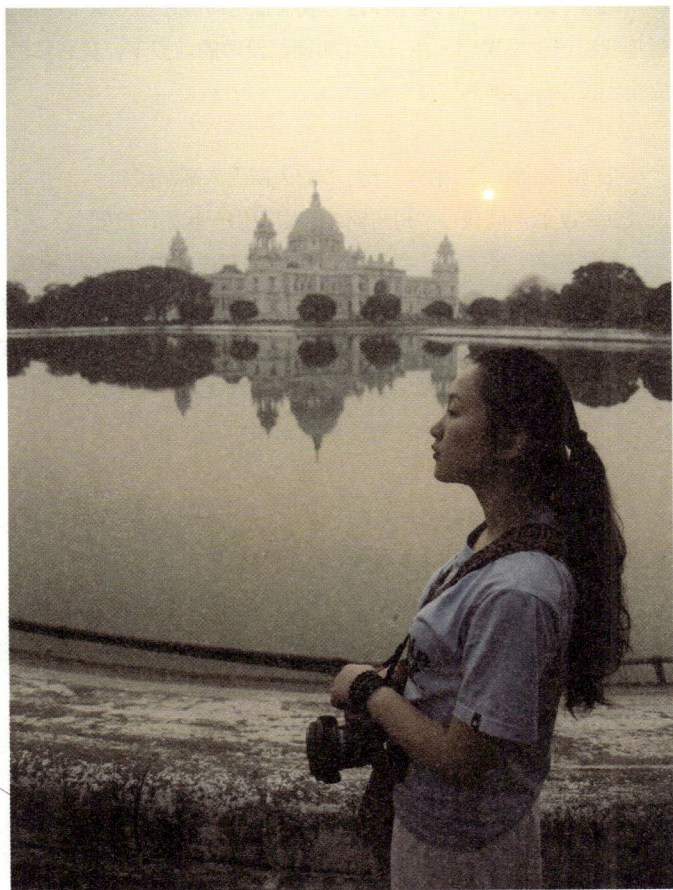

## { 一坨鸟屎差点儿砸在我头上 }

在曼谷机场登机之前，同行的一个男生问了我和 Jenny 这个问题："你们打算用什么，在第一时间去感受印度？"

我像看怪物一样看着他："当然是视觉，印度是一个将色彩运用到极致的国家，这还要说吗？"

他装模作样地摇摇头，很高深地说："我打算用鼻子。"

他指的是咖喱。

咖喱，瑜伽，飞饼，纱丽，这是我在抵达印度之前对这个国家仅有的认知。就连我自己也没想到，在一点儿功课都没做的前提下，我居然就要踏上这个完全不按常理出牌的国度了！

那还是在清迈的时候，水灯节的大街上人潮汹涌。

Jenny 忽然问我："舟舟啊，你跟我们一起去印度吧。"

我踌躇着，过了好一会儿才说："可是我比较想去越南、柬埔寨那边啊。"

Jenny 语重心长地循循善诱："我也想去越南那边啊，可是你想，越南多容易去啊，从广西坐个大巴就过去了，可是印度呢，这次你不和我们一起走，下次就不知道是什么时候了。"

我捧着自己亲手做的花灯，默然地走在人群里。

两年前，在云南时，刚认识几天的 S 先生问我："接下来你打算去哪里？"

我说："都到云南了，就去一下西藏吧。"

我记得那天晚上他的笑容像一点火星溅在我的眼睛里，他的语速一直都是那么不急不缓："过段时间我也要陪朋友再去趟西藏，从阿里去新疆，你有兴趣的话可以和我们一起。"

后来，在拉萨，我对一个半路想退出的朋友说："也许你会认为，那个地方永远都在那里，早去晚去并没有差异，但你有没有想过，我们这些人并不会永远都在一起。"

再后来，在乌鲁木齐，我们分开前的那个夜晚，S先生对我说了那句我这一生都不会忘记的话。

有些地方也许这一辈子都只会去一次，所以和谁一起去，非常重要。

时间虽然过去两年了，但这句话的魔咒依然有效。

我在一片嘈杂声中打电话给闺密说："我刚刚临时做了个决定。"顿了顿，我说，"我要去印度！"

第一站是加尔各答，落地后做的第一件事是兑换货币。

同行的朋友趴在窗口跟换钱的工作人员讨论汇率，我坐在自己的大箱子上，认认真真地用目光研究着守在出口的警察叔叔背的那把枪。

这不是我第一次看见枪，但自从我小时候在公园里看过那种打爆一个气球就得一个奖品的气枪之后，这是它第一次以这么随和的样子出现在我眼前，翘屁股的警察叔叔背着它的样子轻松得就好像背着一把吉他。

这个国家的治安有多乱呢？我心里画了一个大大的问号。

出了机场，一排造型卡通的出租车映入眼帘，不知道从哪里冒出来一个精瘦精瘦的男人，非要替我把箱子抬上后备厢，我以为他是来自印度的雷锋，嘴里不停地说着"Thank you"，结果在我拉开车门的那一瞬间，他用混浊的双眼盯着我，刚刚帮我提过箱子的右手伸到我的眼前，手心朝上。

他说："Madam, money."

因为从小到大，我们所接受的教育都是"帮助他人，不求回报"，所以在那一刻，我感觉到前所未有的尴尬。

一时之间，我进退维谷，两只手绞在一起因为过度用力而泛白，微张的嘴吐不出一个清晰的单词来化解自己的难堪。

这件事，令我在第一时间里，就对印度产生了抵触情绪。

跟我们一同拼车的印度朋友走过来，很凶地训斥他，还加上很嫌弃的手势，那个人在转身离开的时候仍然用那种近乎哀求的目光看着我。

我很想给他一些钱，可被那位印度朋友制止了。

戴着硕大的金戒指的印度朋友，像赶走一条狗似的赶走了那个人。

关于种姓制度这方面的知识，我是后来才慢慢了解的，坦白讲，它颠覆了我用二十多年建立的价值观。

怎么接受呢？

种姓制度的本质是用姓来作为简单的等级划分的主要依据。

你姓什么就决定了你一辈子做什么职业和你的等级，你的职业和等级又进一步决定了你的生活方式、生活水平和价值观，以及你可以或不可以和谁结婚。

除了姓之外，还要结合你的出生地，你的父亲的名字等等，总而言之，种姓制度是个非常复杂等级非常多的阶级制度。

出租车在大街小巷里穿行了将近一个小时才到达旅馆，这一个小时之内，我的大脑中发生了无数次核爆。

当我看到人们在路边洗澡的时候，当我看到公厕没有门的时候，当我看到真的有人用头顶着一大筐物品的时候，当我看到遍地可见的排泄物的时候……

虽然很难堪，但我不得不承认，在第一次直面这些的时候，我的内心深处的确有一种不便言明的优越感，像一个挑剔的更年期妇女，时刻保持着那种"我们那儿跟这儿简直是天壤之别"、那种"天哪，他们居然这样……"的优越感。

是的，在说这些话的时候，我的语气中透着一股夜郎自大的狭隘。

我并非不善良，我只是被两国文化的巨大差异震惊得没缓过神来而已。

直到某一天，在我又对街边一大群印度人拿手吃饭的景象表示错愕时，一个来自中国的男生跟我说："舟舟，我们来到印度旅行，是为了体验一种不同的文化氛围，了解一些从前我们不了解的生存形态，看看这里的人民是如何生活的，而不是来比哪个国家更发达，更先进。"

他说这句话的时候，我窘得满脸通红，这是我自成年之后，第一次如此清晰地感受到什么叫羞愧。

从那天起，那飘浮在空中的虚荣心被我狠狠地踩进尘埃里，再也没出来蹦跶过。

这个男生只跟我们同行了一程，但这一程已经足够教会我用谦逊和宽厚，用不带任何褒贬的眼光，去认识我过去从未接触过的新奇世界。

从出租车上下来，还没来得及站稳，一大群乌鸦从我们的头顶上呼啸着飞过。我们还没搞清楚状况，扑哧一声，一坨乌鸦屎砸了下来，就在离我的脚几厘米的地方。

周围的印度人都在笑，我又气又觉得好笑。

Anyway, this is India. Here I come.

## { If I were rain }

在加尔各答，我们住在整个印度行程当中最破旧的旅馆。

在这家叫作玛利亚的旅馆，我们要了一间不到十平方米的双人间，房间里只有两张嘎吱作响的木床，没有铺盖，天花板上有一个阴森的豁口，血滴子般的吊扇摇摇欲坠，墙壁陈旧斑驳。

环境虽然差，但价格还是蛮公道的，折算成人民币，一个人每天也就十三块钱，这个价格在中国的青年旅社里是连床位费都不够的。

公共厕所就在我住的房间对面，它同时还兼具浴室功能，但热水就不用奢望了，后来我一咬牙，也学着那些老外拿冷水淋了一通，真——想——死——啊！

为了安抚我，一个比我早来印度一周的姐姐主动提出带我们去买"非常好吃的鸡蛋饼"，在一条小巷子里，一堆印度男人围着那个破旧的店面，看到我们时，连忙端出几条脏兮兮的凳子给我们坐着等。

我有点儿纳闷，加尔各答不是印度的大城市吗，看起来不像呀。

正当老板把热乎乎的鸡蛋饼拿给我们的时候，几只老鼠从我们的脚边慢悠悠地爬了过去。

没错，是慢悠悠地爬了过去，而周围所有的人都一副司空见惯的样子。

我定了定神，尽管脑子里不断冒出各种联想，但饥饿还是迫使我大口地咬了下去。

不管制作鸡蛋饼的卫生环境如何，这个鸡蛋饼的味道确实还不错。

晚上我们站在旅馆的顶楼吹风，对面那栋楼里有几个人对我们挥手打招呼，虽然隔了一段距离，但还是能够很清楚地看见那是一个逼仄的房间，满满当当都是人，比我印象中的筒子楼还要拥挤。

旁边的男生说："印度面积不大，但人口却有望赶超我们，所以这很正常啊。"

这句话令我想起妹尾河童在《窥视印度》中提到过的一个有意思的小故事。

他问一个已经生了七个小孩，但仍然打算继续生下去的妇女："生这么多孩子，不会担心养不起吗？"

我看到这里的时候，也有同样的疑问。

可是那位妇女却笑着说："怎么会呢，就是要多生几个，家里才有人干活呀。"

我承认，这个回答对我来说，简直是神一样的逻辑。

印象中，加尔各答的夜晚比我在中国一些小县城里看到的夜晚还要萧瑟。

而满大街的老外们，比起在清迈时认识的那些朝气蓬勃的年轻人，未免显得太过颓靡，就像是被什么东西砸蒙了似的。

到处都有向游客伸手讨钱的乞丐，有打着赤脚跟着你走几条街的孩子，一边喊着"madam"，一边做出往嘴里塞东西的手势，意思是要一些食物，还有穿着邋遢的艳丽纱丽的老妪，会伸手来拉你或者拍你，在你拒绝给钱之后，她们则会用你听不懂的语言狠狠地骂你。

Jenny 安慰我说："我们不能只看到这座城市的疮痍。"

这只是印度的第一站，但我隐约有一种预感，接下来的印度之行会不断地给我的生命中注入一些前所未有的新鲜特质。

的确，在后来的行程中我的预感得到了证实。

印度是一个时时刻刻都在颠覆我的认知的国度，它太丰富了，它给我的东西太多了，我很难在短时间之内给它一个精准的定义，我甚至不知道该用什么样的词语去描述自己的感受，喜欢或者讨厌都太浅显。

有一天我去逛书店，一进门就被一本影集吸引了。

封面上是一个孩子的眼睛，很忧伤，也很平静，是那种接受了自己的命运的平静。

这本影集叫作 *If I were rain*，主题是印度的流浪儿童，我站在那里翻看了很久，直到流泪。

最终我没有带走它，因为我无力购买任何人的苦难，因为我觉得以这种方式抒发慈悲，其实是一种伪善。

回旅馆的时候，看到路口有个小男孩坐在地上，一直抬着头看着天上的风筝，在印度好像每个孩子都会玩那种纸制的风筝。

我走过去，犹豫了很久，还是把包里的饼干送给了他。

Jenny 问我："为什么这么多小孩你只给他？"

我说："因为我只有一包饼干，因为他让我想起王尔德的那句话。"

我们都生活在下水道里，但依然有人夜夜仰望星空。


### { 她一直强调，我是一个母亲 }

在加尔各答那条著名的背包客街上，每天都有几个穿着纱丽的印度妇女整天拿着 Henna 问女游客："要不要画一个，小姐，很美丽的，小姐。"

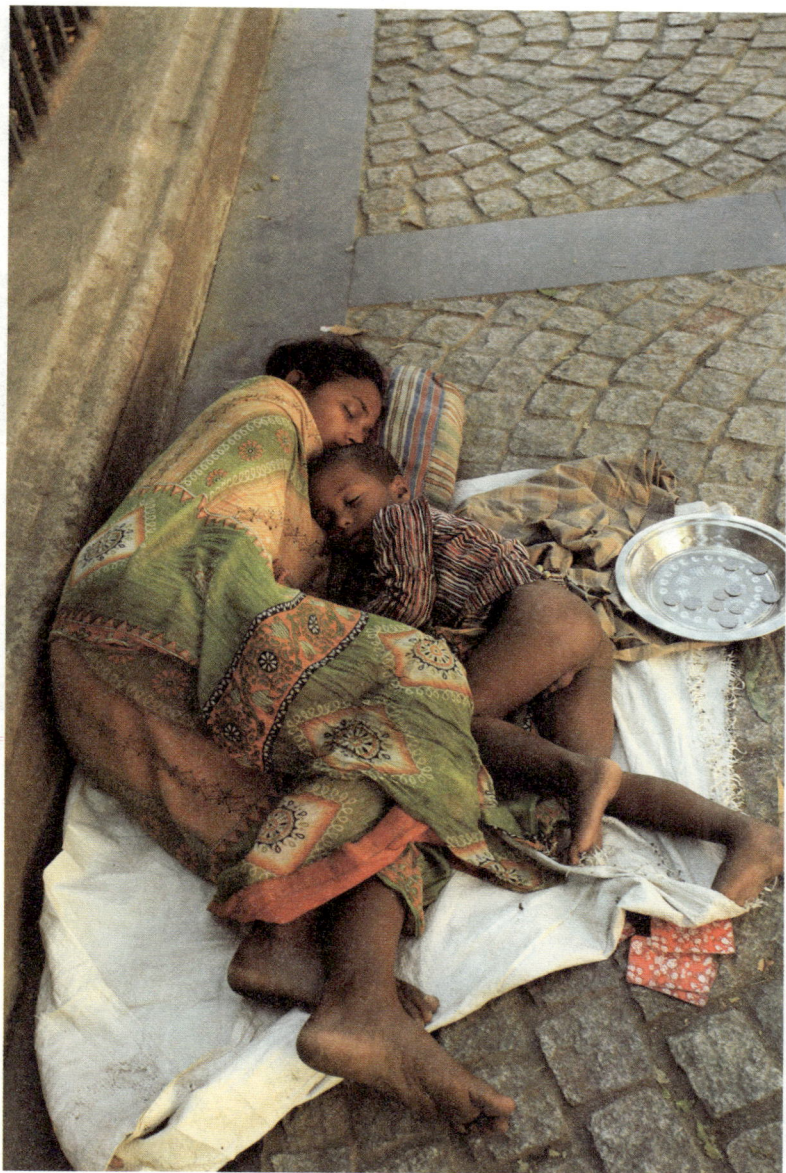

亦舒曾经以著名美女李嘉欣为原型写过一本小说名为《印度墨》，其实就是这种颜料。

将它画在皮肤上，过一个小时之后用水将颜料冲去，图案可保存一周左右。印度新娘在出嫁时，都会在手足上用它画纷繁复杂的图案。

我一时心血来潮，顾不得脏，一屁股在街边坐下，让她给我画两个，引得旁边不时有人凑过来围观。

这个妇女一边画，一边跟我说："女士，如果你有多余的衣物，可不可以送给我，我家里有孩子，他们需要。"

她抬起头来看着我，严肃地一遍又一遍地强调着说："我不是骗子，我是一个母亲，一个母亲。"

面对着她迫切的恳求，我也只好连连点头，对她说："好的，我尽量找一些衣服出来。"

尽管我心里知道，就我和 Jenny 从泰国带来的那点儿衣物，到旅程的后半段都不够自己保暖，但当时的情形，实在容不得我拒绝。

她得到我肯定的答复之后，高兴得忍不住拿出一板红色的小圆点，在我的眉心贴了一个。

这种红色的小圆点在印度有祈福之意，贴上之后我问 Jenny："像不像天竺少女？"

她凝视了我一会儿，说了一句让我想打人的话："你好像哪吒哦。"

画完之后，有个印度男青年凑过来问我价格，当他们一群人得知我每个图案花了 100 卢比时，笑得几乎撒手人寰。

从他们的笑声里，我知道他们一定觉得我是一个白痴。

但我也跟他们一起笑，表示我并不在意。

我也知道一管颜料只售 20 卢比，可以画十几次，但是当我看到她们眼睛里殷切的期盼时，我决定不还价。

任何东西，到了懂得欣赏它的人眼里，就是无价之宝，不能以货币来衡量。

## { 喜马拉雅好久不见 }

在大吉岭，我说得最多的一句话就是："我不想走了。"

这是有史以来，我第一次对一个地方如此着迷。

最早听到这个名字，是 Jenny 问我："你知道宝格丽有一款叫作大吉岭的香水吗？"

我说："不知道。"

她兴奋得像个孩子一样跟我描述："大吉岭是产茶的地方，早年英国殖民者在那里开垦了很多茶园，对了，那里还有喜马拉雅小火车，很卡通很可爱的……"

我当即拍板："不要说了，我们去！"

从加尔各答出发，坐一晚上的火车，再坐四个多小时的汽车，就到了大吉岭。

说起来就是这么一句话的事儿，可当中经历的酸甜苦辣，只有自己去过一次才能够明白。

第一次在印度坐火车之前，我给自己做了很久的心理建设，不骗人，我的确是被以前在网上看到的那些堪比春运的场面吓到过。

但当我们真正坐上火车之后……平心而论，其实真的没有那么夸张，火车顶上是没有乘客的。

但我们谁也不知道，普通卧铺并不提供铺盖，当看到印度人民有条不紊地从行李中拿出床单和毛毯时，原本已被这个国家的各种出其不意锻炼得宠辱不惊的我们，再度震惊了！

入夜之后越来越冷，我蜷曲着，瑟瑟发抖，隔壁的印度大叔打鼾打得整节车厢的人都没法睡。我对面一个韩国男生打着手电筒在写日记，看到睁着眼睛辗转反侧的我，犹豫了一会儿，他把自己的冲锋衣塞给了我。

盛情难却，我只好目瞪口呆地接受了他的好意。

第二天起来，Jenny 一脸复杂的神情看着我，做出了她认为最准确的判断：

"在你如此蓬头垢面的情况下，他仍然乐于助人，舟舟，这个欧巴一定是你的真爱！"

我能说什么呢？我只能庆幸欧巴听不懂汉语！

其实，跟后面那四个多小时的盘山公路比起来，坐一夜火车根本就不算什么。

那条路是迄今为止，我这二十多年来所走过的最颠簸，最曲折，最坎坷，也最刻骨铭心的一段路，一辆破旧的小吉普里挤了十个人，随着山路起伏辗转，我的头不断地撞击到玻璃，发出巨大的"砰砰砰"的声音。

Jenny 紧张地看着我说："你别哭啊，别哭啊。"

我并不想哭，我只是脑震荡罢了。

然而当这一切都过去之后，站在大吉岭的脚下，看着犹如童话里所描述的那些五颜六色的小房子时，我一路上所有的怨怼和委屈，都化成了一声哽咽的"太——美——了，再辛苦也值了"。

大吉岭信奉的是藏传佛教，以前在西藏待过一阵子的经历，使得我对这

片土地产生了一种莫名其妙的亲切感，尽管它看起来不那么"印度"，反而更接近尼泊尔的风格。

这里每个人的脸上都挂着和善的笑容，比起加尔各答随处可见的乞讨者，这里的人们所传递出来的是一种积极和温暖的正能量，也许是气候较冷的缘故，大家都辛勤劳作。

如我们所知道的那样，常年劳作的人，从面容上便能看到尊严。

一路上所有的人都非常热情地跟我们打招呼，给我们指路，正好遇到一群放学的小姑娘，她们带着一点儿羞涩和好奇问，你来自哪里，然后又说，你很漂亮。

在印度旅行时，这一点一直令我非常感动，许许多多的人不惜降低自己的品位和审美能力，仅仅是为了表达友善，在我经常好几天没洗头没洗脸的情况下，昧着良心夸我是"美丽的中国姑娘"。

我真恨自己不是倾国倾城的大美人，拉低了本国美女的基本水平啊！


根据 LP 的推荐，我们要去的那家旅店在山顶。

在一个长长的山坡上，精疲力竭的我只能缓慢前行，走到一半，背后忽然传来一种无声的召唤。

当我回过头去时，看到远处的喜马拉雅沐浴在金色的阳光中，依然壮美得惊心动魄。

掐指一算，已是两年不见。

久别重逢，我站在半山坡上，呆呆的几乎流下泪来。

是啊，那个地方永远都在那里。

只是曾经爱着的人，早已经不在一起。

喜马拉雅，这个星球上海拔最高的物体，像是神灵一般一直静默地注视着人间的聚散和悲喜。

我想你已经不记得我了吧……

可我还那么清楚地记得第一次看见你时，那种因为你从枯燥的地理课本中化成眼前的实物，而从身体的每一个细胞里迸发出来的，孩童般的狂喜。

那天晚上气温降至十摄氏度左右，所有人都聚集在大厅里取暖。

来自不同国家的人凑在一起聊天，有一个加拿大的男生在得知我们是中国人之后，激动地告诉我们，他曾经去中国旅行过，非常喜欢中国食物。

他沉思了一会儿，认真地说，尤其是"Beijing chicken"！

我和 Jenny 面面相觑了好半天，作为一个土生土长的中国人，我们实在没听说过这种食物啊。

又过了一会儿，这位加拿大友人很不好意思地纠正了自己，是 Beijing duck……

原来是首都人民喜闻乐见的北京烤鸭，我真是忍不住要泪流满面了。

吃过晚餐，我裹着毯子去阳台上抽烟，打开门的那一瞬间，我忍不住惊呼。

我看到了毕生难忘的画面。

因为太过美丽，而显得不够真实。

我睁着眼，好半天不敢眨一下，真怕一闭上眼睛再睁开，眼前的景致便消失了。

我要如何精准地描述它？

万家灯火点缀在高高低低的山脉上，再远处，便与星空连成一片，恍惚之中，根本分不清楚这是仙境还是人间，而言语和文字的魅力，在这一刻如云烟般寡淡。

万籁俱寂，偌大的天地之间，只有我独自捧着一杯热茶，轻轻地唱起歌来。


## ｛ 你曾给我的星空 ｝

很久以前的某个深夜，你恶作剧般将我从温暖的被窝里叫起来。

在猎猎大风刮过的旷野之中，我冻得瑟瑟发抖，嗅到一种原始的自然气息。

即使多年之后，我不再爱你，也仍然无法忘却当时你的声音和你的背影。

看不到尽头的银河挂在深蓝的夜幕之上，远处有流星不断滑落。
我没有许愿，只记得自己将头埋在你的外套里，一句话也没有说。
我曾笃定地认为，我余生之中，不会再有那样美丽的夜晚。

然而，当我远行至此，也禁不住笑当日的自己，何其天真幼稚。

你曾给我的星空，后来我也在别处看到。
但愿你曾少我的，将来我也能在别处得到。


## { 只爱一个人是最幸福的 }

Smile 是一个虔诚的教徒，每天早上都要在房间里做完祷告才出来吃早餐。
他来自南印，在斯里兰卡做进出口生意，虽然没有具体谈论过这些，但

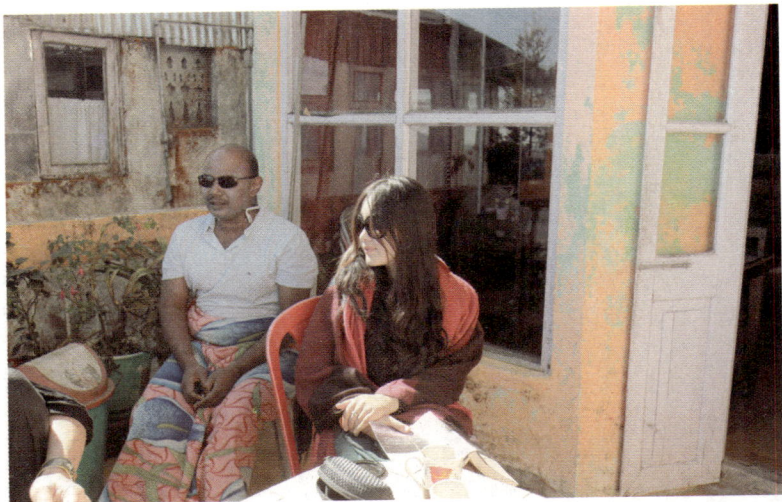

我们都一致认为他是个有钱人。

这个有钱人跟我们认识的经过源于那瓶 Jenny 从柬埔寨带来的老干妈。

在大吉岭冷得不像话的前提下，我们终于忍痛开启这瓶珍贵的老干妈，当时 Smile 就坐在我们对面，睁着一双大眼睛好奇地看着感动得热泪盈眶的我。

出于礼貌，我们跟他说："你可以试一下。"

这一试就把周围的欧美游客都引过来了，那些从来没有来过中国的国际友人，像发现新大陆一般凑过来，你一勺，我一勺。

我表面上在笑，内心却在一边泣血一边爆粗口。

你们给我客气点儿啊浑蛋！你们有没有人性啊！

最令我绝望的是一对加拿大情侣，他们一人一张面饼摊开，毫不客气地把我们的老干妈拿过去，一勺铲到底，捞出来，像涂果酱一般均匀地涂抹在饼上，然后卷起来，兴高采烈地吃！

辣死你们这些死老外，看着空了一半的瓶子，我默默地哭了。

而这一切的始作俑者 Smile 却丝毫没有意识到这件事对我造成了不可弥补的巨大伤害！

在我们的印象中，他是一个五大三粗的男子汉，直到有一天我问他："你

的妻子呢？"

他笑了一下，过了半天说："她去世了。"

出于中国人一贯的适可而止，我们谁也没有继续问下去。

那天的大厅里坐着很多人，Smile 对一个被他认作妹妹的中国姑娘说："下次你再来印度，一定要带上你的男朋友。"

那姑娘哈哈大笑着说："我没有男朋友。"

旁边一个德国女生插嘴说："没有就找，中国找一个，印度找一个，欧洲再找一个。"

我们所有人都被这个德国谐星逗得哈哈大笑，在一片欢笑声中，Smile 轻轻地摇了摇头，说："不，只爱一个人是最幸福的。"

这件事过了很久之后，我还能很清晰地记得当时他的表情和语气，以及我的感动。

我接触了太多太多不把感情当一件正经事的男生，甚至是我自己爱过的一些人，他们似乎约定俗成地认为，泡过的妞儿越多就越值得骄傲，数量的多少直接决定荣耀的程度。

我在感情的路上磕磕绊绊地走着，几乎都要灰心绝望了。

幸好，在这个时候，Matt和Smile用他们洁净的感情观，挽救了我一直坏下去的爱情的胃口。

只爱一个人是最幸福的，虽然大多数人都做不到，但我仍愿意这样相信。

在大吉岭的最后那几天里，Smile请我们几个中国朋友一起去看了一场电影，还吃了一顿散伙饭。

某天早晨，他拿着手机拍视频，对我说："Jojo，唱一首你们中国的歌好吗？"

我推辞了好半天之后，终于红着脸唱了一首《甜蜜蜜》，这是全球有华人的地方就一定有人会唱的歌。

> 甜蜜蜜，你笑得甜蜜蜜，好像花儿开在春风里，开在春风里。
> 在哪里，在哪里见过你，你的笑容这样熟悉，我一时想不起。

但愿在他的梦里，亡妻的笑容依然甜蜜如昔。

{ 私享志 }

凌晨四点起来，忍着饥饿和寒冷，坐车去老虎岭看日出。
天寒地冻，我很没出息地把旅店里的毯子裹在身上。
仍然是冷，冷得每一根手指都没有知觉。
老虎岭上人山人海，一片沸腾，各种肤色的人混在一起，群情激昂。
这是我第二次在喜马拉雅附近看日出，上一次，我在它的另一边。
我用了多长的时间，终于将它的南北两面都与我的人生相连。
巍峨壮阔的喜马拉雅，成为我生命坐标轴上一个具体的点，日后无穷无

尽的时间也无法将这个小点磨灭。

当朝阳的第一道光破云而出时，老虎岭上一片沸腾，欢呼的人群里，无数的快门声此起彼伏。

而我却感到前所未有的宁静。

那一刻，我想，要是能够就这样老去，该多好。

如果在这一秒过后，就成为挣脱岁月枷锁的耄耋老人，想想，倒也不错。


## ﹛浮世绘﹜


在大吉岭我拍得最多的不是人，而是旧房子，钟楼，小巷子，街道，天空，在路边打盹儿的流浪狗，还有喜马拉雅小火车。

我曾经在云南和鼓浪屿时，也着重拍摄过同样的物体，那些翻新过的古宅，刻意装饰得很小清新的咖啡馆，那些过度商业化之后的隆重，虽然美，但缺乏一种真实。

我喜欢荒凉、贫瘠、残缺的东西，只要它是原始的，是真实的，就是美的。

依稀记得那天黄昏，走到一条之前没走过的小路上，抬头便看见了这堵墙，惊艳之情，难以言表。

它的周遭皆是充满岁月痕迹的老旧房子，不时还有拉着板车的印度大叔一晃而过，在柔和的夕阳之中，这只凤凰身上所有的色彩，冲破桎梏，像利剑一般刺入镜头。

这是一种极具侵略性的美，快门摁下去的瞬间，我连呼吸都慢了半拍。

这一栋房子远比照片里所看到的要破旧，但也比照片里所看到的更鲜艳。

我将色彩饱和度调到最高，才还原了它的俏皮可爱。

在它的对面，有一排小小的门面，有理发店，有卖蔬菜瓜果的小店，还有各种卖鸡和鱼的小店。

这些平实的小贩，并不张罗吆喝，只是静静地坐在自己的店面里，对每一个路过的人笑一笑。

我第一天路过这里的时候，没有带相机，只好靠在栏杆上一遍又一遍地咋舌。

很多年前，我曾经在一部短篇小说里写，尼泊尔是一个大胆运用色彩的国家。

直到我来到印度，才知道山外有山。

印度人民用他们匪夷所思的审美，不放过生活中任何一点儿细节，将目前世界上所有的色彩用在各种你所无法想象的地方，鬼斧神工，令人叹为观止。

第二天，我说什么也要原路再去一次这里，拍下这栋彩色的小楼。

真正美好的事物，禁得起反复的品赏。

同样，一段真文字，必须要禁得起沉淀和等待，多日之后回头再看，仍觉得好，才称得上是真正的好文字。

这是我的狷介，也是我的执着。

在喜马拉雅小火车必经的铁轨旁，每天都能看到这样的画面。

这些流浪狗好像丝毫不担心自己的生命，懒洋洋地靠着铁轨晒太阳，即使有人从它们身上跨过去，它们也懒得动一下。

我不得不说，它们有一种名士风采。

自然而然的放肆，浑然天成的超脱，不谄媚，也不忧虑。

享受今天的阳光，不为明天而做任何无谓的寻觅和抗争。

Jenny 说："它们活得真是随心所欲啊。"

我无比赞同地说："是啊，比起中国那些朝不保夕、随时可能被人捉去煮火锅的同类，它们简直幸福得令人发指。"

其实，我一直忘不了，在我长大的那座小城，就在我家门口附近，那条挂着十几个"正宗狗肉火锅"的招牌的街。

只要一入冬，整条街上就雾气朦胧。

而我，每天去上学都必须路过这条街，一走就是五六年。

这说长不长说短不短的五六年时间，并没有使我变得习惯和麻木，看到铁笼子里那些哀伤的眼神，每一次，我都像第一次看到时那么难过。

我没有权利去要求别人或者斥责别人，食物链就是这么一回事，弱肉强食，适者生存。

只是在我长大成人之后，在我来到异国他乡，看到酣睡在道路和铁轨旁的这些流浪狗时，我不由得又想起了那条街和那些铁笼，以及铁笼里那些清楚地预知了自己命运的狗狗。

# [ 九月和十月 ]

◎ 菩提伽耶、瓦拉纳西、克久拉霍
　　九月和十月，是两只眼睛，装满了大海。你在海上，我在海下

## ｛令人绝望的，其实是离别本身｝

我心里一直有一个阴暗的小秘密。

每一次我喜欢的人要离开我的时候，我都很想把他的车票撕碎，让他上不了车；

或者是把他的身份证和护照藏起来，这样他就没法登机；

如果他是开车来看我，那我就把他的车钥匙扔进马桶里，冲三次水，捞都没法捞。

这样，他就会在我的身边多留一阵子，这样，我就为自己多争取到了一点儿时间。

这些事情在我的脑袋里演习过无数次，但在现实生活中，我一次也没有实施过。

每次我都会保持得体的笑，朝对方挥挥手，嘴里说着再见，珍重，take care，然后在转身关上门之后，一边给自己点支烟，一边对着空气号啕大哭。

这就是我心里那个阴暗的小秘密，而你们谁也不曾发觉过。

我不能做这些事，我比谁都明白，如果我这样做了，不只是你会厌恶我，就连我自己也不会原谅自己。

从什么时候起，我变得那么在意姿态，我想爱情和自尊只能取其一，那我就要后者吧。

我这一生都不能抛弃我的自尊心，而爱情……

小资圣母萨冈说过那句很著名的话——爱情是奢侈品，有最好，没有也能活。

"不走好不好？"这么简单的一句话，我永远也说不出口。

于是我忍受着锥心般的疼痛，一次一次又一次，我痛恨离别，可我又不断地在接受离别。

因为我不允许自己失态，所以我只好在失去之后不断地反刍着悔恨和遗憾。

从加尔各答去菩提伽耶的那天晚上，风很大，在火车站，周围全是跟我不同肤色的陌生人，他们说着我听不懂的语言，把行李顶在头上，他们穿着五颜六色的衣服，从我的眼前走过去。

我坐在自己的大箱子上，日记本摊开在我的膝盖上，我被一种突如其来的伤感击倒，须臾之间，无助得如同六岁孩童。

可是，亲爱的人，就在那一刻，我忽然明白了。

令我痛苦的，并不是我必须离别某个人。

真正令我绝望的，是离别本身。

那个夜里，我忽然明白，原来生命是不断地与心爱的人和事物隔绝的过程。


## ｛我知道我一生都不会忘记那个时刻｝

菩提伽耶，传说中释迦牟尼悟道成佛的地方。

火车在清晨六点到达，中间这几个小时无论是我还是 Jenny 都没有睡觉，我是因为冷，她是担心坐过站。

印度人民有一项绝技，那就是无论睡得多么酣甜，不需要闹钟也不需要广播，他们都能够在到达自己的目的地的前一站，准时醒过来，根据我的观察，百发百中。

他们身体里一定有个外挂。

但我们这些异国人没有这个本事，只好到一站就找个人问一问，提心吊胆了一整夜之后，终于在浓雾中，跟在一位印度大叔屁股后边下了车。

与此同时，微博上说北京下了入冬以来的第一场雪。

我站在站台上茫然地看着周围的 TUTU 车司机，突然有些唏嘘。

为什么？我们的人生竟然流成了两条再也无法交汇的河流？

那天下午，Jenny 在房间里睡觉，逼仄的房间里没有开灯，唯一的光源来自我的笔记本。

当时我在看《精神病人的世界》，里面有一个案例，说一个男人对他的妻子、孩子、身边的朋友，甚至是陌生人，都非常非常好，每个人都很喜欢他，可是他却有着不为人知的痛苦。

十多年来，他一直做着一个梦，在一望无际的大海上，没有一丁点儿声音，比海更远的地方，仍是海。

他时常从这个梦里哭着醒来，但这个梦太真实了，真实到孤独感割裂梦境，一点儿一点儿蚕食着他的生活。

他对心理医生说，所以我对每个人都很好，甚至是不计代价地付出，希望能够填补我的内心。

然而无论他多努力，这个噩梦仍旧一直纠缠着他。

我很清楚地记得，在那个故事的结尾，送走这个孤独的男人之后，催眠师红着眼睛对作者说，我帮不了他，他的孤独是来自梦里的。

在他的梦里，那是一个很美丽的地方，但除了他之外没有一个人，他就像是那片水域孤独的守望者。

黑暗的房间里，除了 Jenny 的鼻息之外，再没有任何动静。

也许是文字的感染力太强，也许是彼时正值我在异国他乡，也许还有很多很多无法言明的理由交织在一起……

我的眼泪不能抑制地流了下来，越来越多，呼吸越来越急促。

那是我在印度第一次哭。

生理期洗冷水澡的时候我没哭，在烈日下寻访泰戈尔故居差点儿晕倒我也没哭，每个在火车上冻得瑟瑟发抖的夜晚，我都没有哭，可是孤独感像潮水一样涌来的时候，我很没出息地哭了。

我啜泣着打开门，冲到阳台上，强迫自己镇定下来。

旅馆的外面就是街道，正值法会期间，街道上十分热闹，有商贩，乞丐，平民，和尚，尼姑，喇嘛……

大人，孩子，老人……

男人，女人，白人，黑人……

这些陌生的人凝结成一股强大的力量，将我与外界联通，与生存的这个世界联系起来。

我的目光像一张贪婪的网，将他们一一捕获，我心里的那个黑洞，不断被填充着光和热，过了好久好久，眼泪终于止住了。

暮色四合，温度渐渐低了，傍晚的空气里开始弥漫着食物的香气，店铺的灯逐一亮起来，这个贫穷的小镇用它的烟火气息驱退了我的恐慌。

我知道，我活下来了。

每个人都是一个孤独的星球，你说这是我们的幸运，还是我们的悲哀？

我时常扪心自问，有多少时候，我给过别人爱和关怀？

我须得这样问自己，才能够真正明白，有人倾听我，陪着我哭，陪着我笑，这些事情背后的价值和意义。

在 Jenny 醒来的时候，我像什么事也不曾发生过一样趴在床边写明信片。

那个几乎将我整个人吞噬掉的时刻，从我的人生中不动声色地过去了。

但我知道我一生都不会忘记。

## {她不言不语给了我四片菩提树叶}

法会期间的菩提伽耶热闹非凡，从越南、柬埔寨、老挝等东南亚国家来的僧侣数不胜数。

在参观庙宇时，正巧碰到很多小学生，他们穿着整齐的枣红色校服，排着队从大殿里出来。

我还很清楚地记得第一个对我说"hello"的小姑娘，她扎着两条辫子，笑容像花朵一样清香甜美，眼睛里有种无邪的光，她伸出自己的小手握了一下我的手，用稚嫩的童声说："You are so beautiful, bye."

　　我一面受宠若惊，一面受之有愧，连声对她说"You too，you too"。

　　然而，我没料到的是，她只是开了个头，就像多米诺骨牌似的，排在她后面的所有小朋友都来跟我握手，那阵仗把他们的老师都给震惊了。

　　对此，Jenny 很感慨地说，真不愧是蜚声国际的华人女作家啊。

　　绕了一圈之后，我们终于到了那棵菩提树下。

　　在古老的传说中，释迦牟尼便是在这棵树下悟了道，成了佛，挥别了凡尘。

　　有不少僧人在树下打坐修行，阳光从树叶的缝隙里洒下来，心里被宁静填得满满当当，容不下一点儿喧闹。

　　就在准备离开的时候，一位正在打坐的女僧人忽然睁开眼睛，对我招手，示意我走近她。

　　时间停滞了两三秒，我定了定神，这才走过去蹲下来，看着她。

　　她有一张典型的东方人的面孔，笑容中有些我说不清楚的东西让我微微感到鼻酸，她从贴身的衣服里拿出一个小布包，里面是四片菩提树叶。

　　在我没缓过神来的时候，她向我双手奉上了这四片树叶。

　　我是个不轻易收下礼物的人，同时我也是一个经常给别人买礼物的人。

　　并不是想说我有多么大方，多么高尚，我也并不是想说施比受有福，我想我大概只是因为寂寞。

　　如果那个孤独的守望者，付出情感是加重存在感的唯一方式，而礼物，是情感的具象化。

　　但在这个时刻，面对她真诚的双眼，我说不出一句话来。

　　在这棵树下，是看不见落叶的，但凡落下一片叶子，就会马上被人捡去当作至宝。

　　周围似乎突然安静了，连风的声音都能听见，我略带着一点儿迟疑，轻

声地问她："For me？"

她仍是笑着，点头。

那四片枯叶至今仍夹在我的日记本里，整理记录的时候看见它们，好像还能闻到那天庙宇里阳光的气味，还能看见那位女僧人祥和的笑容。

自始至终，她一句话也没有说，我甚至连她是哪国人都不知道。

在我收下这四片树叶之后，她把布包又放回了衣服里，闭上眼睛，继续打坐。

她看起来那么寂静安宁，仿佛一切都只是我的错觉。


## { 如果当时我能给你一个拥抱 }

离开前的那天晚上，我们去庙里散步。

在铜像寺庙的那条街上，有许许多多的小商贩和乞丐，我用披肩蒙住头，不想跟任何人说话。

一个小男孩，六七岁，穿着明显不合身的衣服，头上绑着一条破旧的发带。

他怀里抱着一大蓬莲花，跟在我们身边不停地请求我们买一枝，从100卢比降到20卢比，无论我们怎么左躲右闪，如何反复告诉他，我们不会买，你去找别人吧，他仍然不依不饶地跟着我们。

快到寺庙门口时，我停下来，想做出很凶的样子把他吓走，可是我根本就做不到。

他仰起头，看着我，混迹于市井街头的孩子，却有一双那么明亮干净的眼睛。

他以为我终于心软了，于是又凑近了一点儿，把花举给我看。

然而我嘴里吐出的单词依然是"No"。

进了寺庙之后，我回头看了他两眼，他站在门口张望着，当我们的目光撞上彼此时，他眼睛里有点儿星火般的东西亮了一下。

我再也没有回头。

小孩，你可知道，在我行走印度两个月的时间里，见过无数跟你差不多年纪的小朋友，他们都很可爱，但后来渐渐地，我都给忘了。

我唯独记得你。

想想，大概是因为愧疚吧。

回国之后我经常呼朋引伴，胡吃海喝，给这个朋友买饰品，给那个朋友买衣服，有个朋友生日，我甚至送了一部手机。

你看我过得多么挥霍，为了那些自己以外的人。

可是在那个夜晚，我竟然吝啬 20 卢比，买你一枝莲花。

尽管当时我是在穷游，不计划着花钱，可能到后面连饼都买不起，但我仍然无法原谅自己在那个时候所表现出来的残酷和冷漠。

我并非一个不善良的人，我最害怕的事就是自己让别人失望。

在我停下脚步看着你的时候，你心里是不是产生了一点儿叫作希望的东西？

小孩，其实你的感觉是对的，我停下来的时候，确实是心软了。

如果当时的我有足够的钱，我一定会买下你怀里所有的花，尽管我不知道在你的背后是不是有罪恶的利益集团在操控，但我想如果买下了那些花，也许那个晚上你就能吃顿饱饭，睡个安稳觉。

但明明没有钱，我为什么还是停下来看了你那么久呢？

因为，我多想，给你一个拥抱啊，小孩。

原谅我在那一刻的懦弱吧，又或许可以美化成东方人的含蓄。

你还小，可能不明白，有些事情在那一秒没有发生，余下的一生都不会发生了。

成年人有一个很坏的毛病，就是对别人的痛苦从来没有怜悯，所以他们自己的世界也长年累月地弥漫着痛楚和压抑。

一不小心，我也成了成年人。


其实，还有你所不知道的事。

那天晚上从庙里出来，我和 Jenny 沿着你卖花的那条路找了你好久好久，我们说好如果找到你，至少买两枝花，大不了就是少吃两张饼嘛。

我们看起来很着急，周围的人都过来问我们是不是丢了东西。

是啊，小孩，我丢了原本可以握在手里的莲花。

也丢了给你一个拥抱的机会。

很可惜是不是，那么短的一条街，我竟然再也没有见到你。


## { 记旅程中唯一一次被坑 }


从 2011 年 11 月中旬入境，到 2012 年 1 月中旬出境，整整两个月当中，我一直持续不断地感受着印度人民的热情和友善……但是——请注意这个但是——并非所有的人民都是良民。

在圣城瓦拉纳西，我终于跟这段旅程中唯一一令我连骂都不想骂，差点儿暴露出泼妇本性，直接动手的坏蛋相遇了。

从菩提伽耶坐了一整夜的火车，到达瓦拉纳西时，天光大亮，火车站人声鼎沸，我用尽全身的力气，提着巨大的行李箱，望着眼前的天桥长叹了一口气。

这个貌似忠良的骗子就是在这个时候冒出来的，他一面巧舌如簧地劝说我们坐他的 TUTU 车，一面自告奋勇地伸手来替我扛箱子。


我可没忘记当初在加尔各答机场的那一幕，说什么也不能再犯一次那样的错误。

可是他用极其真诚的眼神看着我，反复强调说，不要钱的，小姐，别担心，不要钱的。

怀着将信将疑的心情下了天桥之后，他果然没有对着我手心向上，也就是在这一刻，我和 Jenny 都放松了警惕，上了他的 TUTU 车。

车开到一半，他忽然停了下来，拿出一张瓦拉纳西的地图，指着一家距离恒河不知道多远的酒店，要求我们住到这里去。

即使是再笨的人，到这时也明白发生什么事了。

我们打死不肯去他推荐的那家酒店，解释给他听，说我们已经在恒河附近的某一家付好定金了，如果不去的话，损失要自己承担。

磨蹭了二十多分钟，这个骗子终于放弃了，他不情愿地把 TUTU 车开了十米左右，回过头来跟我们说，你们就在这里下吧，前面的路，车进不去了。

他一副"爱谁谁"的样子，完全无视我们的愤怒，在收好车费之后，把一肚子火的我们扔在半路上，趾高气扬地扬长而去。

尘土飞扬，我心里百感交集，既有对这个司机的愤恨，也有对自己轻信他人的迁怒，要不是赶着去酒店，我真想一屁股坐下，在路边大哭一场。

后来我们还是到了旅店，Jenny 去办理入住手续的时候，我就坐在一边休息，一个工作人员走过来问我，小姐，你看起来不太好，发生什么事了吗？

其实是一个小插曲，我们艰难地拖着行李避让着巷子里接二连三的大便时，一个过路欧美人跟我们讲，不要相信任何人，不要跟任何人走。

不要相信任何人。

这世上还有比这更让人难过的话吗？

我勉强对着这个工作人员笑了笑，然后转过头去，对着墙壁轻声哭泣。

瓦拉纳西，我对你的第一印象，真是糟透了。

## { 他的脸上没有一丝笑容 }

我终于来到了印度教的圣城瓦拉纳西，传说中印度教的教徒一生最大的心愿就是去一次瓦拉纳西，然后，死在那里。

是不是每个人心里都有一个死亡圣地？

东非大草原，动物大迁徙，在这个一直让我失望的尘世间，它是支撑着我活下去的一口真气。

无论花费多少时间、精力，我一定要去那里，看成群结队的斑马奔驰而过，温柔的夕阳挂在长颈鹿晃晃悠悠的脖子上。

在瓦拉纳西，最常见的动物就是牛，它们随心所欲，步履缓慢，人和车都给它们让路，在这里，它们是神牛，没有任何人会去伤害它们。

它们每日无所事事地走街串巷，眨巴着水灵灵的大眼睛，等待着生命终结的那一天。

白天的恒河，喧闹得像一个集市。

岸边充斥着不同国籍的游客，所有的人都在讲英语。

穿着阔腿裤子的白种人美女，脸上架着大大的黑色墨镜，身材嶙峋。

日本男生躺在被太阳晒得发烫的石头上，用帽子遮住脸，露出结实的小腿。

一个嘻哈风格的欧美男生，在一堵废弃的墙上涂鸦，风吹过来，能闻到刺鼻的屎尿气味，可他丝毫不在意。

而我，脖子上挂着重重的单反相机，坐在石阶上默默地观察着离我不到十米的地方，那对被亲朋好友围绕着的新人。

在恒河边，每天都有好多对印度教的新人进行婚嫁仪式。

新娘们通通穿着大红色绣金线的纱丽，戴着很多金属饰品，手足上都用henna画满复杂的图案，脚指甲上染上红色的颜料，十分美丽。

这样的场面，天天都能见到。

在我拍照时，新郎身边的一个年轻男生相当活泼地看着我笑，与他一脸阳光灿烂的表情形成鲜明对比的，是新郎那张苦大仇深的脸。

　　我并没有夸张，在新郎的脸上，我没有看到一丝笑容。

　　他看起来很木讷，很疲惫，一副"我就这样，你们爱怎么着怎么着吧"的模样，旁边的新娘一直垂着头，偶尔抬起来的面孔，也看不见甜蜜和幸福。

　　我忽然有点儿难过。

　　在来瓦拉纳西的火车上，我们认识了一个印度教的男生，他还在读大学，地质专业。

　　那晚我实在是又累又困，只能勉强打起精神听他和 Jenny 说话，偶尔插上一两句嘴。他问了我们很多关于中国的问题，印象最深的是，他问我们："在中国，你们可以自己选择结婚对象吗？"

Jenny 说："除了小部分人之外，通常都是自己选择的。"

尽管是在夜里，我们还是看见了他羡慕的眼神，他低下头搓了一会儿手之后才说："我们是不可以自己选择的，都是家庭为我们选择。我从来没有谈过恋爱、交过女朋友，将来我妈妈要我娶谁，我就娶谁。"

一时之间，我和 Jenny 都没有说话，我们似乎觉得无论说什么，都无法驱逐他言语里的苦涩。

但是我很爱我的妈妈，最后他微笑着这样补充了一句。

在我神游的这个空当，新人已经被亲朋好友架着到了船上拍合影，小船儿摇摇晃晃，他们身边每个人看起来都比他们要高兴，开心，兴奋，而他们自己却一脸平淡。

我叹了口气，收拾好相机起身准备走，那个年轻人又笑着对我挥手说bye，他的牙齿很白，像广告里的海狸先生。

我一面对他挥手，一面在心里想，你多笑笑吧，没准下一个就是你。

如果不能爱自己想爱的人，这样的人生，还有什么指望。

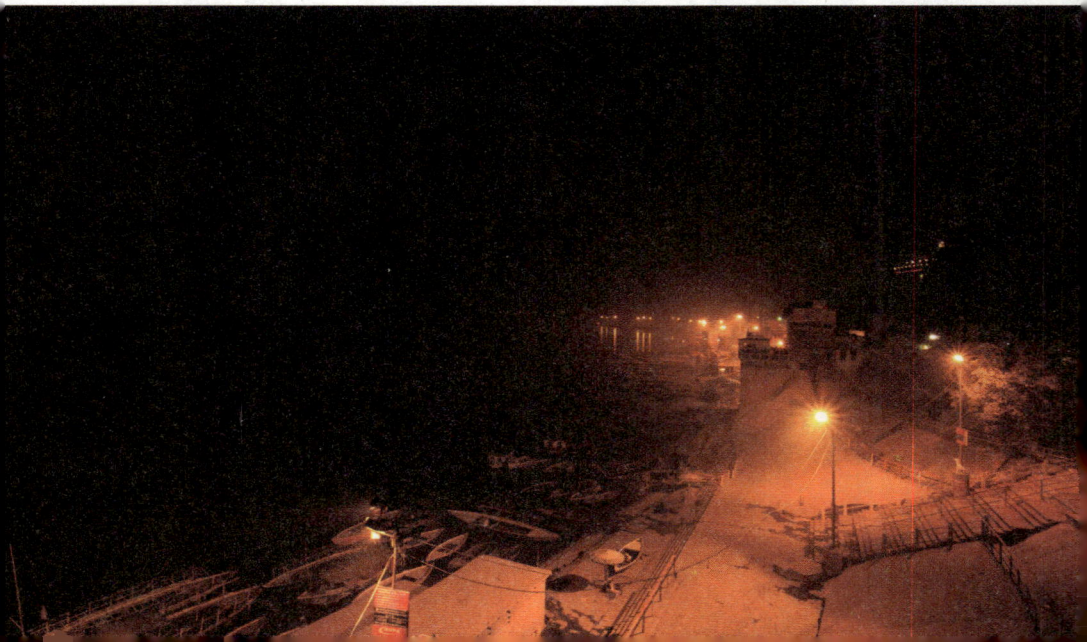

## {你并不在意，站在那个地方的我有多孤独}

我忽然不知道要怎样面对你了。

即使是在文字的世界里。

在这么长的时间之后，爱情已经蒸发了，既然不再爱你，那我要用什么样的语气谈论你才合适呢？

你不了解我的决绝，没有人可以强迫我做任何事，没有人可以勉强我留在他的人生里，除非我自己愿意。而当我决心离开一个人的时候，我根本就不在乎自己的决绝会不会伤害到对方。

嘿，你并不了解我。

爱情不是永恒的，如果说这世上真有一样东西可以永恒，那就是绝然的孤寂。

那个晚上刮起了很大的风，旅馆里的客人都下去看祭祀了，露台上只有我一个人端着笔记本在上网。

我想了想，还是在 QQ 上叫了你，我说，我到瓦拉纳西了。

你过了很久才回话，其实也不过几分钟的时间吧，但这几分钟也足够我后悔自己又去叨扰你，但你似乎并不介意浪费时间跟我讲一个小故事——那是你曾经在瓦拉纳西时的亲身经历，一个英国姑娘要求你捐钱。

后来我们断断续续地又说了些别的，到凌晨时，你要下了。

就在你要下的时候，你对我说："某种程度上来讲，是我带你上路的，但最终能够走多远，经历多少，还是取决于你自己。"

你说，舟舟，终有一日你回头看，会发现自己已经站在了当初望都望不到的地方。

后来我回想起来，你最后一次出于礼节顺路来看我的那个下午，距离我去北京还有半个月的时间，我疲惫至极，你突然出现了。

关于中间一些不愉快的事情，我们只字不提，保持着一个恰到好处的距离——不至于太亲昵，也不至于太疏离。

我没有化妆，没有喷香水，甚至没有穿衣柜里最漂亮的那条裙子，我希望自己看起来很随意，尽管我知道这份随意其实是非常刻意。

其实过去很多次，我也想过，如果再见到你，能不能放下矜持和自尊，诚实地说出来，不能得到你，我多么遗憾，不能和你在一起，我多多少少有些不甘心。

但我知道我终究没有这么做，我坐在你的对面，听你讲一些跟我的生活毫不相干的事情，脑袋里却在思索，如果我们每一次见面都是为了验证彼此之间的距离到底已经有多远，那这样的相见，有何意义？

后来我送你走，穿着哆啦A梦的睡衣，二十多岁的人了还这么幼稚，真是不可原谅。

你走时留下一瓶酒给我，说是你亲手酿造的，我喝了之后，醉了一夜。

我不知道樱桃酿的酒，竟也这般醺人。

后来又发生了一些小事，不提也罢。

再后来，我在异乡的乡间小路上想你，竟然连你的样子都已经记不起。

我知道，你真的离我越来越远了，我骨子里的那些喘息、哭泣和叫喊，终于在这么久之后，完全平静下来。


夜晚的恒河深沉宁静，只有几盏昏黄的灯和偶尔吹着口哨跑过去的小孩。

我睡不着，便一直坐在露台上抽烟，翻看着自己过去写下的句子，博客，微博，豆瓣，无论是以独木舟的身份，还是一些乱七八糟的马甲名字，只要有关和你的这一段感情，便无不是深情至极，深情到我自己都不忍心去看——因为我羞愧。

无数次的故技重施，说服自己，周而复始地折腾，问自己到底还爱不爱你。

我好像说了好多次，已经过去了，可是每一次重逢，我仍无法控制自己。

你给我讲过的故事，你陪我看过的电影，夏夜的风，秋夜的雨，那些芬芳的回忆。

如果我们走了那么远的路，有一些想法还是没有改变，有一些爱还是有增无减，我想，那只能说明这并不是一段简单的感情，它是我的生命。

说真的，S，我讨厌那些分布在不同时空的自己，矫揉造作得好像人生中只有爱情。

我要怎么说，过了这么久，我能不能说，也许我并没有那么深地爱过你，也许我自己也弄不清楚那种感情到底是崇拜，还是爱。

我只知道我被这段感情弄成了一副没有阳光远离故乡自我放逐的疯狂模样，而最后，你跟我说，你只是带我上路了，能走多远，取决于我自己。

那一年夏天的某个晚上，我遇见你，而后是一段漫长得看不到光明的日子，十几个月之后我终于痊愈，我归功于时间和自己的修复能力。

有些情感，是一场天花，得过之后，终身免疫。

到此，这一段，终于是翻篇了，你不曾看到过的偏执的我激烈的我，也终于通通释怀了。

但即使在暗无天日的那些时光里，你依然点燃了我的梦想，让我对自身之外的世界充满了渴望。

你给我的念珠我依然贴身戴着，无论身处何种境地，我都相信它能使我遇难成祥，逢凶化吉。


有时候，两个人之间，退一步比进一步还要难。

尽管有些难，但我还是选前者。

我知道，余生之中，你一定能够好好照顾自己，我并不担心。


我已是决定忘掉那些了，每一个特殊的日子，每一帧曾经让我热泪盈眶的影像，每一个你说过的地方，每一个相似的季节，它们将不会再勾起我的悲伤。

我的爱，真的要经过这么这么久，我才能够忘记你。

如你所言，终有一天我会站在我曾经望不到的地方。

只是，你并不在意，站在那个地方的我会有多孤独。

## { 俗话说得好，恶有恶报 }

离开瓦拉纳西的前两天，旅馆里来了几个中国客人，其中有一个神奇的师太。

一开始旁观她的言行，我有些不敬地想，这个师太真不像个出家人啊，什么都挑剔，脾气也不太好，又啰唆。

后来一问才知道，刚出家一个月。

但神奇的师太做了一件让我感激涕零的事情。

还记得我那瓶珍而重之的老干妈吗？它在菩提伽耶就宣告终结了，后来的日子里，我每天、每顿都要忍受着粗糙的饼蘸咖喱，进食于我而言成了一种酷刑。

某天上午，师太看着我扭曲得像要撒手人寰的面孔，朱唇一启："我那里有包拆了的老干妈香辣菜，你要不要？"

我当时就眼泪汪汪的，只想握住她的手说，您真是我亲妈。

师太婀娜多姿地从楼上下来，把半瓶老干妈香辣菜丢给我，我像是接圣旨一般小心翼翼，那个奴颜媚骨啊，那个斯文扫地啊……

拿到手之后，我就开始狂吃，连往日看不顺眼的饼现在也成了美食，我丝毫不跟师太客气，大家都是中国人嘛，用不着她招呼，我就利索地吃掉了一大半。

事情就是在我心满意足地把香辣菜还给她的时候发生的。

她说："都给你了，拿着吧。"

我惊呆了！

为什么为什么为什么！这简直是五雷轰顶！

我一面虚伪地说着"那怎么好意思"，一面在心里痛哭，你为什么不早说啊你为什么不早说！

Jenny 问我："你怎么看起来很悲痛的样子啊？"

真是个蠢货，这都不知道！

如果我早知道师太全都给我，我就会省着点儿吃了啊！吃师太的香辣菜和吃自己的香辣菜，能是一样的吗？

这件事再次印证我国一句古话：搬起石头砸自己的脚。

那天我在日记里认真地写下了四个字："恶有恶报。"


## { 三句话，三件小事 }

有天早晨去恒河边拍照片的时候，旅馆隔壁那家商铺的老板对我说："嘿，你知道你笑起来很好看吗？"

这种事要是在日常生活中遇到，那他就是活生生的"臭流氓"。

但在旅途中，因为这句话，我高兴了一整天。

离开之前很想坐船看一次日出，旅馆的经理替我们联系好船夫之后，对Jenny 说："Jojo 很爱笑，我第一次看见她笑的时候，感觉就像看到了一个礼物。"

Jenny 私底下跟我讲，男人肉麻起来真是要命啊。

对于这句明显是夸奖的话，我倒是认真地反思了一下，自己是不是太轻浮了？

离开瓦拉纳西的那天早晨六点，我们如约去到河边坐船看日出，天还没亮，温度很低，我把仅有的可以御寒的两件长袖衬衣全穿上了。

到了河边才看见，已经有好几个小姑娘打着赤脚在一艘船跟另一艘船之间跳来跳去，贩卖着花灯。

这些小女孩的脸上，看不到一点儿童真。

我们那艘船的船夫是一个十七岁的少年，划到一半的时候，他问我："女

士，你能不能给我拍张照片？"

这个问题好熟悉，我回忆了一会儿，当初在门源时，那个回族大叔也问过。

给这个划船的少年拍了几张照片之后，我想到一个严肃的问题，我要怎么给他呢？

我说："你把邮箱给我吧，等我回中国之后用邮件把照片发给你。"

他耸耸肩说："我没有邮箱。"

我有点儿惊讶地说："你没有电脑吗？"

他忽然哈哈大笑起来，笑了好一会儿才说："小姐，你在开玩笑吗？我怎么会有钱买电脑？"

很久之后我都记得自己当时羞愧的心情，葛婉仪你个蠢货，你问的问题跟那句"何不食肉糜"有什么区别？！

后来我把这件事拜托给了一个比我们晚一天离开瓦拉纳西的中国姑娘，我无比诚恳地跟她说："请你一定要找到洗照片的地方把照片洗出来给他，拜托了。"

我觉得只有这样做，我的心里才会好过些。

## ｛距离回国还有三十七天｝

在克久拉霍的第一天，订好回国的机票，然后在日记本上写下了"37"这个数字。

时间来到了 2011 年的最后一个月，四十天之后，便是农历新年。

去参观著名的性爱神庙，原本以为自己作为一个女流氓会非常兴奋，可是真到了那儿，却病恹恹的打不起精神。

坐在神庙的台阶上，我跟自己说，你一定要找到那个清晰地明了你价值的人，否则，就太可惜了。

Jenny 忽然病了，昏昏沉沉地睡着。我躺在她的身边一边看书，一边不时给她掖好毛毯。

一整天没有吃饭，因为钱一直都是她管着，我不忍心把她叫醒，于是只能猛灌矿泉水。

想起了很多小时候的事。

我从小就是一个讨厌过年的孩子，每到隆冬时节，别的小孩总是欢欣雀跃，因为过年不用做作业啊，还有压岁钱拿，家里有很多好吃的，每天都能看电视。

大家都觉得，过年真好啊。

可是对我来说，过年就是一种变相的折磨。

因为我必须被迫去面对别人的合家团圆与自己家门可罗雀所形成的巨大反差。

直到我二十四岁之前，每一年的春节，我都必须跟着我妈去外祖母家。

尽管我妈知道我心里一千一万个不愿意，但在迁就母亲还是顺着女儿之间，她永远都会选择前者。

作为一个传统的中国女性，她告诉我，这就是孝。

很多年后，我才读到一句可以用来反驳她的话，那是胡适先生说给自己的孩子听的：树本无心结子，我亦无恩于你。

但即使是到了我经济独立，人格独立，思想独立的今天，我仍然没有将这句话告诉我的母亲，原因很简单，这完全颠覆了她这一生关于亲情的认知，她接受不了这样的颠覆。

亲情，在我的生命中，它像一个残酷的笑话，一种黑色幽默。

它是我的羞耻，并未随着年纪的增长而变得稀薄，它依然在那里，不容触碰。


中间有一段日子，我被安置在另外一座城市的外祖母那儿，她是一个一生都在埋怨命运的女人，她见不得任何人快乐，在她看来，全世界都亏欠她。

后来我又被接回祖母这边，关于这一段，我的记忆已经很混乱了，依稀只记得我经常半夜醒来，突然大哭，这一点，直到成年之后都没有彻底改变。

我的童年，就是在这样的动荡中度过的。

其实，我是不是可以说，我并没有过童年？


在成年之后，我住过很多地方，从学校的宿舍到朋友家的客房，毕业之后跟人合租的第一套老房子里没有空调，晚上还有老鼠爬到头上来。

潮热的夏天，我把那个跟我年纪差不多大的铁风扇放在电脑桌旁边，没日没夜地开着，一个星期之后，我的右手抬不起来了。

拿到第一笔版税之后，我搬去了一套单身公寓，正式开始独居生活，在每一个深夜里写字，直到外面的天一点一点亮起来。

而后我流连于一座座陌生的城市，朋友的家，酒店，青年旅社的床位，我的手里有过无数串钥匙，可是没有一把真正属于自己。

很长一段时间，我每次醒来都要想一想，此刻自己在哪里，睡在哪张床上。


这样的漂泊感，从年幼的时候就隐藏在骨髓之中，悲观地看，它或许会绵延一生。

这个世界上，没有一个地方可以被称为"家"。

我打电话给妈妈，声音很疲倦，我说："今年我就不和你们一起过年了，我好累，不想坐车了。"

她在电话那头停顿了一下，用试探的语气说："等你回国再说好不好？"

"不好。"我斩钉截铁地回答她。

那是我在印度最后一次打电话，不久之后，手机欠费，为了省钱，我没有去缴费。

我其实是一个情感淡漠的人，我的热烈和激烈，都是装出来的。


妈妈，我不知道你是否还记得。

我六岁那年，你把我接去你的身边。

那天下好大好大的雨，我撑着一把油纸伞，它被雨水淋成一团糨糊。

那个时候的我，骨瘦如柴，站在长坡之下，你指着坡上第二栋白色的房子其中某一扇窗户跟我说，以后我们就住在那里。

如今已经过去十九年了，我长成了一个多吃一碗饭都会让你担心我买不到衣服的胖子。

可是六岁那年的那场雨，在我的生命里，从来都没有停过。


〔 浮世绘 〕


恒河。

恒河。

我清楚地记得入住的第一天，吃过早餐，我去露台边抽烟，不经意看到下面的场景，顿时连烟都忘了点。

恒河浴场之壮观，不亲眼所见真是无法想象。

数之不尽的印度教教徒穿着五颜六色的衣服在河边洗漱，沐浴，有老人

也有小孩，有男人也有女人，他们把清洗身体这件极其私密的事情做得自然而坦荡。

整个上午，我就在这里拍照。

有一个男生走过去的时候忽然对我说，美丽的姑娘，我爱你。

那一刻我像是受到了惊吓，因为我第一次知道，原来爱这个字可以被说得这么轻描淡写。


但对生命中某个非常重要的人，你也许一生都不会说出这个字。


## {私享志}


阳光暴烈的下午，我赤足坐在性爱神庙的石阶上，疲倦得想倒头睡下，再也不醒。

我越来越了解自己，我了解自己超过任何人。

因此我明白，我难以再获得来自外界的理解和懂得，尽管从前我认为这两样东西比爱还要难得。

曾经对着世界张牙舞爪，无法无天，如今连至亲至爱都看不到我的软弱。

亲爱的人，是不是我走得太快了，所以很多我觉得累，想找个肩膀靠一靠的时候，发现你们都在离我有一段距离的地方，爱莫能助地，心有余而力不足地看着我孤单的身影？

谁也不能拯救谁，我们各自有着各自的苦难，这就是我们的命运。

我接受我的命运。

# [ 十一月 ]

◎ 阿格拉、拉贾斯坦邦

十一月尚未到来，透过它的窗口，我望见了十二月

NOVEMBER

## { 它是一滴爱的眼泪 }

阿格拉，早上五点半，天还没亮，李黎从旅馆四楼下来敲我们房间的门。
她在门外小声地问："舟舟，你们起床了吗？"
我们要在日出之前进入泰姬陵。

跟李黎是在克久拉霍的旅馆里认识的，我和 Jenny 散步回去，看见门口有
两个亚洲女人正举着相机小心翼翼地拍着什么，顺着看过去，居然是一只孔雀！
它傲然地站在围墙上，丝毫不感到惊慌，过了一会儿，从围墙上跳下来，
晃晃悠悠地朝马路走了过去。
我们都被这样奇异的景象震撼到了，缓过了神才打招呼，在确定了彼此
都是中国人之后，李黎说："我们带了电热锅，你们要是愿意的话，晚上可
以来我们房间喝粥。"
我们当然没好意思去打扰，但就此成了朋友。

从克久拉霍到阿格拉，三百公里的距离，慢悠悠的大巴车开了整整十二个小时。

在晃荡的车上，我睡醒之后，看到旁边的 Jenny 正在打瞌睡，她仰起头，张着嘴，好二逼的样子。

我连忙拿出手机想偷拍她，可惜还没对焦，我就忍不住哈哈大笑起来。

这一笑，我把她笑醒了！痛失良机啊！

她很快就反应了过来，随即一声冷笑："你还好意思笑我，你以为你的睡相很好看吗，我都给你拍下来了！"

一边说，她一边拿出自己的无敌卡片机一张一张翻给我看，天啊！照片里那个张着嘴，歪着脖子，一脸蠢相的女的真是我吗？我拒绝相信这件事！

Jenny 又冷笑着告诉我一个更残忍的真相："我拍你的时候，周围的印度人都在笑。"

我——石——化——了。

本是同根生啊，相煎何太急！

在去印度之前，我唯一说得上来的景点就是泰姬陵，终于在入境半个月之后的深夜里，我们到达了它所在的城市，阿格拉。

作为赫赫有名的印度旅游金三角之一，它与我的想象有所出入，但比起之前的那几站，它的确更像一座大城市。

第一天晚上在旅馆的顶楼餐厅，服务员骄傲地跟我们讲，站在这里就可以看见泰姬陵，但在夜晚若有似无的薄雾之中，我连它的大致轮廓都看不清晰。

李黎说："不要紧，我们明天去。"


出了旅馆的门，天空中依稀还可以看见几颗零散的星星，我们尽可能地将所有御寒的衣物都裹在身上，到了售票处，才看见买票的队伍已经排得很长。

所有人都知道，一旦天光大亮，泰姬陵里便会如同节日的集市，拥挤得水泄不通。

随着日出时间的临近，各种肤色的人组成的队伍井然有序地进入堡内，在一片咔嚓咔嚓的快门声中，我用目光轻轻地擦拭着这座沉睡的陵墓。

它坐落在这里，无声无息就已经证明了爱情。

泰姬陵在早中晚所呈现出的面貌各不相同，早上是灿烂的金色，白天的阳光下是耀眼的白色，斜阳夕照下，白色的泰姬陵从灰黄、金黄，逐渐变成粉红、暗红、淡青色。

据当地人所说，近年来因为大力发展工业，空气污染极为严重，泰姬陵的外壁已经遭受到了损毁，未来也许会越来越严重。

我蹲在地上，细细地摩挲着工艺精细的大理石雕花，这一刻我不知道要说些什么。

沙贾汗和泰姬，温莎公爵夫妇，李隆基和杨玉环，似乎每个国家都有关于君王的爱情故事。

如果拿掉爱情这个因素，泰姬陵不过是一座空洞豪华、劳民伤财的巨大坟墓。

但后世之人很难明白，是怎样至死不渝的爱，才会令这座占地十七万平方米的陵墓存留于人间。

印度文学巨匠泰戈尔说，它是一滴爱的眼泪。


沙贾汗选用大理石建造泰姬陵，并以十分精巧的手艺在大理石上镶嵌无数宝石作为装饰。

印度以及波斯、土耳其、巴格达的建筑师、镶嵌师、书法师、雕刻师、泥瓦工共计两万多人参与了泰姬陵的建设。

此工程选用了印度的大理石，中国的宝石、水晶、玉、绿宝石，巴格达和也门的玛瑙，斯里兰卡的宝石，阿拉伯的珊瑚等。

再上乘的材质，在此时，也不过用之如泥沙。

三百多年后，我眼前的泰姬陵的辉煌和气派丝毫未减。


那天下午我们去了阿格拉堡，亲生儿子篡位之后，沙贾汗便被囚禁在这里，从此遥望泰姬陵。晚年视力恶化之后，只能用一块宝石来折射泰姬陵的倒影，慰藉思念的痛苦。

我坐在他房间的台阶上，如今这里已经不复昔日光华，我仍试着去体会他的心情。

我知道自己资质愚钝，难以领悟万分之一，但竭力而为。

余生之中，天天如此，皇位没有了，至爱不在了，这样的日子，多一天都是煎熬。

作为一个君王，被后世铭记不是因为政绩，而是因为爱情，这本身似乎是一个荒诞的笑话。

然而荒诞之中，才最见深情。

那天黄昏，在泰姬陵背面，我们静静地看了一场日落，它庄重，肃穆，隔着悠悠岁月，无声地诉说着这关于沙贾汗和泰姬的故事。

洪荒之中，唯有真爱不朽。

## { 你是在暴雨夜里赶来为我煮一碗面的人 }

拉贾斯坦邦是印度赫赫有名的富饶之地，四色城分别是粉红之城斋普尔，白城乌代普尔，蓝城焦特布尔，金城杰西梅尔。

与此相对应，我想写我生命里的四个女孩。

在拉贾斯坦邦的首府斋普尔，传说中的粉红之城，我和 Jenny 在一家杂货铺买到了 Made in China 的电热杯，自此开始了我们的省钱大计。

按照当时我们的食量和经济状况，如果不从口粮里省点儿钱下来，我们很可能到不了德里。

做过进出口贸易高管的 Jenny 算了一笔账，虽然买了一个一千卢比的电热杯，但接下来每顿我们都可以省出几十卢比，所以从长远来看，这笔投入是值得的。

在路口那个老爷爷的蔬菜摊，我们买下了卷心菜，秋葵，扁豆，青椒，西红柿，香菜，又在杂货店里买了两包方便面和两个鸡蛋。

那顿晚餐，我吃得泪水涟涟。

从一杯面里，我吃到了乡愁。

丛，我不记得从什么时候起，我开始叫你家姐。

别人问起我们怎么认识的，我总感觉有一点儿为难。

你是我的学姐，但早在我成为你的学妹之前，我们已经在同一个论坛里不着痕迹地打过了照面。

那时我是不知天高地厚的狂妄少女，跟论坛里很多大牌都掐过架，而你一直低调潜水，藏匿在我不知道的某个角落里不动声色地看着我。

那年我们都只有十七岁，谁也想不到后来会成为莫逆之交。

我们第一次见面，距离现在已经六年过去了，想想都觉得可怕，时间怎么过得这么快。

大一的那年夏天，学校公寓门口，我穿着一条被你诟病了好多年的大红色蓬蓬裙。

刚刚军训结束，我晒得又黑又瘦，看起来就像一个乡下丫头。

虽然我们同年，但那时你已经快毕业了，相对于我当时的生涩，你举手投足之间都显得落落大方。

在公寓后面的小饭馆里，我一口气吃了三碗饭，后来那个老板娘看到我，远远地就冲着店里喊："快把饭收起来。"

后来我们在山脚下的凉亭里坐了一会儿，年份久远，我已经记不得我们聊了些什么。

当时我们说过的话，或许都成了雁翅里的回声。


在我成年之后，听了太多直抒心意的告白，像一个被宠坏了的小孩，我已经不那么容易被感动了。

但我二十四岁生日时，你那条微博却让当时在青旅里的我眼泪哗哗地流。


希望你碰到一个好人，早上去天空散步下午去人间看景。晚上睡在一起，干最俗的事也是神仙干的事。亲爱的葛婉仪，月迷津渡时请转身看看，你还有我。我一直记得是今天，生日快乐。

这么多年过去了，我相识遍天下，但可曾真正有人走进过我的内心？
并没有，一个都没有。
但在离我最近的地方，一直有你的身影。

2009年的夏天，我们如何互相扶持着度过的过往，至今仍然刻骨铭心。
彼时，我刚刚毕业，从学校里搬出来，在这座城市的南边租了一套老旧的房子，交完房租和押金，卡上仅仅还剩两千块钱。
煤气、水电、交通、通信，所有的费用一下子折算成具体的数字摊在我的眼前，从前住宿舍、吃食堂的日子彻底过去了，我生平第一次知道了什么叫生活的重担。
那时的你在距离我五六站的地方工作，每天晚上我写稿子写到九点多，就会搭公交车去找你，下班之后你会带我去附近一家很出名的面馆吃消夜。
两个人身上加起来只有二十多块钱的事情屡屡发生，炎炎夏日的午后，我们站在小餐馆的窗口，看着"荤菜七块，素菜六块"的牌子，经过一番艰难的选择之后，还是选了后者。
最难熬的一次，我把身上所有的钱交给你，让你去打麻将，置之死地而后生，我相信你一定会大杀四方。
你没有辜负我，深夜传来捷报，还给我带了卤牛肉。

夜晚我们躺在床上，听着厨房里老鼠吱吱的声音，一边提心吊胆害怕它们会蹿到卧室里来，一边描绘着美好蓝图安慰着对方——
等我发了工资就去吃顿好吃的……
嗯，等我写完长篇就有版税拿了……
两个小镇姑娘，像两株野生植物，在原本陌生，只因承载了自身太多回忆而舍不得抽身离开的城市，顽强地生存了下来。
那时我们很单纯地相信，即将到来的人生，总不会比我们曾经经历过的更差。

可是，丛。

为什么，三四年之后，当我们有了比过去更多的阅历和钱之后，我们反而不再笃定地相信自己终究会获得幸福？

为何在经历了这样多的人世冷暖，反复失望之后，我们仍对情感抱以徒劳的期望？

我们都曾经以为爱情能够填补生命的缺失，我们付出了很多的代价，消耗了很多的时间之后，终于得出结论，这个想法是错误的。

会有一个人来拯救我们的人生吗？

会吗？

去西北旅行之前的某个夜晚，我越想越觉得人生虚无且没有意义，苦难重重却看不到亮光。

那天晚上我拿起刀片放在手腕上，在没开灯的洗手间里一直哭，一直哭。

你从云南回来，一下飞机就打电话给我，我没有接，你又发来短信说："我就来，别做傻事。"

你有我居所的钥匙，半个小时之后你打开门，我已经哭瘫在地上。

你长吐一口气，庆幸还来得及。

有时候我觉得，上天就是派你来看着我的。

我偏执，野蛮，冲动，决绝，尖刻，对世界跟对自己一样严苛，我活得既焦虑又迷惘，在原本已经暗伤连城的青春过后，又人为地给自己制造了更多更重的痛苦。

被抑郁症困扰了这么多年，我时时想结束生命，却苦于找不到一个足够的理由。

自 2009 年夏天之后，你不再跟我讲任何具有安慰性质的话，我们都长大了，大到对人生的无望已经具备了透彻的认识，语言或者文字，在面对真实的悲伤和痛苦时，苍白无力。

人生无解，人生无望。

命运面前，我们只是蝼蚁。

但你仍用自己的方式一直守护着我，在每一次我情绪崩溃的时候，毫不犹豫地拉住在沼泽里越陷越深的我。

在狂风暴雨的夜里，穿过大半个长沙，赶来照顾发高烧的我，你煮了一碗放有西兰花的面端到我床前说："吃完快点儿睡觉。"

连我妈都说："有丛丛在你身边，我就放心了。"

我没有兄弟姐妹，自年幼起一直在漂泊，少女时代的朋友都散在风雨里，唯有你长久地留了下来。

你包容了我的不美好，像管家婆一样替我操持着生活中大大小小的琐碎事物，你毫无怨言地照顾着我这个笨蛋，从没嫌弃过我是个负担。

你我没有血缘关系，你却是我不折不扣的亲人。

我们都还奔波在远未接近幸福的途中，偶尔翻看从前青涩土气的照片，心底总有一声唏嘘——回不去了，我们都回不去了。

这是斋普尔，我在粉红之城想起你。

## { 来年陌生的是昨日最亲的某某 }

白城，乌代普尔，坐在水边看着太阳沉下去，我跟 Jenny 讲："嘿，我十年前最好的朋友，快生孩子了。"

年后清冷的春天，我终于去见了你。

我妈妈陪着我一起，一路上她都在跟我讲，没什么好紧张的，又不是陌生人。

我觉得我很难让她明白，曾经亲近得如同手足一般，在疏离之后，会比两个陌生人更难接近彼此。

想到即将见到你，我居然会忐忑，你说这是可笑，还是悲哀。

十年了，我闭上眼睛还能想起那个夜晚，你被当时的男朋友背在背上，咯咯地笑。

刚下晚自习的我，用羡慕的眼神看着你们的背影。

一转眼，我们离那个夜晚已经十年了。

十年后的这个春天，在你家的客厅里，确切地说是在你娘家，你穿着珊瑚绒的睡衣，还披了一件同样质地的睡袍，空调温度开得很高。

你的怀里，抱着嗷嗷待哺的婴孩。

见到你的那一刻，忐忑和紧张顿时烟消云散，取而代之的是弥漫在我心间淡淡的哀愁。

你打开门的瞬间，我就清晰地看到了时光的界限。

那天下午我一直很沉默，我妈跟你说的话都比我说得多，她抱着你的孩子，不停地夸他，细细碎碎地叮嘱你带孩子应该注意些什么，你们有问有答，其乐融融。

我拿着 iPhone 无聊地刷着微博，活脱儿是个局外人。

临走时我放下一个红包，说是给孩子的见面礼，你笑了一下，没再推辞。

其实你的样子跟十五岁时相比，并没有多大的变化，不像我，一年一年地在脱胎换骨，直至今日，满眼沧桑。

十五岁时的我，脸上有一股子倔强的神情，不如你随和好接近，能够成为朋友，只能说是缘分使然。

我要喝水，找不到杯子，你把你的递给了我。

这一递，就递出了我生命中一段像初恋般的友情。

这样的感情，最真，最纯，最简单，也最易碎。

斗转星移，你我已是南辕北辙的两种人。

收到你要结婚的短信的那天，我在朝阳公园看音乐节，压轴的崔健唱了两首歌就喘得不成样子，我站在第一排，心里有种说不出的难过。

手机就在这个时候响起，你说："亲爱的，我要结婚了，你回来吗？"

那一瞬间，我的灵魂脱离了躯壳。

一直过了半个多小时我才回你说："不知道，到时候看吧。"

多么敷衍潦草的态度，我都不敢想如果换了是我收到这样的短信，这个朋友我还要不要，但你一如过去那些年温和宽怀，没有与我计较。

后来我去了清迈，你在 QQ 上问我："你要不要给我做伴娘呀？"

我再次厚颜地拒绝了你："我暂时不打算回国。"

再后来，我直到看到你的 QQ 头像换成了一个宝宝的照片，才知道你生了孩子。


十年前，我们谁都想不到，有一天我们会生疏至此。


做你的伴娘，是我十五岁时的心愿。

做你孩子的干妈，是我曾经写进过书里的承诺。

这些事情最终都像每个周末橘子洲头腾升起来的烟火，在夜幕中声势磅礴地炸开，而后无可逆转地熄灭。

世间有关情感的允诺，大多数只是为了应景，若真正追究起来，首先上当的便是自己。

我一直在玩着自欺欺人的游戏，而你付出在我身上的珍贵情谊，成为这个残酷游戏的殉葬品。


这些年间，有过去相识的人都说我变了，这些话传到我耳中时已经是变本加厉之后的版本，起初的时候我还会分辩，到后来我笑一笑就过去了。

急管繁弦的时代，谁有资格说自己十年来一点儿变化都没有？

除非他的人生从来没进步过。

直到那天我看见你，抱着孩子，笑得一如从前般干净皎洁，我忽然在心里质疑自己，是不是选错了人生的道路？

千变万化的是人心，纹丝不动的是命运。

其实我们根本没有选择。

那些疼痛而艰涩的青春已经过去了，你已为人妻，为人母，而我还是拖着箱子满世界乱跑的野孩子。

那句话已经被说烂了，好女孩上天堂，坏女孩走四方。

到底世界上有没有幸福，我已经不在意了。

顷刻生，须臾死，流逝的不是青春，是我们自己。

我们躺在人生的版图上，时光像轰隆隆的车轮从我们的身上碾过。

你的生命已经得到了延续，像是被风吹过的蒲公英终于落进了土壤。

而我，还要飘很久，很久。

虽然不想承认，但我们的确已经无话可说。

回忆起年少时的无话不说，结合起彼此的际遇，如今的生硬和疏离是必然的局面。

你想要的，都已经得到。

而我想要的，在经历过诸多人性的光明与黑暗，预计到命途的多舛和苍凉之后，已经成为我不想去探取的答案。

就让它沉睡吧，不必揭晓。

在我念大学的时候，黄伟文为陈奕迅写了一首传唱度很高的歌。

那首歌的结尾是这样唱的——

来年陌生的是昨日最亲的某某，总好于那日我，没有，没有遇过某某。

那一年我买过两块不知道是什么金属做成的饰品，一寸长的小牌上分别写着"天荒"和"地老"，我们用黑色的绳子将它们系在脖子上。

如今你脖子上戴的是老公买给你的金项链，而我的脖子上空空荡荡，什么也没有。

这个世界原本就没有天荒，也没有地老。

这是乌代普尔，我在碎裂的夕阳里，告别你。

## 〔你一笑，我便回到了人间〕

距离平安夜还有一天，我们到达了焦特布尔。四色城之中，我最喜欢蓝城。

与之前住过的所有旅店不一样，这一家旅店的工作人员是两个十七八岁的男生，脸上总是带着羞涩和单纯的笑容。

老板也不同于之前那些锱铢必较的商人，原本为了省钱，我们打算住在一楼那间又黑又潮湿的房间，他极力劝说我们搬去三楼带卫生间的那间房，在我们很为难地说"价格稍微有点儿贵"之后，他略一迟疑，给出了一个令我们吃惊的低价，他的眼睛里有真诚的光。

其实人和一个地方，也是有缘分的。

傍晚的时候我爬到天台上俯瞰全城，满眼都是深深浅浅的蓝。

远处的天空中是粉红色的云朵，钟楼的灯渐渐亮起来，圣诞的气氛越来越浓厚。

我举起相机，咔嚓一声，摁了快门。

我已经不太记得往年的圣诞是怎样度过，那天晚上我和 Jenny 商量之后，难得地决定奢侈一把，不煮面了，去餐厅吃顿好的。

老板亲自下厨替我们做了香甜的煎饼，还有半只烤鸡，我还很豪迈地要了两杯藏红花酸奶，这一顿的费用，相当于平日里三四天的伙食费。

那是我在印度期间，最后一次在网络上现身，我在 QQ 上叫你替我买过年要穿的新衣服。

你是我成年之后，渐渐受到一些瞩目之后，向世界隐藏起真实面目之后，唯一靠近我身边却没有被我与生俱来的尖刻刺伤过的姑娘。

你是在我遭受生理和心理的双重折磨之时，企图将我从黑暗的沼泽中拉到阳光下来暴晒的人。

你有一双不笑都像在笑的眼睛，形如月牙，从前我在小说里写过这样的女

生，而那时我还不认识你。

最穷困潦倒的那个夏天，我穿着绿色的 Tee 和黑色的帆布鞋，固执地不肯化妆，出门一定要戴一顶棒球帽。

这样的形象，被你嘲笑是"非主流"。

那个夏天我完成了两件很重要的事，第一是写完了第一本长篇小说《深海里的星星》，第二是打破故步自封的生活状态，主动与你成为朋友。


其实我们的性格并不相像，你是实用主义者，而我是无可救药的理想主义者。

这一年的春天下了足足三个月的雨，你是我认识的人当中唯一一个丝毫不被天气影响心情的人，对于你来说，这三个月跟过去的区别只是每天出门时要记得带伞。

每一次我背着大包拖着箱子踏上旅程，你在送我走的时候都会感慨着说："这么辛苦，何必呢？"

我自远方游历回来，跟你讲在路上遇到的形形色色的人和妙趣横生的事，你听了也会捧腹大笑，但在笑完之后，仍然坚守着这一方故土，不肯挪开。

有些姑娘天生宜家宜室，而另外一些姑娘则需要走很远很远的路去探求生命的价值。

我在泰国打算去禅修时，阿星说过一段令我印象非常深刻的话。

她说："如果一个人要依靠客观的环境来制约自己的行为和思想，那他离开这个环境之后，还是会回到过去的状态中，真正强大的人，在自己的房间里就有属于自己的完整世界。"

那一刻，我想到的人不是 S，是你。

我二十三岁那年的冬天，下了好几场雪，我们躺在床上整夜整夜地聊天，那些永不再回来的人和事，那些永不再回来的青春。

冬去春来，时光更迭，我一次次倦鸟返程，每一回，你都站在我离开的地方等着我。

负面情绪将我的生活搅得乱七八糟，连我自己都开始放弃抵抗，连我自己都开始嫌弃自己的时候，你如同甘霖一般，极力拯救着我日渐枯萎的心灵。

在这个世界上，死亡时时刻刻都在发生，疾病，灾祸，战争，厄运，以及自杀。

死这个字，对大多数人来说，不过是生命形态的万象归宗，而对于我，却是无法言说的苦痛唯一之救赎。

我的痛苦，你无法理解，但你全看在眼里。

如果不是你以超常的耐心和温柔陪伴着我，看管着我，我早已经成了其中之一。

这样珍贵的情谊，别人如何能够明白。

很多时候，我走在路上，看到街道两旁有很多人，我会观察他们。

他们的面孔，他们的身体，他们的着装，他们的小动作，从这些元素上我几乎看到了他们未来一生的走向，那是一些平庸的生命。

他们看起来很疲惫，似乎自己也知道飞黄腾达的可能性微乎其微。

但这些人，他们依然很努力地活着，他们才是这个世界的重要组成部分。

比起他们，我实在太过软弱了。


那个我几乎熬不过去的深夜，你发了一条短信给我，你说："我希望你将来有一个对你很好的爱人，生一个很可爱的儿子，养一条很蠢很丑的狗和一只很胖很聪明的猫，住在有大大的落地窗的房子里，天气好的时候，我去你家找你玩，一起磨咖啡豆，带着我漂亮的小女儿。"

你还跟我讲，比起很多听之任之的人，你已经很努力了，你从来都不是任何人的累赘。


我的身体里有一些东西早已经成了齑粉，它们死掉了，挥发在被污染过的空气里。

记得我在北京时，给你打电话说，我的心里没有神了。

那时你正处于迄今为止人生最低谷的时期，但你依然笃定地跟我讲，但爱是可以重生的。

你是属于白天的，晴天朗日才配得上你的笑。

而我，只有待在黑暗中才会感到自在和安全。

好在白昼与黑夜的交替之中，还有一段属于我们共同拥有的狼狗时间。

我有牢不可破的心魔，它时常引诱我去另一个世界，但你的笑声具有驱魔的功效。

你一笑，我便回到了人间。

作为两个成年人，按照社会规则，在交往中应当有适可而止的保留，但你给我的关爱，超过这个标准太多，太多。

这是蓝城，焦特布尔。

圣诞的夜，远处的古堡里传来风在呜咽的声音。

## { 你要与自己和解，你要接受自己 }

后来，很多人都叫你舟，你的本名不常被人提起。

你内心敏感，单纯，骄傲，自卑，复杂得令自己都看不清楚。

你从不肯承认自己害怕失去，为了尊严，为了许许多多愚蠢的理由，用利刺做外衣。

你说你的内心住着一头形容丑恶的怪兽，你知道自己没有别人以为的那么美好。

每个人展示给世界的都只是某一个角度的侧面。

真实的那个自己，蜷曲在角落里，瑟瑟发抖，无声地哭泣。

在你很年轻很年轻的时候，你是为了爱情扑火的飞蛾，一次次失败了再重来，你好有毅力。

那么，我想问你，这么多年来，你有没有爱过自己？

若干年前，你是出了名的不良少女，其实你真正做过些什么坏事呢？

你伤害的，只有自己。

是啊，你这个没用的家伙，你只会伤害自己，拖着自己走向越来越深的黑暗里。

在北京时，某个黄昏，你坐在小区的木椅子上发了一条短信给某人。

你说："我想我会变成现在这样都是你害的。"

我知道你是懦弱，不肯自己承担这个过错，一定要拉个人来抵罪，可惜人家不肯替你背这个黑锅，他说："总有一天你会感谢我。"

你盯着手机发呆，你想，不对啊，怎么会是这个样子，我不是一直都想成为一个更好的人吗?

是谁摧毁了你关于爱的梦想?

走了这么远的路，经历了这样漫长的独处之后，你终于明白了。

这一切的罪魁祸首，都是你自己。

你想在死去之前寻到一个住处，不劳作亦不忧虑。

种白色的花，读没读过的书籍，看一些沉闷的电影，有一个在一起不说话也不觉得尴尬的伴侣。

傍晚时牵手散步，夜晚他睡在你的旁边，你仍然想提笔给他写长长的信。

从卧房一直写到客厅，这样一写就是五十年。

最终这些字都长出了翅膀，从纸上飞起来，成为遥远的山谷中，经久不息的回声。

这是你最后一个关于爱的梦想。

如若要实现它，你先要学会接受自己。

亲爱的，原谅自己的脆弱和不堪，它们将伴随你一生。

金城，杰西梅尔，其实只是一片土黄。

传说只存活于想象里。

在去风之宫殿的时候，我们被热心的印度人民指错了好几次路。

在某个类似于政府机关的门口，Jenny 在看地图，我靠着石磴，用镜头截取着这座城市的细节。

这对老人忽然闯入画面中，几乎是下意识地，我摁下了快门。

老太太在那一瞬间似乎受到了惊吓，但在我的连声道歉之后，她露出了有些害羞的笑容。

他们牵手的背影，我目送了很久。

有一次跟喜欢的人讨论，要有多少爱，才足够支撑两个人到白头。

他讲："你只看到了他们白头，几十年之中经历了多少磨合，周旋，猜忌，欺瞒，你可想过？"

如是，携手走完一生，需要的岂止是足够的爱，还有在这个浮躁时代中弥足珍贵的耐心。

速成，速食，速朽的时代，谁有耐心求证一个需要用一生解答的难题？

离开印度之后，回忆起来，我们走过的每座城镇的蔬果摊上的品种，竟然全都是一样的！

印度人民似乎根本没有市场竞争的概念。

自从买了电热杯之后，我们的生活便不再拮据了，甚至偶尔可以买点儿水果回来改善生活。

但每个摊子上的主打水果都是香蕉和木瓜，还有丑得我不认识的番石榴。

偶尔也能看见苹果，但价格不便宜。在大吉岭时，一个好心的中国姑娘给过我一个，皮厚得匪夷所思，恐怕它自己都不好意思承认自己是苹果。

综上所述，其实我们的选择很有限，香蕉，木瓜，番石榴，只有这三种。

在这三种水果之中，我们买得最多的就是香蕉，因为——它最便宜。

第一次去买香蕉时，那个不会讲英语的老爷爷咿咿呀呀地跟我们比画了半天，后来我心一横，拿了一把，Jenny 也不甘示弱，拿了更大的一把。

老爷爷笑得脸上堆满了褶子，回旅馆的路上，Jenny 很忧愁地说："他会不会以为我们养了一头大象啊？"

我也很忧愁，大象一天也吃不了两把这么大的香蕉吧。

可是，我们完成了大象都做不到的事情。

到了第三天，我终于爆发了，从风之宫殿出来，我跟 Jenny 讲："今天再让我吃香蕉，我就死给你看！"

作为一个刚正不阿的党员，她并没有屈服于我的威胁，而是提出了一个交换条件："我们走路回去，省下的车费就让你吃木瓜。"

就这样，为了区区一个木瓜，我接受了这个不平等条约，在炎炎烈日下走了足足四十分钟，中途好几次差点儿当街晕倒。

当我看到路口卖木瓜的大胡子男人时，几乎以为那是海市蜃楼。

同样疲惫不堪的 Jenny 跟我对视一眼，欣慰地笑了。

大胡子利落地将半个木瓜削皮，切成一小块一小块放在来历不明的铝质小盘子里，我们一开始还没反应过来，吃得心满意足。

突然之间，我如遭电击："Jenny！他是用右手切的！"

她懵懂地看着我，一秒钟之后她也醒悟了：印度人民上大厕不用纸，用左手！

我们看着那盘含意复杂的木瓜，几乎都快哭了。

还不如吃香蕉呢！

第一次见到真正的吹蛇人，大批游客围在一起，人群中发出细碎的啧啧声。

年幼时在阿拉伯神话故事里，读过这样的故事。

但我想起的，是关于那个被封印在瓶子里的魔鬼。

第一千年时，他想，如果有人来救我，我就做他的仆人。

但是一直没有人来。

第二千年的时候他想，只要有人来救我，我就满足他三个心愿。

依然没有人来。

到了第三千年，他绝望了，他恶狠狠地想，如果有人这时来救我，我就吃了他。

我从来都认为，他是没有错的。

足足三千年，可怜的魔鬼，何其孤独的三千年。

这是一个关于等待的故事，他等待着救赎，最终等到绝望。

这是一个原本对世界寄予了期待，最终却与世界反目成仇的故事。

# ［十二月］

◎ 比卡涅尔、阿姆利则、D 镇　大雪弥漫

DECEMBER

## { 是你教会了我重要的一切 }

离开富饶之地拉贾斯坦邦之后，我们又开始了吃饼干、啃西红柿的苦旅。

在经济状况很不乐观的前提下，无论是 Jenny 还是我，都没有忘记随时发挥中华民族的优良美德，我们抓住了一切能够彰显善良的机会。

在乌代普尔，看到一个佝偻着身体，艰难地拖着板车上坡的老爷爷，我几乎是下意识地就冲上去帮忙。

在焦特布尔，我们把 TUTU 车司机开的一百五十卢比车价杀到五十卢比，到了旅馆之后，我们主动多给了他三十卢比，还一个劲地对他说："不好意思，我们不知道有这么远的距离。"

他感动得好半天都没说话。

…………

在很多印度人的眼里，我们是两个很奇怪的游客，街边的人总是喜欢用韩语和日语中的"你好"跟我们打招呼，而我们总要不厌其烦地纠正他们 "we are Chinese"，这种欢乐的场面每天都在上演。

在去印度之前，我在清迈跟阿星他们讲起性爱神庙，一脸的憧憬和向往。

旁边一个中国男生插话说："那老鼠神庙你去不去？"

我怔怔地看着他得逞后的笑，心里冒出一个大大的惊叹号。

这世上居然还有老鼠庙？

很快，我们就坐在了去老鼠庙的大巴车上。

Jenny 一直强调，如果你怕的话，就不要进去，万一踩死一只，必须赔偿同等重量的银老鼠，我们的旅费里没有这笔开销！

我嗤鼻一笑，像我这种连藏尸洞都看过的奇葩，区区几只老鼠算什么？

这种自以为见过世面的心态，在我赤脚站在老鼠庙门口，看到眼前密密麻麻的成千上万只老鼠时，轰然崩塌了。

行走印度一个半月，自以为这个国家已经没有什么会令我惊讶的了，可是这一刻，我差点儿要骂脏话了。

你们有没有下限啊？啊？

庙里放着很多装满牛奶的大盆，老鼠们围成一圈尽情享用，庙里的人都小心翼翼地避让着它们，我看到周围几个欧美游客一脸的不可思议，想必自己也没好到哪里去。

在庙里站了十分钟，我就感觉自己快不行了，它们的气场太强大，我简直连呼吸都不顺畅了。

在台阶上坐着等了半天，Jenny 心满意足地拿着她的卡片机走过来，扬扬得意的眼神分明是对我的蔑视。

起码我一只老鼠都没踩到，没造成经济损失，我也不算太没用吧。

一个小时之后，我们坐在比卡涅尔的小车站里等着晚上去阿姆利则的班车，五点之后，光线逐渐微弱，气温低了不少。

我心一横，当着候车室里所有人的面，把二十九寸的箱子打开，从短袖 Tee 开始，往身上一件一件地套，边套边热情地招呼 Jenny："一起来啊。"

她满头黑线地看着我最后的成果：五件短袖，两件长袖，一条披肩，五条裤子，脚踝上还套着在大吉岭买的两只抓绒袜套，帆布鞋里塞着穿了三双袜子的胖脚。

周围的人都惊呆了，我心里暗暗地有一种报复的快感，别以为只有你们能吓到我们，中国人发起神经来也很猛的！

把自己打扮成一个五颜六色的粽子之后，我便坦然地开始吃饼干，看着最要面子的狮子座的 Jenny 开始极不情愿地学我套衣服。

那一年临时决定去西藏，我看着自己满箱子的抹胸裙发愁，你跟我讲，裙子都寄回去，Tee 都留着，到时候冷了就一件一件往身上套。

当时无意中听到的一句话，在漫长的离别之后，忽然从记忆的深处破土而出。

我原本在咀嚼饼干的动作忽然停滞下来。

在这么长的旅程中，我经过北印度大大小小无数条乡村公路，尘土飞扬中，我看到了灰雾里坚忍沉默的树，还有许许多多我叫不出名字的植物，以及那些面孔上有着沟壑般纹路的人。

在某一个瞬间，我忽然明白了你在我生命中的价值和意义。

绝非爱情。

你教我如何将自己跟这个世界，跟这个孤单的星球紧密地联系起来。

这一切原本是不会发生的，如果按照我十八九岁的人生预想发展下去，这些记忆不会存于我的人生之中。

从你教我把相机放在地上拍照的那天开始，也教会了我放下自己墨守的那些准则。

自此之后，我贴近泥土，消除了现代文明带给我的一切阻隔。

当我懂得了去爱太阳的光芒，爱麦子和稻谷的气味，爱任何一株路边的野草小花，爱烟囱里袅袅升起的炊烟，以及不再惧怕未来的时光中，岁月不经意间涂抹在我面孔上的每一条皱纹时，我才真正懂得了如何爱这个世界。

夜班车驶向阿姆利则，薄薄的被子已经无法御寒，我睁着眼睛看着窗外，除了黑暗什么也没有。

我们坐在第一排，相对于后面那些狭窄的座位，我们的待遇已经够好了，但事实上，仍然逼仄得伸不直腿。

入夜后，我变着法子，将身体扭曲成一个个匪夷所思的形状，只想让自己更暖和一点儿。

班车行驶在没有边界的黑暗中，发出哐当哐当的声响，背后传来面目模糊的中年男人打呼的声音。

这样静谧却又喧闹的夜。

我想起了那一年塔克拉玛干沙漠中的月光，我想我大概是注定要东奔西走的那种人。

我只是不知道，究竟是故乡摈弃了我，还是我抛弃了故乡。

人生海海，是你，教会了我重要的一切。

忘记你是我这一生最困难的事情之一，我知道，所以我不能再来一次。

## {在印巴边界，迎来了2012}

到达阿姆利则时是凌晨四点，我们像货物一样被大巴司机卸在不知名的小站，周围的人看起来一个个都形色可疑，他们把我们团团围住，个个都想伸手来拿我们的行李。

Jenny睡眼惺忪，我站在旁边，一语不发。

经过长途跋涉，车程颠簸，饥寒交迫，到这里，我对旅行的热情已经耗费得所剩无几。

这天的我们，运气不太好，在众多拉客的车夫里，我们选中了一个不那么机灵的男人，他把我们从车站拉去了跟他有协议的旅馆，看门的老头儿态度很恶劣，凶神恶煞般的模样。

兜兜转转磨蹭了将近一个小时，我们又回到了原地。

那一刻，我忽然崩溃得想趴在箱子上，大哭一场。

我想回家。

天亮时，我们终于找到了藏在不知名的巷子里的旅馆，老板是个很有喜感的老头儿，禁不住我软磨硬泡，给我们少了些房钱。

躺到床上的时候我才突然意识到，从什么时候起，我们居然穷到连住宿都要杀价了！

地处印巴边界的阿姆利则，主要的居民都是锡克教信徒，他们每天都会去金庙祈祷。

清晨，大街上全是包着各色头巾的男人，他们之中有一些支起摊子煎饼、煮茶，经营营生。

我们坐在一张脏兮兮的木凳上，拿着用报纸包着的饼，像饥民一样毫无形象地大口咀嚼着。

我们已经五天没洗头没洗澡了。

如果我的闺密们看到我当时的样子，恐怕也只会轻叹一声，还不是你自找的。

用这样潦倒的面目，我们迎来了新年。


2011 年的最后一天，我鼓起勇气央求 Jenny："能不能吃顿好的？"

我所谓的"好的"就是指晚上煮面时能打两个鸡蛋，这个卑微的请求当然得到了满足。

是夜，我蹲在地上，用小刀细细地切着卷心菜和小番茄，心里有个微弱的声音越来越强烈：我就要这个样子告别 2011 了吗？

2011 年过去了，很多人升职，很多人结婚，很多人毕业，很多人去了远方。

可我好像还是老样子，哭哭笑笑地就这样过了一年。

在北京时，我从南二环把行李搬去北四环，编织袋把肩膀勒得好疼，晚上洗澡时，才在镜子中看到一道血痕。

有很多人不解，他们觉得我是自己瞎折腾，放着安逸舒适的生活不过，自讨苦吃。

但那时我有我的傲慢，我甚至连解释都懒得解释，燕雀安知鸿鹄之志，我带着一点儿轻蔑想，那些萝卜皮一样粗糙的人，怎么能够理解我梨花般的心灵。

然而事实上是怎样呢，这些搬迁和辗转，到后来都像风干的笑话。

我的努力，我的挣扎，我的放弃，我的不甘心，我的彻夜不眠和失声痛哭。

…………

别人看的，都是热闹。

我的血泪，只有我自己知道。


在年末的这一天，回忆摧枯拉朽，分崩离析，它们变成尖锐的碎片割痛了我。

我原本以为自己会打扮得漂漂亮亮的，跟三两好友，饱食一顿，然后找个欢乐的场所，纵情豪饮，放声高歌，挥别旧历年，虚张声势地展望一下未来。

一切都跟我想的不一样，我捧着一杯打了两个鸡蛋的速食面，披着湿漉漉的头发，伤感地想，2011 真的就这么过去了。

我感觉自己还有很多事没做，但时间真的就这么过去了。

在这个不知名的小旅馆里，我悲伤得无以复加。

第三天，我们从旅馆里搬出来，告别了那个长得很有喜感的老板，拖着行李搬进了免费招待背包客的收容站。

收容站就在金庙的对面，一间大房子里陈列着一排通铺，大花铺盖，很像我曾经在阿里投宿过的民居。

放好行李之后，Jenny说："我们今天去金庙领免费的食物吧。"

我震惊地看着她，没想到阿姆利则是如此仁慈慷慨的一片土地啊！

用披肩包裹好头部，赤足走进金庙，跟着人群缓慢地移动，领了一个银色的餐盘之后，进入大厅，壮观的场面再次震撼了我。

盘坐在大厅的地上的人，草草一看，起码也有好几百。

幸好我身手矫健，哼，否则又得排队等一轮。也是到了这个时候我才知道，锡克教真的很富裕啊，每天供这么多人免费吃喝，没钱你讲个屁啊。

三个男人，一人手里提着一个桶，以迅雷不及掩耳之势，唰唰唰地从队伍这头到了那头，低下头一看，每个人的餐盘里分别多了豆子汤、酸奶和两张饼。

吃了半个多月的面之后，我又开始怀念起从前咖喱配饼的时光了，此刻，我将饼撕成一小块一小块，蘸着既无甜味，也无咸味的酸奶，津津有味地吃了起来。

那天晚上，我躺在厚实的棉被里睡得格外安稳。

这是我过去想都没有想到过的生活，如果不是亲身经历，我也不会相信自己居然能够消受这一切。

在入睡前，我忽然有点儿感激穷困，如果不是在金钱方面受到掣肘，行程走到这里，大概是另一番光景。

在尝试之前，人永远都不知道自己的极限到底在哪里，永远都不知道自己可以承受些什么，接受些什么。

生平第一次，我隐隐为自己感到骄傲。


## ｛母亲｝

离开阿姆利则时，在金庙门口遇到了Lucas，一个金发碧眼的德国男生，他大叫一声："嘿，你们去哪儿？"

我笑了笑，说出了那个地名。那差不多算是我们在印度的最后一站。

他扬起眉毛："好的，Jojo，过两天我们又会见面。"

老旧的班车行驶在曲折坎坷的盘山路上，坐在我后面位子上的是一家人，母亲抱着孩子，我无意中回过头去看到他们，无端的，心里一片潮湿。

好心的售票员大叔递给我一个橘子，我想推辞，他冲我眨眨眼，示意我不要客气。

我握着它，眼泪不能抑制地滚滚而下。

记忆中，我经常这样无声而剧烈地哭泣，这一次，我用披肩包住了头，包得严严实实。


回家的路，道阻且长。

发生了什么？是什么惊扰到了原本兴致勃勃的我？是什么令我在这么多异国人面前哭泣？

是什么令我觉得这样无望？

我想起了你，母亲。

我们已经很久很久没有见面了。

我知道你年轻时吃了很多苦，你这一生中从未获得过饱满的爱。

因为你欠缺对于爱的了解和认识，所以你必然也不懂得如何温柔地倾注内心的情感。

我们是一对硬邦邦的母女，在我年少时，我们以争吵和冷战的方式相处。

在成年后，除却不断用物质填补你，我也找不到别的方式来表达自己。

你把这个女儿养得无比粗糙，无比坚硬。

同龄女孩所有的天真和明媚，在我身上找不到一点儿痕迹。

你父亲早逝，母亲脾气暴躁且自私，直至晚年都未曾真正关爱过你。

你出娘家，入夫家，缔结的是一段不幸福的婚姻。

几年后，你主动提出结束这段关系，离开的时候几乎没有行李。

后来你接走了皮包骨头的女儿，在此之前，她一直过着动荡不安的生活。

在她的成长中，你经常口不择言，说出的话像利箭一般正中靶心。

你不了解你的女儿有着多么敏感的自尊，那些利箭插在她的心口，再也拔不下来。

你的牺牲，成为她一生难赎的罪孽。

你的付出，使她明白自己的生命从最初就是一个负担。

此后多年，她一直生活得战战兢兢，极力避免自己成为任何人的累赘。

于是，在任何人离开她的时候，她都可以强忍着悲痛，奉上一句："好走不送。"

没有人看到过她转身后哭得一塌糊涂的脸。

她从来都不是能令家人引以为傲的孩子，很小的时候，外婆就斩钉截铁地判定她将来不会有出息。

高中时，几乎每个学期你都会接到老师要求你带她回家的电话。

十七岁，她的班主任对她说："你是你母亲犯的一个错。"

她站在办公室里，为这人性的恶而颤抖。

那几年，你无数次声泪俱下地问她："你到底要怎么样？"

她也不知道自己到底要怎么样，只能躲起来，一刀一刀地划在手上。

她以这样的方式惩罚自己。

自残的青春，漫长而没有光。


你的女儿，走得比你远，血也比你冷，亲情淡漠。

她没什么家庭概念，羡慕闺密家里四世同堂，却不愿意配合你的期望，扮演一个孝顺听话的晚辈。

她没有安全感，极度缺爱，却又极度骄傲。

一碗热气腾腾的面就能把她感动得热泪盈眶。

别人对她一点点好，她就觉得无以为报，恨不得以命相抵。

她年少时曾经迷恋物质带来的满足，在逐渐认清自己之后，才终于懂得，爱是生命中唯一的缺失。

她遗传到你年轻时的暴戾，却还没学会你老去后的达观。

她只有小聪明，欠缺大智慧。

怀揣着不入世的理想主义，在现实世界里撞得头破血流。


她曾经以为在这个世界上，总有一个人能给她救赎，可渐渐连希望都丧失掉。

她做了很多努力，可最终都无能为力。

不想起你的时候，她在哪座城市都能混得如鱼得水，可是一想起你，歉疚感就如万蚁噬心。

她从没为你做过什么。

她能够为你做些什么？

她年纪渐长，儿时许多玩伴都已尘埃落定，你开始担心她尖刻的性格无法获得尘世幸福。

而你不明白的是，她已经不相信这个世上有幸福。

即使有，她也不认为自己具备获得幸福的天资。

她无数次对友人说起，她已经做好了孤独终老的准备。

她以不羁的姿态，说着这世间最残酷的玩笑。


她有时走在路上会莫名其妙地哭起来，她不知道为什么距离理想中的自己那么遥远。

那么，那么遥远。

天黑了，D镇就在前方，两个月的干旱期没有见过一滴雨，却即将在这座小镇迎来一场暴雪。

我的眼泪流完了，仍然不知道自己为什么要哭，为什么会那么难过。

只是因为想起了过去吗，只是因为明白了人生必须放弃的一些可能吗？

若你问我在那一刻的感受，我只能回答你四个字。

万念俱灰。

我万念俱灰。

二十多年来，我东奔西跑，过得乱七八糟。

我仿佛做了很多事，又其实什么也没做。

我仿佛去了很多地方，并且在那些地方生活过，其实我又不曾真正属于过它们。

让我告诉你，那一刻是什么击败了我。

挫败感。

生而为人，面对命运的锉刀，无能为力的挫败感。

## { 哭完你要记得笑 }

在我回国很久之后，C还在我的Facebook（脸书）上留言说："Jojo，我依然在人群中寻找你的笑容。"

我们认识得很意外，细想起来，却又似乎是必然。

进入D镇之前，破旧的大巴车在山里发出哐当哐当的声响，暗得什么也看不见，在一个转弯之后，万家灯火连绵不绝地进入视野，就像整个星空被倒过来。

我张大了嘴，惊讶得说不了话。

你应该自己去看看，否则你永远也不知道那样的景象有多美。

入夜，温度低得已经超过了我所能够承受的范畴，一进旅馆我就用电热杯烧了一壶滚烫的开水，没等它冷，就直接灌进腹中。

门口一个好心的美国老太太说："我知道有一家餐厅很不错，我带你们去吧。"

那顿晚饭我和 Jenny 一人要了一碗汤面，一盘饺子，撑得几乎快吐出来，隔壁桌一个美丽的老太太一直看着我们笑。

同时在笑的，还有坐在柜台里的 C。

那是我们第一次见面，除了点单和结账，没有多说一句话。


我和 Jenny 在经历了两个月的朝夕相处之后，不可避免地发生了一些琐碎的龃龉，在 D 镇的头两天，我们经常分开行动，我背着相机去山里拍照，她在小巷子里寻找传说中的酸辣粉。

这段同行的友谊岌岌可危，我们一天到晚说不上几句话，一种前所未有的疏离感横隔在我们中间。

谁也没有主动来打破它，整整两个月的行走，彼此都已经疲倦不堪，对于即将发生的一切，都抱以顺其自然的态度。


那一天的上午，我在 C 家的餐厅里点了一份煎饼和一杯热牛奶，用Wi-Fi 上了一会儿网，在此之前我已经在网络世界里消失了半个多月。

在私信中我跟丛丛讲："我好累，好想哭。"

她说："没事，就快回来了，家姐给你准备一堆好吃的，回来好好儿养着。"

这句话一弹出来，我就不争气地流下眼泪来，这一哭，就收不住了。

一个日本女人走过来问我："煎饼好吃吗？"

我泪眼婆娑地点点头，她看到我的面孔，像是自己做错了什么事情似的，连忙欠着身子走开了。

过了一会儿，我感觉到对面坐下来一个人，心想日本妞儿你有完没完，好不好吃你不会自己点一份吗？

一抬头，便看到 C 温和的笑脸，将一沓纸巾推到愣着的我的面前，轻声说："哭完之后，笑一笑。"

我在印度的行程中接受过很多人大大小小的帮助，但这一次却有那么一点儿不同。

众所周知，我是一个不轻易示弱的人，再亲密的人也极少看到我的眼泪，可是那一天，我的脆弱与慌张，被这个近在咫尺的陌生人尽收眼底。

我后来几乎是逃走的，甚至没来得及认认真真说一声谢谢。

直到离开 D 镇，我和 Jenny 经过了冷战又恢复到热络，唯一没有改变的是我们每天都会去 C 家的餐厅吃饭。

后来那些天他经常放下本职工作，跑来跟我们聊天，问起一些关于中国的问题，甚至连他们餐厅的服务员都跟我们熟络起来，送餐时给我们的笑脸总比别桌的要多。

他总是坐在我的旁边，我能够很清晰地从侧面看到他脸上的纹路，他跟我们的交谈几乎只讲英语，但他告诉我们，自己一直在自学中文。

他的练习本上的字迹十分工整，甚至可以说工整得有些幼稚，正是因为这种认真的态度，才令我感到心酸。

他已经很多年没有见过自己的父母，离开家乡时，他是一个随着命运迁徙的懵懂少年，他并不知道那样的离开也许是永远的离开，从此岁月的沙尘，滚滚扑面。

与至亲再相逢时，早已经不是原来的青涩少年。

他们这样的人，有着世上大多数人无法理解的乡愁，当年祖辈的决定，像一把利刃割断了他们与土地、传统、宗族友群的连接，他们寄居着，在哪里都没有根。

这样漂泊着的心灵，需要不可预计的时间来抚慰。

离开的那天我们照例点了一堆食物，因为那是整个印度行程中最"中国"口味的餐厅，然而到结账时，C一分钱也不肯要，我急得差点儿哭起来。

他一直笑着跟我讲："你哭完之后记得笑啊。"

那是一个属于我们的秘密，在那个无助的上午，我像一个只能在陆地上生活却被迫潜入水底的怪人，而他递过来的那几张纸巾，则是救命的一口氧气。

## { I'm lesbian }

我们在D镇住在一家由克什米尔人合资开的旅馆里，他们一个是沉默寡言的掌柜，一个是热心的大叔，还有一个是玩世不恭的卷卷毛。

除此之外，还有三个小孩儿，最大的十九岁，负责房间清扫，另外两个十四五岁的则是厨师。

我们都很讨厌那个卷卷毛，平日里他好吃懒做，言谈举止之中总透着一股傲慢。

在我与Jenny分头行动的那两天，我总是一个人在庙里转转经筒。

第二天下午离开的时候，一场冰雹兜头砸下，狂风大作，霎时，浓云蔽日，再也看不见一丝光亮。

整个晚上，我和Jenny在旅馆大厅里如坐针毡，分别咨询了去德里的班车时间，我们甚至回房间把各自的行李都收拾了一遍，看起来，我们马上就要分道扬镳。

然而，就是那天夜里，扭转僵持不下的局面的契机到来了。

一夜大雪，天亮后，推开窗，小小的D镇成了童话世界。

班车停开，我们哪里也去不了，谁也无法离开。

所有的异乡人都被困在了这个只有两三条街道的山中小镇，遗世独立。

到了这时，我和 Jenny 不动声色地再次结为联盟，一同对抗这突如其来的种种意外。

人类真的是这个星球上最奇怪的动物。

伍迪·艾伦在《午夜巴塞罗那》中塑造了一个只肯用西班牙语写诗的老人，他拒绝将自己的诗发表，这是他对人类的惩罚，理由是他不满人类一直没有学会如何去爱。

亿万年前，人类刚刚从猿进化过来，对自然界的一切都怀着恐惧和敬畏，风雨水火什么都怕，一道雷电就吓得屁滚尿流，唯独不怕同类。

亿万年过去了，人类社会经过了无数次演变，战争，复兴，革命，现代文明发展到如今，科学技术日新月异，我们什么都不怕了，只怕同类。

我们连如何与同类相处都掌握不好。

暴雪封山，断水断电，我的生理期提前到来，所有御寒的衣物都已经穿在身上，仍抵不住寒气往骨子里渗。

看起来，那好像是我在印度最苦的一段日子，但事实上，我非常快乐。

每天我们都要通过很辛苦的方式去 C 家的餐厅吃饭，一路上，我们要极力躲避爱打雪仗的人们。

那些五大三粗的男人似乎没有轻重概念，只要看到外国女游客，便热情洋溢地掷来被他们反反复复拍得特别瓷实的雪球，一旦被打中，真是疼得人想死。

偏偏他们还不懂得看人脸色，误以为这些外国女游客热衷于跟他们玩躲猫猫的游戏——直到那天 Jenny 冲过去，拿出了拼命的架势，一边哭一边揍他们，这种情况才得以缓解。

从此之后，在 D 镇，便留下了中国女生不好惹的传说。

那是近年来我难得的一段轻松的时光，每天披着廉价的绒毯在山里散步，脚踩在厚厚的积雪上会发出嘎吱嘎吱的声音。

没有网络，手机也像死了一样寂静无声，唯一能做的事情就是读书，写日记。

傍晚时，找一个安静的地方，坐下来一边抽烟一边看夕阳，五颜六色的小房子在山间星罗棋布，时间缓慢地流过，偶尔过路的人无论男女老少都会笑嘻嘻地跟我打招呼。

很久之后想起来，那大概就算是最好的时光吧。

晚上在旅馆里，那位沉默寡言的掌柜在厨房里支起一堆火，把我和Jenny叫进去取暖。

我们学着他们席地而坐，像街坊一般东拉西扯，三个小孩儿通常不参与到我们的对话中来，只是眨着干净灵动的眼睛看着我们，时不时跟着笑。

我们在街边的商铺里买了一些吉百利来补充能量，后来才发现那都是山寨货，尽管如此，仍然是我们在当地能够买到的最好的巧克力，分给三个小孩儿的时候，他们抿着嘴一点一点地吞咽，叫人看着都觉得难过。

如果没有发生卷卷毛向我告白这件事的话，那么有关 D 镇的一切，都是非常美好的。

　　那原本是一个安静的夜晚，我就着微弱的灯光在角落里看书，卷卷毛喝了一些酒，估计是酒壮尿人胆，他忽然对 Jenny 说："我真喜欢这个女孩。"
　　空气顿时凝结了，我一动不动地盯 Touch①，假装自己的英语水平差得听不懂这句话。
　　Jenny 也十分尴尬，一时之间，厨房里没有人说话。
　　卷卷毛意犹未尽，继续对 Jenny 说："请你转告她，我在克什米尔有漂亮的房子，还有车……"边说，他边拿出自己的手机翻照片给 Jenny 看。
　　虽然我没有看到 Jenny 的表情，但我知道她已经在心里把这个家伙大卸八块了。
　　直到我们起身回房间时，卷卷毛还醉眼迷蒙地拜托 Jenny 一定要替他转达心意，自始至终，我一直假装自己什么都没有听懂。
　　回到房间里，Jenny 刚刚开了个头："其实你知道了吧……"
　　我大吼一声："你要是还想回国就马上给我闭嘴！"

　　在得到 Jenny "你们之间绝无可能"的回馈之后，卷卷毛不死心地追问："why?"
　　外乡人总是不懂得适可而止，面对 Jenny 给出的"私人原因"，卷卷毛感到非常不满意，他不满意的表现很明显——亲自问我本人。
　　那天晚上，旅馆里所有的人都在场，我略一迟疑，扔出了一句威力相当于小型原子弹爆炸的话："I'm sorry, I'm lesbian.( 对不起，我是同性恋。)"
　　卷卷毛惊呆了！
　　他纯洁的小世界被我这个来自中国的神经病给搅得一塌糊涂，整个晚上，他的英语水平退步到只会说"why"和"What happened"。

_____

① 苹果公司的一款产品。

我和 Jenny 在心中狂笑，表面上却诚意十足，我甚至拿出我和黄美女的合照给他看，告诉他，我的女朋友非常漂亮，我非常爱她。

卷卷毛很不甘心地说："你也很漂亮。"

我点点头，说："是的，所以她也非常爱我。"

从那天起，卷卷毛就不跟我讲话了，看到我的时候也总是一副怪怪的表情。

我原本对于自己欺骗了他还有一点儿愧疚，直到 Jenny 告诉我，他背地里问她，两个女孩子要怎么做？

真正纯洁的人是 Jenny，她一时没有领悟到这个猥琐男话语中的真正含意，等她反应过来之后，气得她拿出专业八级的英语水平冲着卷卷毛破口大骂。

在这之后，卷卷毛在我们眼里就成了透明的，即使我们不小心看到了他，那眼神也像是透过他在看后面的墙壁。

临走的那天，我们买了一堆的吉百利给那三个小孩儿，还给所有人都拍了照，并且找了一间冲洗店付好费用，把凭条交给十九岁的那个少年，让他在我们走后记得去取照片。

我说的"所有人"，并不包括卷卷毛。

## ｛柴门闻犬吠，风雪夜归人｝

在新德里那条著名的背包客街上有很多条小巷子，其中有一条在七拐八拐之后能够看到一个专做日本食物的小餐馆。

和加尔各答那些小餐馆一样简陋，店主兼厨师是一个二十出头的印度年轻人，手下两个弟弟负责收拾和结账。

我们在这个小餐馆里吃了在印度的最后一顿饭。

等待的时候，我百无聊赖地从随身携带的日记本上撕下一张纸，信手写了一句词。

三个小时之后，在新德里机场的航站楼里，我站在巨大的透明玻璃前，脑袋里一片空白。

我难以相信，真的要回去了吗？真的又要回到从前日复一日的那种生活里去了吗？

亲朋好友都在等我，甚至网络上不计其数的陌生人都在等我报一声平安，我已经消失很长一段时间，他们连我是死是活都无从得知。

如果我说，在那一刻，我想消失，会不会显得太过卑鄙？

候机大厅里人声嘈杂，我回过头去看着那些不同肤色的人，那一刻世界仿佛无边无垠，随处可去，又好像画地为牢，无处可逃。


我从来没有跟任何一个朋友讲过，我是带着不情愿的心情，看着工作人员在我的护照上盖上出境章的。

旅程中种种艰辛不快，在那"啪"的一声之后，都化成了乌有。

不必非得是印度，随便哪里都好，让我的灵魂借居在任何一具躯壳中，只要不做我自己，让我游离在我的人生轨迹之外，哪怕再多一天也好。


在 D 镇的最后那几天，我一直在负隅顽抗，借着雪后路滑不安全的借口，将离开的日期一天天往后推，一直推到了不走不行的那一天。

夜班车上，一车旅客都沉默不语，我塞着耳机，目光失焦地看着窗外越来越远的小镇，一恍神，巨大的黄色月亮就在身旁。

那是只能用奇迹来形容的景象，我把瞌睡中的 Jenny 摇醒："你看到没有？看到没有？"

她不解地看着我，不明白我为何如此激动。

我急得眼泪凝聚在眼眶里，却说不出个所以然来。

只有我看到了，巨大的，圆润的，温柔的黄色的月亮，最后一个属于 D 镇的夜里，它为我们送行。

在清迈时，Jenny 把她从国内带去的中文版《夜航西飞》送给了我，从清迈到曼谷的飞机上，我读了一半，后来它被放在箱子里一同去了印度。

在大吉岭的时候，我们认识了一个在新加坡国立大学念书的姑娘，她无意中谈起白芮儿·玛克罕，我微微一笑，意味深长地告诉她，我身上就带着这本书。

在她离开大吉岭时，这本书跟她买的茶叶一起，被塞进了她鼓鼓囊囊的背包。

我当时站在旁边静静地看着书的封面，忽然惊觉，原来这就是人生的缩影。

可为什么，人生好像已经寸步难行？

我须得透支着每一个明天的勇气，才得以度过每一个煎熬中的今天。

到底是哪一个环节出了问题，你看世界上依然有那么多快乐的人，而为什么我们不行？

北岛在《波兰来客》中写过这样的句子——

　　那时我们有梦，关于文学，关于爱情，关于穿越世界的旅行。
　　如今我们在深夜饮酒，杯子碰在一起，都是梦碎的声音。

梦碎的声音，你听见过吗？

每一个夜晚都是一次死亡，到了天亮，生命重新生长。

这个孤单的星球上有多少孤独的灵魂反复经历着这样的朝生暮死。

我们活着是如此行将就木，死后也不知道要去何处。

那这汲汲营营的几十年，究竟所为何事？

有梦想，却没有方向，日日夜夜，活得像一头找不到出路的困兽。

吃完最后那顿饭，结账时，我们给了那个收钱的小男孩一些小费，一路上因为不宽裕而造成的拮据和小气，最后只能通过这样的一个方式稍做弥补。

我转身拿行李时，注意到了一个小细节。

小男孩在收拾餐具时，把那张我信手写了一句词的纸塞进了口袋。

**我亦飘零久，十年来，深恩负尽，死生师友。**

以我所见，中国的古诗词中最凄楚无奈的，非这句莫属。

面对小男孩这个善意的小把戏，我微微一笑，悲从中来。

一个外国小孩，要学会认这些字，并不困难，若要真正领悟字里行间的每一丝韵味，恐怕终其一生，也难以实现。

未长夜痛哭者，不足语人生。

在回国的夜航途中，我在日记本的最后一页写下了这样一段话：

　　从某种意义上来说，这趟印度之行解放了我，它的各种出其不意，令一个原本对生活诸多挑剔和抱怨的姑娘，从此百无禁忌。

我到长沙的那天中午，天空中下起了纷纷扬扬的雪，一群朋友来机场接机，出现在他们眼前的是一个邋里邋遢、蓬头垢面的我。

柴门闻犬吠，风雪夜归人。

我知道，在我的生命中，这只是一次暂时的歇息。

在找到那个可以被称为信仰的东西之前，我无法停下脚步。

大雪弥漫在视野之中，我靠在车窗玻璃上，疲倦得一句话都不肯说。

2012，传说中，将有末世光临。

{ 浮世绘 }

　　在地处印巴边界的阿姆利则，所有的游客都一定会做的事不是去蹭免费食宿，而是观看交接仪式。

　　乘坐四十多分钟的小巴车到达边界上，再跟着拥挤的人群步行几百米，便到了观看仪式的地方。

　　两扇铁门隔开了原本属于一个国家的人民，两边都是人声鼎沸，双方都竭尽所能地欢呼和呐喊，像我们这样的外国人纵然也认真，也很虔诚，但仍然无法投入到他们如火如荼的热情中去，或许其他国家的游客能看懂吧，但我太笨了，一直没太搞懂他们到底在干什么。

　　我们只看到那些穿着制服的军人大踢腿向前迈步，每一次踢腿的力度都像是要把裤子撕破才罢休。

　　散场之后，我们一把抓住这个一直在微笑的小旗手，要给他拍张照片。

　　可是一入镜头，他便不会笑了。


　　雪后的D镇。

　　生命一直陷落的岁月中，难以临摹的回忆，那是一场寂静的大雪，比我二十多年来看过的所有美人都更加美丽。

　　那天，我穿着薄薄的衣衫，在雪地中冻得发抖，可还是禁不住内心的欢喜像一树一树的花开。

　　我那么确定，这片土地与自己紧密相连，在往后天各一方的时间中，在这片土地上发生的一切冷暖都会传达到我的心里。

　　我那么确定，有一部分自己，永远留在了那里。


　　　　　　　　　　　　　　一完一

[ 谁在世界的尽头哭泣 ]

WHO CRIES AT
THE END OF
THE WORLD?

## { 你要不要听一听，我的故事 }

### [ 1 ]

过安检时，我的前面是一个中老年旅行团，老太太们戴着整齐的红色小帽，拎着大包小包，队伍移动得很慢。

我不像大多数年轻女孩一样对老太太们的聒噪感到厌恶，恰恰相反，在我心底深处，竟有些不愿承认的羡慕。

是的，我羡慕她们，羡慕她们到了这个年纪，仍然对世界，对生活充满了纯粹的期待。

有些人活了几十年，岁月也没有夺走他的热情，还有些人，不过过了三年五载，就好像已经是小半生。

身后有人轻轻地拍了一下我的肩膀，我摘掉耳机，头还没回过去就听见一个声音说："小姐，你的身份证掉了。"

当我的目光停在那张脸上时，竟有些微微的悸动。

这是一张极为出色的脸，线条流畅，即使是在一大群乌压压的人当中，也能够被一眼辨认出来。

但再出色又如何，关我什么事？

我这一生，各种出类拔萃的人物也都见识过，最后还不是落得茕茕孑立。

"小姐，你的身份证。"他再次重复了一遍，说完，咧嘴一笑，露出一颗颗细若编贝的牙齿。

我从他手中接过那张小小的卡片，脸上浮起一个自己都没有察觉的凄然的笑，反正这是最后一次用到它了，也没什么必要小心保管了。

尽管如此，我还是礼貌性地说了一声谢谢，之后才转过身去，继续塞上耳机。

十几分钟后，我从洗手间出来，在登机口又看到他，没想到我们居然乘同一班飞机。在那群叽叽喳喳的妇女中间，他的安静显得遗世独立。

遮阳板外，云朵近在咫尺，目光再延伸到远处，蓝白相间的地方像是世界尽头。

从前每次坐飞机，我总是会想，如果有一天人类能够住在云里，那是多么完美的理想之国。

而今，我对世间一切都已无所眷恋。

对，无所眷恋，除了最后在 P 岛的那四天。

可不过短短两三个月，那些欢笑和亲近，却仿佛已经过去数年。

百无聊赖之下，我向空姐索要今天的晨报。

报纸送过来，不经意地翻了几版，突然间，一条经济案件新闻配图的那张照片吸引了我的注意，照片上这个中年男子有些眼熟，可一时之间，我又实在想不起是在哪里见过。

我开始认认真真地读这条新闻，当读到 ××× 曾任 × 行行长时，电光石火的那一瞬间，我想起来了。

三四年前的一个饭局上，我与此人曾有过一面之缘。

那是一个男人们掌握着话语权的场合，除了我之外没别的姑娘在场，而他们所谈论的话题尽是些我插不进嘴的内容，他们口中大多数名词我甚至连听都听不懂。

那顿饭我吃得不是很好，很多菜肴我平日里从来不曾见过，无从下手，他们几个男人也很少动筷子，只顾着喝酒，觥筹交错之间，我的沉默显得那么乖巧。

是在离席的时候，此人指着我呵呵地笑，说："这么多个里面，她最漂亮。"

这句话我当时并没有听懂，后来在车上，我问出我的疑惑，驾驶座上的人哈哈一笑，也不回答，只是腾出右手来拍拍我的头。

再后来，城头改换大王旗，我才终于懂了那句话里的含意。

不过是生意场上一句客气话，应景罢了。

此刻，我的双手开始颤抖，背上有密密麻麻的冷汗渗出，一目十行地看下去，心里有个微弱的声音在暗自祈求，没有他，没有他，千万别有他。

然而，就像是被针狠狠地扎了一下，那个名字赫然陈列在涉案人员的名单里——沈墨白。

我用力地眨了眨眼睛，再看，它还在那里。

纵然人生早已七零八落，纵然我曾有过千万种构思和幻想，但眼下这一幕实在超出了我的想象。

我牢牢地盯住那个名字，眼神渐渐失焦，心中往事翻涌。

时间过去了这么久，我依然为你有泪可流。

下机前，我把那一版报纸折好，放进了背包。

### [ 2 ]

这不是我第一次去 P 岛，于是下机之后，我驾轻就熟地打了一辆出租车前往汽车站，再买好车票坐大巴前往码头。

P 岛是近年来香客最多的佛门圣地之一，据说在这里许下任何心愿，佛祖都会助你达成。

"奶奶说这里很灵，所以带你一起来拜拜，你有什么愿望，尽管对菩萨说就是了。"当初乔萌就是这样跟我说的。

言犹在耳，只是说这句话的人已经与我天涯相隔。

菩萨大概是没听见我许的愿吧……

从快艇的窗户看出去，海面上波光潋滟，不知道阴冷潮湿的大不列颠一年之中可有几次这样的蓝天白云。

上岛之后，看见很多本地人举着自制的小牌子在轮渡大厅门口拉客人，他们大多经营民宿，在对岸时我已经收到好几张名片。

也许是常年日晒的关系，他们大多有一张黝黑的面孔，透着质朴的真诚，我迟疑了一会儿，决定跟一个年轻女子走。

房间不够宽敞，但窗明几净，我流落一生，到头来所需要的，不过是一张干净的床。

夜里，打开电视一路摁过去，十个台里有九个在播相亲类节目。

化着浓妆贴着双眼皮假睫毛的美女们穿得很清凉，她们问了男嘉宾很多问题，可是爱这个字无人提起。

最珍贵的东西，也最易碎，例如爱。

世界上无数个事实都证明过，建立在利益、物质，或者其他目的上的关系，较之不掺杂质的情感，反而更为稳固和持久。

所以那些相信爱是生命中唯一之救赎的人，活该孤独。

我意兴阑珊地关掉电视和灯，坐在窗台前看了好久好久的月亮。

农历十五，深蓝色的夜幕，一轮满月，云彩浓浓淡淡地飘过去，这是一个宁静的夜，就像曾经我们共有的那个夜晚一样美。

夜色温柔，人静蝉鸣，我们躺在一张床上，不说话，没有肌肤之亲，只是安安静静地抱在一起。

我觉得那种感觉，就是幸福本身。

我这一生之中，美好的回忆寥寥无几，但与乔萌一同在 P 岛的那四天，却是毕生快乐。

无论是他还是我，都不会再有那样的时光，这一点，我很肯定。

成年人之间，有些话不会说得太明白，心照不宣就足够了，一个眼神一个小动作，就能够体会到对方隐没在言语之后的深意。

那样的回忆，就像是冰天雪地里三根火柴中的幻象，时间一到，火柴熄灭，一切戛然而止。

所谓绝唱，就不会有安可。

P岛之行，四天的时间，每一分每一秒，都是命运最后的仁慈。

此后他乘船，乘车，乘国际航班，以不可逆转的姿态从我残破的人生中彻底退出，往事烟消云散，城池塌毁。

我是故国的孤魂。


第二天早上，在寺庙门口，我看到成群结队的人们手中执香，逢殿必三鞠躬，满脸的虔诚，口中念念有词。

我站在门口停顿了一会儿，转身走了。

求姻缘求前程求财求子……大多数的人在佛祖面前所求的无非也就是这些心愿，可是我对人生已经无所求。

芸芸众生之中，佛祖能够记得几张脸？


我没有注意到，身后不远处，有一个人静静地注视着我。

他的眼睛像初夏雨后洁净的天空，略微有些轻轻的忧愁。


[ 3 ]


下午，我一个人四处闲逛着，毫无征兆，手腕上戴着的那串粉水晶突然断了。

那一刻，我下意识地叫了一声，周围的人都看着我，有那么几秒钟，我觉得非常尴尬。

游人们的目光很快就从我身上散去，可我蹲在地上，望着这一串破损的粉水晶，一时之间竟不晓得应该如何是好。

我不知道，此刻是不是应该把它们一颗颗捡起来，慎重地收好。

又或者打个电话给司空，问问她这预示着什么。

最终，我什么也没做，起身走了，头也不回。

不过只是身外之物，来和去都由它吧。

这串粉水晶是司空送给我的，在一个炎热的午后，我们对坐在咖啡馆临江的位子上，她手上那枚不知道几克拉但确实很显眼的钻戒在阳光下折射出耀眼的光芒。

我记得那天，她的脸上有一种凄厉的笑，这个笑容中包含着丰富的意味，有一种"我的目的终于达成了"的快感，也有一种"好了，这就是我的命"的决绝。

那天下午我们说的话不多，但每一句我都记得很清楚。

后来她接了一个电话，听语气是催她去试婚纱，临走之前她从包里拿出一个绒面的小盒子，打开推到我面前，里面就是这串粉水晶。

"西柠，有些事已经过去了，有些人已经走了，但你的人生还是要继续。送你这个，希望你能获得你想要的真爱。"

粉水晶，又称芙蓉石，据传能够提升爱情运势。

不好意思拒绝司空的一番心意，我戴在手上，对着阳光看了半天，直到看得强光刺出了眼泪。

可是如今，它无缘无故地断了。

走了一段路，后面有一个声音气喘吁吁地喊我："你的水晶我替你捡回来了，不过有好几颗掉到树林里去了，你数数看，少了几颗。"

一回头，竟然是他，那个在机场惊艳过我的男生。

仅仅只有那么一瞬间的不解和疑惑，紧接着，我就明白了。

无非又是一个落了俗套的故事，成年男女之间惯用的那些招数，找个借口接近对方，然后随便聊点儿什么，星座血型之类的，其实到这个时候看没看对眼两个人心里已经有数了，接下来等天色暗点儿，随便吃点儿什么，喝点儿什么，戏差不多已经做足，接下来可以顺理成章地走向酒店的床榻了。

我似笑非笑地看着他，这个好看得不像真人的男生，他心里在想什么，我一清二楚。

只是这种搭讪的方式比起我之前经历过的那些，未免显得太过老土。

"季西柠小姐，我叫程玺。"见我表情有些惊讶，他索性笑开了，"你忘了，我替你捡过身份证。"

粉水晶，招桃花，好像真是这么回事。

从这一点上来说，我是个实实在在的好姑娘：不啰唆。

我理了理头发，刚想说"我不是来搞艳遇的"，程玺却先说："带上这些水晶，去海边走走吧。"

他穿着人字拖，在沙滩上挖了一个很深很深的小坑，把那些零散的水晶都埋在里面，抬起头来跟我说：这是我的一个很重要的朋友教我的，他说玉碎了，水晶断了，这些都是消灾挡难的。

西柠，这意味着不好的事情都过去了。

他的眼睛深沉似海。

日头缓缓地从西边落下去，大海涨潮，长时间的沉默使得时间在此刻失去了意义，我们谁也没说话，夕阳的余晖洒在海面上，一片炫目的金黄。

世上美好的事物往往难以言述，比如此情此景。

虽然已经对世界毫无眷恋，但此时此刻，我内心仍然盈满疼痛的酸楚。

"少了四颗。"我忽然说。

他望着我，一言不发却让我知道他在等我继续说下去。

兴致高昂的游客们爆发出一阵阵的笑声，但这一切似乎都离我们很远。

我从他嘴边拔下那支抽了一半的烟，往沙滩上一坐，眼睛看向远处的地平线。

世界上有这么多人，世界上有这么多岛屿，偏偏是这里，偏偏是你。

那么，程玺……

你要不要听一听这四颗水晶的故事，听听我的青春，狂浪的过去，破碎的爱情和早已经无望的人生。


## ｛第一颗｝


### ［1］

我从来没想过会再见到顾恒，尤其是在警察局这么不适合叙旧和煽情的地方。

五年前那个一脸稚嫩，精瘦干练的小警察现在胖了不少，看样子生活过得不错，眉眼之间已经不复当年的锐气，多了些油腻，虽然年纪轻轻，但已经是一副中年人的神态。

他一副公事公办的样子，给我们做了登记，又例行询问了一些问题，然后问我们能不能提供当时被盗的笔记本的发票。

当时我已经连续一周没有睡觉了，脑子里完全是一团糨糊，小警察问的问题基本上都是顾恒一个人应对的。

事情其实很简单，五年前的某个周末的晚上，我和顾恒留宿在一个酒店公寓。当晚失窃，小偷偷走了他的钱包、手机和我的笔记本，第二天醒来我们报了案，当时负责备案的正是现在这个打着官腔的小警察。

这件事已经过去五年多了，我和顾恒之间的关系早已经打了死结，我觉得我差不多已经忘记这个人的存在的时候，居然接到这个小警察的电话。

不，他现在已经不是小警察了，如果客气点儿，应该称呼他为小队长才对。

电话一通，他有点儿惊讶："季西柠？嘿，你还在用这个号码啊，我先打给你男朋友，他说他很久没跟你联系了，不知道你有没有换号，嘿，你们俩还都挺念旧的啊……"

如果不是因为这通电话，要我来一趟警察局，我几乎已经忘了在最开始的那一年，很多个晚上，我在黑暗中惊醒，继而全身发抖。

而那时，顾恒总会在我醒来的第一时间，打开他手边的床头灯，抱住我，像安抚受惊的小动物那样安抚我。

是的，这些年来，我几乎已经忘了顾恒这个人。

五年后这个小偷在别处行窃被当场抓获，也许是受了些苦，他竟一股脑儿地把过去自己所犯的案子通通交代了出来，这其中，就包括了我们那桩。

当初备案时，我和顾恒两个人的手机号码都做了登记，所以五年后，我们这对早已劳燕分飞的旧情侣不得不在这么尴尬的场景下重逢了。

走完流程，我们起身准备走的时候，昔日的小警察又回来了："嘿，你们什么时候分手的啊？"

一时之间，顾恒有点儿尴尬，倒是一直没说话的我迅速接下了这个茬儿："关你屁事。"

小警察倒也不生气，乐呵呵地把脚跷到桌上，点了支烟，说："没什么奇怪的，我见多了，分手的，离婚的，情杀的，你们这真不算什么……"

我盯着他的脸，认认真真地看了片刻，在这张脸上，我完全找不到当初的他的一点儿影子了。

五年前，顾恒紧紧地抱着因为受到过度惊吓而哭得话都说不出来的我，那时候小警察刚出警校，从来没谈过恋爱，没交过女朋友。

"你们感情真好啊。"那时候他曾这样说。

原来时间真的会把人变成一个跟过去完全不同的样子。

从警察局出来，我戴上大墨镜，礼貌性地跟顾恒说了声再见便去路边等车。

他跟了上来，双手插在裤口袋里，踟蹰了半天，终于小声说："西柠，这么久不见，找个地方坐坐吧。"

深色的镜片遮住了我的双眼，他看不到墨镜后我的眼神，然而透过镜片，我还是清楚地看见他身上那件白色的 Tee 穿反了，而且领口那里有明显的黄渍，一看就知道是洗衣服的时候没认真洗，又或者是，根本就没洗。

毕竟是我爱过的人，那一刻，我无端端地有些鼻酸。

我揉了揉鼻子，强打起精神说："好吧，去哪儿？"

[ 2 ]

分手五年多，我没想到居然还会跟顾恒坐在"时光无声"，所谓的老地方，这场面未免也太荒诞。

我觉得比这更荒诞的是，五年前，我居然以为眼前这个人就是我要嫁的人，就是我要共度一生的人。

我居然曾经傻兮兮地以为我们会一直在一起。

那时的我青涩，懵懂，没见识，品位低，但那时我有熬了夜看不出来的好皮肤，有未受过伤害的笑容。

最重要的是，那个时候的我，还是一个完整的我，心，还不曾碎过。

隔着山河岁月望过去，那时我的感情，还那样饱满。

从未想过，人生是这样的惨烈。

我和顾恒在一起的时候，经常选没课的下午一人带一本书跑来这里消磨时间。

五年后我们坐在曾经属于我们的位子上，看着对方已经不那么年轻的脸，有种说不出口的伤感。

"西柠……"他顿了一下，像是要鼓起很大的勇气才能接着说出下面的话，"这些年来你一直不曾主动跟我联系，而我出于羞愧，出于内疚，也从来不敢联系你，我甚至不敢确定你有没有换手机号码，我不知道你过得怎么样，好还是不好。

"错失你，也许会是我这一生中最大的遗憾……虽然我知道我并没有资格这样说。

"西柠，这些年来，我一直由衷地想对你说一声，对不起。"

我们所在的这座内陆城市，终年都是灰蒙蒙的底色和灰蒙蒙的人群。

我将头靠在玻璃窗上，看着天上不断变化的云朵，眼前这个絮叨的人说的话轻飘飘地从我的耳边飘过，入不了我的心。

对不起？大可不必了，我这一生，被亏欠被辜负得太多了，对不起这三个字，我听腻了。

大概是看出了我的心不在焉，顾恒笑得有些尴尬，他从钱包里拿出一张折叠得整整齐齐的字条，轻声说："刚刚在警察局，他们问我能不能提供五年前买笔记本的发票，说是也许能照价赔偿，可是我没拿出来。

"其实我也说不清楚为什么，我就是一直留着它，我总觉得有一天或许用得着。

"西柠，你看，没想到真的用上了。"

我将眼光从窗外收回来，落在这张薄薄的发票上，一时之间，竟也不晓得如何接话。

它是我和顾恒之间曾经真切相爱过的证据，也是这段感情最后的载体。

顾恒，他是我的初恋。

五年前，我人生第一次爱上一个人。

[ 3 ]

"我就是为了摆脱你的控制！"这句话脱口而出之后，我就彻底爽了。

五年前的炎夏，母亲在得知我对她的命令置若罔闻，背地里自己悄悄修改了高考志愿，将所有的志愿都填在几千公里以外的城市之后，像疯了一样拿出一副要跟我拼命的架势，在这样的情形之下，我脱口而出，喊出了这句压抑在我心里十几年的真心话。

她当时整个人都呆住了，一双杏眼瞪得圆圆的，难以置信地看着我。

她在震怒之余，还有些惊讶，从小到大一直闷不吭声，完全按照她的要求，德智体美劳全面发展的女儿，怎么在一夜之间就成了逆子。

在我的回忆中，她在外人面前说起我时总是一副扬扬自得的口吻，说她跟我多么亲近，我是多么听话，比起别人家传统的母女，我们之间完全是朋友般的关系。

这纯粹是她一厢情愿的想法。

我装乖乖女装了十八年，在我的极力配合下，她一直被这种看似融洽，实则暗涌奔流的表象迷惑，直到这一天，我终于不想，也不用再装了。

我是真正的腹黑女，这一点，她从来都没有看透过。

这场家庭大战以母亲被我气个半死作为结束而草草收场。

那一年她刚过四十，风韵颇佳，往日里总是盛气凌人，不仅父亲事事迁就她，连外面的人见了她也都要给几分面子，话只拣好听的说。

我公然举起叛逆的大旗，这几乎是她四十年来遭遇的第一次重大打击。

第二天我看到的她，比平日里憔悴了不少，突然明显起来的法令纹和微微下垂的眼皮都在宣告着，这是一个不再年轻的女人。

那一刻，我的的确确有些为自己的莽撞和口不择言感到内疚，原本想拉下面子道个歉，结果……

她坐在我的面前，脸色冷得像万年寒冰，她的语速很慢，却每一个字都像是重锤敲在我的心口。

"季西柠，你长大了，有本事了，你爱去哪儿去哪儿，但是钱，我一分都不会给你。"

尽管我极力克制住了自己的情绪，但她还是清楚地从我的眼睛里看到她想要的效果，接下来她没有再多说一句话。

她用事实告诉我，十八岁的修为根本不配跟她四十年的历练交锋，她用她的残酷给我上了现实的第一课：季西柠，你还嫩着呢。

尽管如此，我仍是一意孤行。

送我的那天，她房门紧闭，一点儿讲和的意思都没有，我在门口站了半个小时，最终还是一句话都没说地扛起包拖着箱子走了。

我是她的亲生女儿，在决绝这一点上，我们一脉相承。

送我去车站的路上，父亲一直很沉默，我也不晓得该说些什么好。

我小的时候，他们总是背着我吵架，好像这样子我就真的会相信他们营造出来的父母恩爱的假象。

这些背地里的争吵绝大多数以父亲的妥协作为收场，在这场不幸的婚姻里，他一直忍让着比他小八岁的母亲。在我长大之后，回头去想，也许在他的潜意识里，他认为自己的忍让是一种弥补。

母亲会嫁给父亲，纯粹是迫于外祖父的压力，老人家一辈子什么事没经历过？什么人没见识过？老人家说嫁谁好就嫁谁，没的商量。

我的母亲，她不能，也不敢反对自己的父亲，于是这股在心里憋了十几年的怒火，通通转移到了我父亲的头上。

十几年来，当面的，背地里的，无数次的争执几乎都是由母亲主动挑起，但她从不认为自己有错——她觉得自己是婚姻的牺牲品，而这个男人联合她的家人，算计了她的一生。

可以说，她的颐指气使全是我父亲给惯出来的。

"离婚"两个字是母亲的撒手锏。很有效，真的，只要她一提这两个字，父亲立刻就像被霜打蔫了似的再也不吭声。

就是这么一个别扭的家庭，老实得近乎木讷的父亲，强势的母亲，和一个一肚子小心思的女儿，在同一屋檐下，貌合神离地过了十几年。

到了进站口，我回头看见父亲欲言又止的脸，隐忍了多年的情绪悉数涌到喉咙口，我不敢开口，生怕这一开口就是号啕大哭。

他把我拉到一边人少的地方，从口袋里拿出一张银行卡，用不容拒绝的神情塞进我的手里。我硬推了两下，他便低声吼我："闹什么闹，给你你就拿着，不然你读什么大学。"

我鼻子一酸，眼泪在瞬间蓄满了眼眶。

他长叹了一声："西柠，爸爸刚知道你改了志愿的时候，也很不理解你为什么要跑那么远，别人家的女儿都恋家，你怎么一点儿也不。后来啊，我想了一夜，开始明白了，这个家，真是不值得你留恋。"

我的眼泪一直憋到在夜车的晃荡中才狠狠地落下来，那晚车厢里的人都睡了，此起彼伏的鼾声和鼻息恰到好处地掩盖了我的脆弱和伤感。

握着那张卡静静地哭完之后，我用力一抹眼泪，这事就算是翻篇了。

列车将会带着我去往全新的自由生活，随心所欲，信马由缰。

十八岁的我，因为挣脱了母亲的管制而心中豪情万丈，后来回头望去，原来那竟是我这一生最后的安稳时光。

那时我以为，只要逃出了桎梏，未来便是大好河山，却不曾懂得人生苦难重重，一道也躲不过去。

[ 4 ]

大一过了大半个学期之后，我才见到在同一座城市另一所大学的蒋南，在此之前，她一直忙着社团里的活动，无暇分身见我。

那是一个晴朗的秋天的下午，我和顾恒在"时光无声"一边下棋一边等人，她进来的时候，整个屋里都好像静了一下。

我把棋扔到一边，兴奋地尖叫着冲过去抱住她："蒋南蒋南，你终于来啦！"

落座之后，我拉着她的手介绍给顾恒认识："这是跟我一起长大的蒋南，我们从小就是好朋友，可以说，如果不是因为她，我也许就不会来这座城市了，所以你要好好儿谢谢她。"

那时的顾恒是干净得像雨露一样的少年，头发剪得很短，一根根竖在头皮上像个小刺猬，笑起来的时候很温和，眼睛很明亮，总让我往地老天荒之类的词语上想。

他微笑着，老老实实地顺着我的话讲："蒋南，谢谢你哦。"

蒋南微微有些脸红，她局促地冲顾恒笑笑，便转过来狐疑地看着我。

我不再嬉皮笑脸，正色同她介绍："这是顾恒，我的男朋友。"

我和顾恒从认识到熟络到把关系拍板钉钉，前前后后只用了一个月都不到的时间，可谓速战速决。

新进大一，宿舍里的姑娘整天都捧着笔记本在网上看偶像剧，而我却一门心思四处寻求兼职，两种完全不同的生活状态导致大部分的时间里，我跟她们都无话可说。

我没有办法，父亲给我的那张卡里的钱在缴完学费和住宿费用之后，只余下为数不多的一点点，我不得不想办法开源节流。

我找的第一份兼职是给一个初中生做家教，同时辅导数学和英语两门课程，工作量不小，价格却不高。有什么可抱怨的呢，毕竟我才大一，之前又没有经验，人家肯请我，不就是因为便宜吗。

好在那孩子挺喜欢我，经常趁他妈妈不在，拿出一大堆进口零食给我，我也只好安慰自己说，这就叫失之东隅，收之桑榆。

认识顾恒的那天傍晚，夕阳将天边装点成一种曼妙的粉红色，恰逢周末，平日里行色匆匆的人们在这一天露出了难得的轻松神色，甚至连脚步都慢了半拍。

那是我第一次拿到工资，数额不大，但足以让我胸腔里的这颗心脏跳动得更快更强壮。

这是一种空前绝后的喜悦和亢奋，好像从这一天开始，我终于真正成为一个大人。

我走了很久都不觉得累，直到我看到周末夜市的灯光，才惊觉我竟然已经走到了学校。

那只被夹着耳朵，无精打采的兔子玩偶，就是在这一刻，进入了我的视线之中。

周末夜市上都是一些本校颇具商业头脑的学生自己弄的摊铺，出售人字拖，小本子，复古的海魂衫，搪瓷杯子，彩色书签之类的小玩意儿，当然，消费对象也都是学生。

我平时相当节俭，没办法，穷嘛，所以以往路过夜市时，我一般都用目不斜视的高傲姿态掩饰囊中羞涩的真相。

可是这一天，就像是命中注定一般，我看到了这只可怜的兔子玩偶。

它穿着碎花的小裙子，两个长耳朵被没心没肺的老板夹在架子上，这使得它看上去像是在受刑。

我在夜市上停留了下来。

我一动不动地看着它，怔怔地看了好一会儿，成功地引起了摊主的注意。

这是一个年纪与我相仿的男生，穿着白色的 Tee 和牛仔裤，干净利落，他默默地看着我，过了好久，才开口问："你要买吗？"

我回过神来，问了一下价格，他迟疑了一会儿说："七十，不议价。"

当时我就想骂他了，你这不是坑人吗，可是我一吞口水，还是把这句话咽了下去，耸耸肩，遗憾地走了。

没走多远，兔子那副可怜兮兮的神情又清晰地在我的脑海中浮现出来，它耷拉着的大脑袋和被夹子夹住的长耳朵，怎么就那么准确地戳中了我心里最柔软的那个地方？

迟疑了片刻，我还是咬牙回到那个摊位前，恶狠狠地问那个男生："真没少？"

他抬起头，看着我，忽然笑了。

"送给你吧。"

这个男生就是顾恒，算起来他是我师兄，同系，高我两届，家住本市。

后来我才知道，其实这个摊位是他哥们儿的，那天傍晚他哥们儿去买吃的，他不过是帮忙照看一下而已。

我没有接受他的好心，像是赌气一般甩了七十块钱在摊子上，然后抱起兔子话都没有多说一句就走了，事后顾恒形容我当时的气势有种名士为名妓赎身的豪迈风采。

我不知道后来他费了多少周折才打听到我是谁，住在哪栋女生公寓，只是那天从澡堂出来，我头发上还滴着水，就看见他坐在楼梯口。

不知道为什么，虽然只见过一次，但我的直觉却告诉我，他在等的人是我。

果然，当我走近之后，他站起来，挡在我面前，手里拿着七十块钱一边扇着一边笑："嘿，季西柠，我来还钱给你。"

夏天的风从我们身边轻轻吹过，我茫然地看着他，不知道接下来会发生什么。

[ 5 ]

顾恒没花太长时间就把我追到手了，那时候我澄净得就像一张白纸一块冰，一眼就能看到心里去。周旋，猜疑，你进我退的这些技艺，是后来的后来我才知道的。

像大多数初涉情场的少女一样，那些傻乎乎的问题我也问过。

你这么好，为什么会喜欢我？

学校里美女这么多，你怎么偏偏看上了我？

你爱我吗？

我们会一直在一起吗？

毕业之后你会娶我吗……

那时的顾恒对于我提出的所有问题都给予了肯定的答复，他说："学校里的美女是很多，但是只有你这个笨蛋才会花七十块钱去买那只兔子啊。"

多年之后，我经历了种种聚散，明了人生的无常之后，想起那些年少的誓言，我知道，那时的他的确是真心实意的。

我们没能说到做到，也许只能归咎于当初我们太年轻。

彼时，我坐在"时光无声"，笑嘻嘻地看着好久不见的蒋南，我觉得那是我生平最快乐的一天，因为我最喜欢的人和最好的朋友都在我身边。

离开的时候下起了雨，顾恒叫我和蒋南等一下，然后便一头冲进了雨中，等他回来的时候，手里拿着两把刚买的雨伞。

我们把蒋南送到车站，我恋恋不舍地跟她说："你有时间一定要多找我玩。"

她笑着点头。

从那之后，蒋南出现的次数便渐渐地多起来，我们三个人一块儿吃饭，一块儿看电影，顾恒与蒋南之间也渐渐熟稔。

我并不愚钝，出于女生的直觉，私底下只有我们两个人的时候，我也会旁敲侧击地问顾恒："你对蒋南印象怎么样？"

他不是第一次谈恋爱，我这种拐弯抹角的问题，他一听便明白是怎么回事了。

"西柠，你不要胡思乱想，即使我对蒋南好，也只是因为她是你的好朋友。"他说这句话的时候，神情十分郑重，容不得我不相信他的诚意。

我一感动，便为自己的小心眼儿感到羞愧，一羞愧，便觉得无以为报，应当以身相许。

"以身相许"这事说起来只有四个字，但真正实践起来……我得承认，我和顾恒在这方面的经验都是一片空白。

若干年后，我流连过多少陌生的床畔，经历过多少生死攸关的情感，对于男女之间这些俗气又美好的事情驾轻就熟之后，感怀过去，仍然怀念那年深秋我们的青涩和笨拙。

先前好几次，到了最后关头，我仰起头看着雪白的天花板，突然便大哭起来，吓得不知所以的顾恒手忙脚乱地安抚我，他以为我只是怕疼，却不知道这恐惧背后深层的含义。

我想起年幼时那扇门后面咿咿呀呀的声音，往日里威严的她发出了我从未听过的低声的娇喘……

　　我还想起年少时我曾蹲在路边哭着对我的一个好友说："要是以后我对这件事有阴影，那都是你造成的！"

　　有那么一瞬间，那些声音和那张苍白的脸又回到我的眼前，就像闪电一样击中我。

　　我既恐惧又委屈，除了哭，我别无他法。

　　最后那次，我们的房间正对着一棵大树，大风刮过，金黄的落叶从窗前渐次飘落，我躺在床上看着眼前的顾恒，他离我这样近，近得我能清晰地看见他额前细密的汗，干燥的秋天，房间里盈满了温暖的潮意。

　　我闭上眼睛，听见仿佛来自遥远的地方的声音。

　　我喜欢你我喜欢你我喜欢你……

　　最开始只是简短的一句，渐渐地，这声音从四面八方涌过来，汇成一股海浪，他的臂弯是海浪中摇晃的船。

　　我爱你。

　　生平第一次，有人对我说这句话，原来这么动人。

　　我的眼泪从眼角溢了出来，安安静静，悄无声息。

　　单独跟蒋南出去逛街的时候，我没忍住，把这事跟她讲了。

　　"那你记得要做好保护措施，千万别像我……"她说这句话的时候，眼神是飘着的。

　　过了几天，她来学校找我，神秘兮兮地把我拖到田径场边坐着，说有东西要给我。

　　那是一天中白昼与黑夜交替的时间段，天地之间一片混沌，往日里再熟悉的事物在这时也显得狰狞而诡异。

　　而熟悉的人，在这一刻也显得陌生。

　　我们坐在台阶上东拉西扯地聊了很多，临走时她终于把那样东西交给我了，我拆开包装一看，当时脸就红了。

那是一盒避孕套，但区别于日常所见的那些，每一个上面都有非常可爱的卡通小人，一套十二只，正好是十二个不同的颜色。

"我一个朋友从日本带回来给我的，是限量版，反正我单身，用不着，送给你吧。"

我拿着那盒礼物，心里那句谢谢说也不是，不说也不是，一张脸涨得通红，像节假日里那些饱满得扎一下就会爆的气球。

"你要是不好意思随身带着，就拿给顾恒，男生方便点儿。"最后，蒋南好心地提点我。

我感激地点点头，一转身就按她的话去做了。

但有点儿奇怪，就连我自己也不明白，为什么我没告诉顾恒这样东西的真实来历。

## [ 6 ]

蒋南叮嘱过我，两个人之间发展到了我和顾恒这一步，接下来便是两种走向，一种是男生对女生越来越好，因为他明白这个姑娘出于百分之百的信任才会同自己做这件事，另一种，则是男生的态度越来越冷淡，因为曾经最渴望的东西已经得到了，神秘感退去之后，剩下的只有乏味。

她最后特别义正词严地提醒我："西柠，你一定要掌握主动权，前车之鉴就摆在你眼前。"

即使她是危言耸听，但我也认认真真地记在心上了。

那段日子我变得患得患失，一没事就打电话给顾恒，只要他晚了那么一会儿接电话，我就会像被点燃的鞭炮似的噼里啪啦炸开，勒令他马上来见我。

如果他恰好有事没带手机，那麻烦可就大了，等他回公寓的时候，远远地就可以看见我坐在台阶上哭。

我这样一惊一乍地闹起来，不仅顾恒身心俱疲，连我自己也不堪重负。

终于有一天，我做完兼职，他没来接我，我打电话过去是他宿舍里的人接的，一句玩笑话"顾恒啊，泡妞去了吧"彻底把我给弄崩溃了。

回学校的车上我一直在哭，心里几乎已经认定了他真的不要我了。

我就这么一心一意地哭，哭到了男生公寓的门口。

那会儿，顾恒刚跟哥们儿打完羽毛球，球拍还扛在肩上，几个人有说有笑地走回公寓准备洗澡，一大群人，其中一个眼尖的先看见我，拍了拍顾恒说："嘿，那不是你家季西柠吗？"

那天我穿一身白，头发披散着，风一吹，在暮色中看起来简直就像索命的女鬼。

负能量形成的磁场让旁人都避之唯恐不及，纷纷找借口散去，顾恒沉下脸走过来，问我："你怎么了？"

我开口说的第一句话就是："骗子。"

那是顾恒第一次真正意义上朝我发难，顾不得旁边来来往往的同学，他低声吼我："季西柠，你疯了是不是？谁他妈泡妞去了，我只是忘了时间，没去接你而已，你用得着这么多疑吗？"

那时候的我，还没有练就尖酸刻薄的好口才，唯一一次大吵，对象还是我那位不怒自威的母亲大人，所以真正遇上什么事，我只会哭。

因为，我觉得，自己，真的，很爱他。

我这么爱他，可是除了傻乎乎地哭，我竟然不会用别的表达。

高兴时，我哭，委屈时，我哭，顾恒骂我是神经病，我还是哭。

我那时太年轻，太强壮，太消耗得起了，隐忍和幽幽的怨恨，这些也都是慢慢逼出来的。

后来我想，是不是人这一生眼泪的配额也是有限的，以前流的泪太多了，以后再伤心再痛苦，也无泪可流了。

我是这样敏感，这样害怕失去你，你那么优秀，那么好，那么多女生喜欢你，你原本有那么多的选择，可你说你只想和我在一起。

你说你爱我，我也希望这是真的，可我总是忍不住怀疑。

我担心你骗我，担心你厌烦我，担心我说错一句话做错一件小事就导致你决心离开我，即使是在最亲密的时刻，我仍然不敢确定你真的属于我。

顾恒，你是否，真的，只属于我？

他终于走过来，抱住了我。

我的头抵在他的胸口，发出类似于小动物般的呜咽声，一如七岁那年很多个独自蒙头哭泣的夜晚，我在沉闷的被子里，所听到的声音。

你有过想要极力摆脱的回忆吗——那种你宁愿拿自己十年的寿命来换取它消失的回忆？

我有过。

七岁以前，我与大院里的其他孩子一般无二，成绩不差，也谈不上有多好，长得不难看，但也绝不是那种漂亮得令大人们啧啧赞叹的小孩。

我非常平凡，像一粒米丢进米缸之后就再也找不出来的那种平凡。

七岁那年夏天，发生的一件事，彻底改变了我。

那段时间，父亲出差去了北京，走之前他蹲下来问我："你想要爸爸给你带什么礼物？"

我动用了一个孩童所有的想象力，细数在那个时候所知道的关于北京的全部事物，最后我说："我什么都不要，你早点儿回来就好啦！"

那是我第一次说出这么真情流露的话，似乎也是最后一次，后来年岁渐长，自尊心比年纪长得还快，这种肉麻的话，我再也说不出口。

当时，父亲的眼里闪过一丝诧异，然后是成年男子不轻易表露的感动，他拍了拍我的头，轻轻地掐了一下我的脸。

记忆中那也是我们父女之间最后一次的亲昵，他并不知道在他出差的这短短半个月的时间里，一向懵懂的女儿经历了一件事，忽然开了心窍，从此成为一个极力将自己伪装成孩子的敏感少女。

我永远也不会忘记那个下午，乌云压顶，狂风大作，教室里嘈杂得不像话，同学们都不听课了，几十双眼睛齐齐看向窗外，有惊恐也有兴奋。

下课铃一响，同学们便汹涌而出。

我背着书包一路狂奔回去，终究是赶在滂沱大雨下下来之前回到了家，刚到门口，天空中便是一声巨响，在炸雷中，我推开了家门。

平时这个时间，家里是没人的，可是奇怪的是，这一天，玄关处有双陌生的男式皮鞋，更奇怪的是，主卧的门竟然紧紧地关闭着，像是掩藏着某个罪恶的秘密。

冥冥中有股力量驱使我蹑手蹑脚地走过去，将耳朵贴在门上。

老式的房子没做过隔音和消音的效果，我小时候他们关上门来吵，用这样掩耳盗铃的方式来瞒骗他们眼中不谙世事的女儿，其实我什么都听得见，我只是不说。

然而这一次，我听见的不是男女之间恶狠狠的争吵和咒骂，那是一种我从来没有听过的声音，我难以相信那声源来自平时不苟言笑的母亲。

她在喘息，像是缺氧那样用力地喘息，中间还夹杂着一个低沉的男声，全是不堪入耳的污言秽语。

电光石火之间，我明白了。

血液在血管里奔腾如同惊涛骇浪，我被一种叫作愤恨的情绪操控着，有那么一瞬间，我憎恨自己为什么不是个大人，否则我一定会一脚踹开那扇紧闭的门，让一切大白于天下。

我不知道自己在门口站了多久，后来回想起来，也许是两分钟，也许是一分钟，也许更短些，但在当时的我看来，一个世纪都结束了。

或许是出于动物天生的自我保护，我在回过神来之后，迅速地背起书包离开了家，我没有惊动里面那对寻欢作乐的男女。

七岁那年，我对世界缄默不言，在那场几乎将天地倒置的暴雨中，闪电在天空中划出一道道经脉，我站在雨中，一动不动。

雨水淋透我的身体，那些没来得及流出的眼泪倒灌进胸腔，形成汪洋。

不管你情不情愿，命运总会将你揠苗助长。

那天我回家之后被母亲骂了很久，怪我出门不带伞，说我蠢得连找个地方躲雨都不知道，她还说，我怎么会生出你这么蠢的女儿，都怪你爸基因不好。

我用尽了全身的力气才克制住自己，我尽量不去看她，我知道自己的眼神里充满了恨意，这个虚伪下作的女人，她的头发还乱糟糟的呢，居然有脸教训我。

那一刻我想起了父亲，他出差之前也问过她想不想要什么礼物，她当时充满讥诮地反问："你是有多少钱啊？"

我那可怜可悲的父亲，他知道真相吗？在他眼里，妻子只是脾气不好，性格差，他真的了解这个跟自己同床共枕了这么多年的女人吗？他那贫乏的想象力永远也想不到自己睡了这么多年的那张床上，发生过多么令人恶心和不齿的事情吧……

我真替他感到羞耻，感到难过。

我一声不吭地把脸埋在饭碗里，食物在嘴里被咀嚼成粉末，我多希望那个丑恶的秘密能够如同食物一般，被吞咽进食道，落入胃囊，经过消化系统，然后彻底排出体外。

那晚我生平第一次失眠，满脑子都在回响着我听到的那些声音，加上自己的想象，使得这件事比它原本呈现出来的要更加肮脏一百倍，一千倍。

我生平第一次恨一个人，而这个人居然是我的母亲，我恨她的不自爱，弄污了我的心。

一周后，父亲出差回来，给我和母亲都带了很多东西，她看都没看一眼，这其中还包括著名的北京烤鸭。

我只闻了一下，便冲进厕所奋力呕吐，那种呕吐……就像是要把自己掏空一样。

那场暴雨中我无意间窥视到的秘密，它成了一根坚硬而锐利的刺，刺在我柔软的喉头，呕不出来，吞不下去，日日夜夜，用痛感提醒着我它的存在。

自那之后，我便完完全全变了一个人，功课突飞猛进，沉默寡言，所有人见到我都说："咦，西柠真是越长越漂亮了。"

我成了大院里所有孩子的参照物，优秀，乖巧，懂事，我身上那种过分的明亮一直持续到高中。

我想，这一切也许都源于那个下午，我跟魔鬼做的一次交易。

那件事我从未跟任何人讲起，直到十六岁那年，我濒临崩溃地面对着蒋南那张越来越没有血色的脸。

[ 7 ]

在冬天来临的时候，我踏上了回家的列车，顾恒和蒋南一起来车站送我。

当着蒋南的面，我和顾恒抱了又抱，吻了又吻，全然不顾她在一旁尴尬的神色。事后想来，我们之间这段感情后来走向畸形，与我这份不自知的高调和炫耀，也是有很大关系的。

当时我不懂得控制，即使只有五分的感情，我也能表达成十分，何况本来就是十分的感情，我如何忍得住不表现得像一百分。

这是我和顾恒第一次面临较长时间的分别，如果我有一个能控制时间的钟表，一定会马上调到我们重聚的那一秒。

最后我也象征性地抱了一下蒋南，但我一颗心全在顾恒身上。

列车开动的时候，这年冬天的第一场雪刚好纷纷扬扬地落下来，我隔着蒙着水汽的车窗玻璃，看见他们一起对我挥手说再见。

飞舞的雪花扰乱了我的视线，使我产生了一种幻觉。

这两个，我无比熟悉的人，他们的面孔好像在漫天大雪中，渐渐剥落，剥落成一张会令我感到陌生的脸。

如同七岁那年的那个下午，我惊恐地发现，我的母亲，她有一张从未在我面前出示过的面孔。

　　那是一个冗长而乏味的寒假，新年轰轰烈烈地来了，旧历年连同那些燃烧过后被清扫进垃圾桶的爆竹一起走了。

　　母亲并未原谅我之前的忤逆，整个春节期间，她一句话都没有跟我讲，即使是家中来了客人，她也懒得掩饰我们之间的裂痕。

　　父亲的身体似乎比以前差了许多，我在学校时一门心思只记得跟顾恒谈恋爱，偶尔接到父亲的电话也是尽量长话短说，直到这次回家听见他越加频繁和剧烈的咳嗽声，我才清楚地意识到，他真的越来越老了。

　　或许他心里也一直有疑惑，从前活泼的女儿何以在一夜之间疏远了他，而我也永远无法告诉他，我疏远的并不是他，而是整个成年人的世界。

　　那个世界让我第一次看到欺瞒，背叛，丑恶以及用来粉饰它们的道貌岸然。

　　这个春节，家中弥漫着一股违和的气氛，我唯一可以汲取慰藉的方式便是跟顾恒发短信和打电话。

　　可是，我想念他，声音和文字都不足够，隔着距离，我没法拥抱他，没法触碰他。

　　我人生中第一次这样想念一个人，我第一次知道原来爱是这样的。

　　你的身体比那些经过酝酿和修饰的文字和语言都要诚实。你想起他时，会为他哭，会为他疼，再也无须多说什么。

　　你坐在这里，念及这个名字，你知道这就是爱情。

　　在家里的每一天都是倒数，我日日夜夜盼着相聚的那天。

　　后来过了很多年，我才明白，人生中有些人只能用来别离，不能用来重逢。

　　某天晚上，我睡得迷迷糊糊，手机忽然响了，铃声在安静的夜里突兀得如同警报，我一看屏幕，是顾恒的名字。

　　接通之后很久很久，那边没有一丁点儿声音，我屏住呼吸听了好久，那端就像真空一般死寂。

我疑心他是没锁键盘，半夜不小心摁到了通话键，第二天一问，果然如此。

不久以后，东窗事发，我回忆起这个晚上，这个莫名其妙的电话，我问自己，为什么我身体里的雷达失了灵，居然没察觉到哪怕一丝一毫的不对劲？

我要怎么向自己交代这件事，唯一的答案是我在这场感情里太认真，盲了眼，武功尽废。

直到我返校的那天，母亲仍然金口未开，父亲送我去机场，他说二十多个小时的火车太辛苦了，别人家女儿都坐飞机，凭什么我家女儿坐不得。

父亲一生勤俭，所赚得的钱几乎全部交给了母亲，这张机票的钱跟上次他给我的那张银行卡里的钱，都是私底下自己攒的。

去机场的路上，他有些得意地跟我讲："西柠啊，你没想到爸爸这么狡猾吧。"

我鼻子一酸，差点儿就要哭了。

若不是心里记挂着顾恒，这张机票，我死都不会要。

原谅我吧，爱一个人的时候，是顾不得这么多的……

这是我第一次坐飞机，手忙脚乱地托运行李，换登机牌，父亲一直在旁边说："别慌别慌，以后坐多了就有经验了，以后你自己赚大钱，天天坐飞机。"

过安检之前，他还细细地叮嘱了我好多事儿："我给你卡里存了几千块钱，你自己去买台笔记本，总之别人有的，你也要有……还有，西柠啊，其实你妈没你以为的那么狠心，生活费都是她给你存的。"

我一怔，好半天没回过神来。

随着安检队伍前行，我回头看了看父亲，他站在远处冲我挥手的样子，像是被定格在一张黑白照片里。南来北往的旅客通通成了背景，焦点只落在我那一生郁郁不得志的父亲身上。

我没想到，这是我最后一次见到健康的他。

二十多个小时的车程折成两个半钟头的航程，我准点无误地抵达我心心念念的这座城市，等行李的时候我心急如焚，恨不得不要了。

好不容易拿到箱子，一跑出来就看到了顾恒和蒋南。

我冲过去用力地抱住他，再也不肯放开。

进入下学期之后，我做家教的那个孩子的母亲跟我说，就快中考了，能不能延长时间，费用方面也相应做出调整。

我会应下来不光是因为钱，也因为我跟这孩子的确投缘。

有一天上完课，他照例拿出一堆零食给我，其中有种饼干令我食欲大开，我一边不客气地狼吞虎咽一边问："这个在哪儿买的？好吃死了啊！"

他抬起头，有些迟疑，又像是下了决心："西柠姐姐，你男朋友知道是在哪里买的。"

当时我就呆住了，他接着又说："我妈妈带我去买零食的那天，我碰到你男朋友了，他……跟另外一个姐姐一起……他以前来接你我见过他，不会弄错的，不信你去问我妈妈……"

他后来还说了别的什么，我都听不进去了，饼干的碎屑在我嘴里发酵，那种暌违了的感觉又回来了。

晚饭前，我佯装不经意地问起女主人："听说有天你们碰到我男朋友了？"

她镇定得就像一棵岿然不动的松柏："没有这回事，别听小孩子乱讲，他认错人了。"

我深深地凝视着她，心想，是不是世上所有的母亲都擅长撒谎，耳濡目染，不知不觉就传授给了孩子？

这件事在我心里真是过不去了，晚上补习完之后，我忽然想起一件事，便拿出手机翻啊翻，终于翻到那个莫名其妙的电话时间。

趁女主人不注意，我问小孩："你是不是这天碰到我男朋友的？"

他翻了一下寒假日记，找到对应的那一天，然后抬起头用一种同情的目光看着我，点了点头。

那一刻，我心里燃起了燎原的火焰。

这件事我暂时压在心里没有去问顾恒，或者说，我不知道该怎么问，好像我一旦开口问了他，这事就成真的了。

我说过，我害怕失去他，我害怕一个不小心，就断送了这段感情。

尽管这件事日日夜夜盘踞在我的心头，但表面上，我仍然不动声色。

七岁时我就能做到的事，十八岁的我没理由做不到。

顾恒没有觉察到我的不对劲，还高高兴兴地陪我去买笔记本。

这台苦命的笔记本我还没用几次，就在一个周末的晚上被入室盗窃的贼给偷了。

这事发生之后，好长时间我都缓不过来，顾恒反复地安慰我，说他送我一台新的，但我的自尊心这么强，怎么可能会接受？

我因为这件事受到了巨大的惊吓，加之对父亲的愧疚，还有迟迟未能确定顾恒究竟是否做了对不起我的事，种种原因掺杂在一起，导致我大病了一场。

这一病就瘦了十斤，每天从寝室去上课的路上，我都是飘着走的，远远看着，就像早春一棵晃晃悠悠的树。

蒋南穿越半座城市来看望我，不由分说地拉我出去吃东西，我推辞不了，只好任凭她摆布。

在快餐店里，她打开钱包找零钱，旁边一个没长眼的胖妹碰了她一下，如果那时候我不是神情恍惚，应该看得出来，那一碰的力度并不重，不至于撞得蒋南钱包都拿不稳。

哗啦哗啦，硬币掉了一地，我起身蹲下去帮蒋南一起捡，遽然间，视线被她钱包网格里一抹鲜亮的橙色紧紧吸牢。

事后想想，蒋南那一脸惊慌的样子，太像是经过练习的了。

如果她不是那么夸张的话，也许我并不会那么较真，非要抢过来看个清楚。

那是撕开过的一个小包装，撕裂面积是四分之三，橙色，上面画着个小人，笑得无辜又善良。

我抬起头，牢牢地盯住蒋南的脸。

"是限量版，反正我单身，用不着，送给你吧。"
我的脑海中，清清楚楚地响起了当初她说的这句话。

狂风大作，暴雨来袭。
我喉头涌起一股腥甜。

[ 8 ]

"你这么好，为什么偏偏会喜欢我？
"那么多美女，怎么你就看上了我？"
"毕业之后你会娶我吗？"
"你爱我吗？"

失望，是因为我们将过高的期许投注在自己所不能掌控的事物之上。
我们不能迁怒于别人。
我们应当将这一切归咎于自己的天真，和愚蠢。

分手的那天，天气出奇地好，原本是梅雨季节，却难得地出了大太阳。
我不看他，只看云，过了很久很久，我说："顾恒，我给你讲个故事吧。"
有两个女孩子，我们姑且用甲乙来称呼她们吧。

她们从小就是好朋友，乙比甲大一岁，因为这微小的一岁的区别，大多数时刻甲都会听从乙的决定。在甲看来，乙真是个美好的姑娘啊，她漂亮，个子高，皮肤白，大院里的男孩子都争着抢着对她好，众星捧月这回事，她太早就知道是什么滋味了。

而甲呢，相貌平平，资质中庸，勉强算是不失不过吧，总之，她是非常普通的一个小丫头。

然而在甲七岁的时候，生活中发生了一个小插曲，在这之后，她有如神助一般突然开窍，成为大院里所有大人拿来鞭策自家小孩的榜样。

但她们仍然是好朋友，直到甲十六岁那年，她们的生活遇到一个重大变故。

比她高一届的乙有天匆匆忙忙来找她，前所未有地严肃，问她："你是不是我最好的朋友？"

甲从来没见过乙这么认真的样子，连忙正色回答说："当然。"

"是不是不管我做什么事，你都会陪着我？"

"当然。"甲回答得斩钉截铁。

"你会为我保守任何秘密，即使有人拿刀逼着你，你也不会说，是吗？"

甲意识到事情有些严重了，她心里其实很害怕，但还是点点头说："是的，我会。"

然后乙从口袋里拿出一板铝质包装的四粒药，说："我今晚吃一粒，明天吃一粒，后天早上吃两粒，你记住，后天早上无论如何你都要想办法逃课，陪我去医院。"

甲从乙的神态和语气里隐隐约约地明白了这些药的用途，她几乎是哭着问："你从哪里弄来的药，你是怎么回事，怎么会把自己弄成这个样子？"

我说过，乙大一岁，所以大多数时刻，甲都只能乖乖听从她的吩咐。

乙将甲逼到墙角，恶狠狠地对她说："你别管这么多，后天早上，无论如何！"

两天时间一晃而过，到了第三天早上，甲从晨读课上溜了出来，在校门口跟乙会合时，乙的脸已经苍白得像一张纸。

她们只走了几步，甲便看到有鲜红的血液从乙的小腿上流下来。

那天，乙穿了一条藏蓝色的裙子，可纵然是藏蓝这么深沉的颜色，仍然压不住少女身体里怒放的殷红花朵。她们站在路边想打车去医院，可是过往的出租车司机看到乙那个样子，一个个都不肯停车。

到后来，乙捂着肚子，疼得连呼吸都渐渐微弱，她连哼一下的力气都没有了。

甲大哭着，徒劳地伸着手去拦那一辆辆她明知道不会停下来的出租车，她很怕很怕，从来没有这么害怕过，她好怕两个人一起出来，只有她自己一个人回去。

她哭着骂乙说："要是以后我对这件事有阴影，那都是你造成的！"

后来是一个实在看不过去了的摩托车司机，把摩托车骑得像火箭一样快地将这两个女孩子送到了医院，可是仍然晚了，大出血，乙陷入昏迷，医生逮着什么都不懂的甲狂骂，逼着她去联系大人。

这件事后来闹得很大，学校和家里都惊动了，处分是不可避免的。

学校里从高年级到低年级，所有人都知道了这件事，所有人都在谈论这件事，其中有些原本就忌妒乙的女生，恶意地编派着故事的细节，经过添油加醋之后，这件事更是广为流传。

乙的名声彻底毁了，一个清清白白的女孩子，没有死在医院的手术台上，却死在了这些恶毒的流言里，一遍一遍。

而这件事的受害者，却并不止乙一个人。

甲受到了来自学校方面的严厉批评，还有两家父母的轮番教训，在乙闭门不见人的那些日子里，甲却还要强打着精神，目不斜视地走在密如织网般的探究的目光中。

她的内心极度痛苦，却不准自己泄露分毫，她挺直了脊梁，撑起的是两个人的尊严。

可是每一天夜里，她都会想起那些血迹，想起乙那张苍白的脸，她迁怒于自己，恨自己，如果自己稍微聪明一点儿，处理事情果断一点儿，也许就不会弄成这副不可挽回的田地。

她觉得自己辜负了乙的信任。

她在暗地里流了很多眼泪，为自己最好的朋友。

　　事已至此，乙的父母觉得没脸见人，在乙身体恢复了之后，便决定举家搬迁去另外一座城市。

　　临走之前，乙和甲见了一次面，时间很短，在甲的记忆中，乙完全变了一个人。

　　当然，死过一次的人，怎么会没有改变，乙说："亲爱的啊，真对不起，把你吓坏了吧，你看，我就是这么一个烂货呢……"

　　"烂货"这个词，深深地刺痛了甲，她心一横，便将自己一个从来没有跟任何人说过的秘密告诉了乙。

　　她想，这样就公平了，他们一人掌握了对方一个不堪的秘密，这样，乙就不会那么自卑了。

　　带着甲的秘密，乙去了另外一座城市，中间她们偶尔也会联系一下，话虽不多，但感情一直都在。

　　两年之后，甲将高考志愿全部填在乙所在的这座城市，她想，好了，我们又可以像小时候一样在一起，没有人知道我们的过去，在这个全新的地方，我们会有老朋友和新生活。

　　再然后……

　　我忽然不可抑制地大笑起来："顾恒，再然后，你比我清楚多了，甲谈了恋爱，她的男朋友跟乙上了床，哈哈哈，你说，这个结局够不够反转？

　　"顾恒，你告诉我，你为什么要这样对我？"

　　我第一次看见顾恒哭就是在这一天，他的头垂得很低，很低，不肯抬起来看我。

　　就在这时，我身后忽然伸过来一只手，在我的脸上干脆利落地甩了一个耳光，那个耳光清脆又响亮，连我都忍不住想要为她喝彩。

　　蒋南，故事中的乙，她瑟瑟发抖地从我身后走到我的面前，一双漆黑的眼睛里，丁点儿旧情也不见，她的声音更是冷酷得像刚从冰窖里打捞上来。

"真是精彩，不过，我有个更有意思的。顾恒，你要不要听听幼女窥探母亲在家中与奸夫幽会的故事？"

你有过在冬天淋雨的经历吗？

原本已经冻得瑟瑟发抖的身体，在经过劈头盖脸的雨点狂打之后，那种冷，会从你皮肤上每一个毛孔侵入你的身体，五脏六腑，血管，和骨髓。

那种冷，就连熊熊大火也不能驱逐，那种冷，会让你后悔生而为人。

顾恒从位子上弹起来，他的脸上有未干的泪痕，眼睛里充满了毫不掩饰的痛苦和哀求，他用眼神哀求我和蒋南都闭上嘴，停止这企图置对方于死地的互相伤害。

他的嘴唇在哆嗦，声音也在颤抖，即使是在我的想象中，也不曾见过顾恒这个样子。

他说："我要走了，我什么都不想听。"

然后，他既不再看我，也不看蒋南，他像躲避两个携带着邪恶病毒的瘟神一般，落荒而逃。

多年后，我终究是原谅了他在那一刻所表现出来的懦弱和胆怯，这不怪他，一个在健康家庭长大的男生，二十年来过着简单明朗的生活的男生，一下子要接受两头野兽在自己面前互相撕咬，换了谁，也都是要退缩的。

他不是残酷，只是软弱。

"季西柠，其实我恨你恨了很久很久了，从你突然之间发生翻天覆地的改变开始，我就恨上你了。你好好儿做我的跟班不好吗？为什么一夜之间你就成了所有人注意的焦点？那些本来喜欢我的男生，都在私底下议论你，他们甚至不敢像对我一样对你，因为在他们看来，说喜欢你就是不自量力。"

顾恒走了之后，蒋南坐到了他的位子上。

"你多狡猾多阴险啊，什么事都藏在心里，表面上看起来却是最乖的那一个。你的成绩那么好，害得我每个学期回去都要挨骂，我父母是怎么说的？看看人家季西柠，年纪比你还小，怎么就那么会念书呢……

"我在你的光环下生活了多久啊，有很长一段时间我跟那些傻帽儿一样，以为你真是纯洁得像小仙女，我多糟糕啊，我多不知廉耻啊，直到你告诉我，你七岁时就知道男女之间那点儿破事儿了，我才晓得，原来真是会咬人的狗不叫啊。

"不怕告诉你，把顾恒弄上床，我是费了不少心计，但只要能让你痛苦，再辛苦我也觉得值得。

"季西柠，很多事情，你懂得比我早，可是你最喜欢的东西，还是我先拿到了。"

蒋南的头仰得高高的，神色中充满了轻蔑和满足，在她心里掩埋了这么多年的嫉恨，终于是扬眉吐气了。

我看牢她，忽然大笑起来："蒋南，从小到大，但凡我不要的东西，你总是捡来当宝贝。这么多年来，你的坏习惯还是改不了。

"这个男生，我不要了，当垃圾送给你。"

[ 9 ]

因为那个不堪得令人不忍回望的下午，五年来，我再也没去过"时光无声"。尽管我曾经咬牙切齿地诅咒过它早日倒闭，可它比我的诅咒要顽强得多。

五年后，已不复青葱少年的顾恒，用他现在所能表现出来的最大的诚意，向我忏悔着过去。

他说："蒋南还说，像西柠那样被伤了一下自尊心就放弃的爱情，不配叫作爱情。"

尽管我胸膛里的这颗心早已被磨损得残破不齐，可是这句话，还是深深地刺痛了我。

当初为了我敏感而脆弱的自尊，我不得不故作坚强，事实上，那些辗转反侧的夜，那些没人看过的眼泪，那些委屈和无的放矢的愤怒，失望和恨，它们一直寄养在我的身体里，一天也不曾消退过。

我从包里拿出烟来点上，火光中我看见顾恒眼里一闪而过的诧异。

我说："蒋南没说错，她比我爱你。"

在我起身时，他拉住我的手，如果我没有看错的话，他眼神中那种东西叫作哀愁。

"西柠，不管你是否相信，不管我们以后还有没有机会见面，我只想告诉你，跟你在一起的那段时间是我这一生中最快乐的日子，跟你的那段感情，是我这一生中最美好的事。"

我面无表情地看着他，十秒钟之后，我甩开了他的手。

月光中，程玺温柔地看着我，不远处是海浪拍岸的声音，他轻声问："他们两个人当中，你更无法原谅的那个是顾恒，是不是？"

我惨然一笑。

他们终究是走到了一起，尽管有些无耻，但不失为一个好的结局，这样看来，牺牲了我，也是值得的。

但他们过得并不幸福，顾恒那件领口泛黄的 Tee 清楚地表明了这个事实。

时间是世间最公正的准绳，它自有它的评判。

〔第二颗〕

[1]

跟顾恒分手之后的半年时间里，除了正常的上课时间之外，我只做了一件事，就是旅行。

那是一个青年旅社还不如现在这么普遍的时期，我去的地方大多是有老同学的城市，偶尔住在小旅馆，偶尔住在同学的寝室，关于蒋南和顾恒，我绝口不提。

在那一列列将我从熟悉的地方带离的火车上，我心里一直有个微弱的声音在喊着，我失去他了我失去他了我真的失去他了……

我不愿意用"失恋"这个土气的词来概括这件事，事实上，我何止失去恋人？我还失去了自以为两小无猜的闺密，失去了对人的信任感，失去了懵懂和单纯。

不大不小的校园里，我和顾恒也遇到过，为此我非常感激自己5.2的视力，好几次我都及时躲开了。

当然，也有躲不开的时候，他远远地注视着我，目光里包含了千言万语，有内疚，有惭愧，有跃跃欲试——但我不会给他开口的机会。

谈不上恨，但也绝不会原谅，无数过来人总结的经验说：人做不到的事情，时间能。

那就把一切交给时间去稀释，淡化，我跟自己说，总有一天我会痊愈。

没有谁一生都不遭遇辜负这件事的，我不过是运气不好，遭遇了双重背叛。

一个人只要彻底失望，就能够很容易获得彻底的坚强。

我就像一头沉默的兽，孤单而决然。

旅途中，有时父亲会打电话来啰啰唆唆地叮嘱我一些小朋友都知道的事，我没有不耐烦，但也不是很热情，或许就是这些机械化的一问一答让父亲萌生了一种挫败感。

渐渐地，电话越来越少。

我用了半年的时间，虽不至于将内心的伤口里里外外修复完好，但表面上看来，我的确已经恢复了。

对付一段不堪的过去，最好的方式就是缄默，那时候我还很年轻很年轻，我知道我还能重新开始。

就在这时，我接到了母亲的电话。

这是我离家以来，她头一回主动打电话给我，我们隔着刺刺作响的电流沉默了好半天，她终于言简意赅地说："你爸病重，你快回来一趟。"

我握着手机，脑子里一片空白，身体立马瘫软了。

这是我第二次坐飞机，为了赶时间，我不得不买了一张全价的头等舱的机票。

候机的那几个小时里，我不断地走进洗手间用冷水拍脸，镜子里的我有一张焦虑得就快要崩溃的面孔。

这种焦虑一直持续到登机，我抱着头，一动不动，过往如同一卷没有尽头的胶卷在我的脑海中放映。

他是那样一个平凡的男人，没有财富，没有功名，一生中最重要的东西不过是个家字。

妻子的冷嘲热讽他听过了就忘掉，邻里间偶尔有些流言，他也从不计较。

他没什么大的本事，但是他能做到的事，就会尽全力做到最好——尽管在妻子眼里，他一生都是个 loser。

还有他的女儿，自七岁起就疏远了他，从此再也亲近不了，他没问过究竟发生了什么事，只是默默地接受了这一切，如同接受命运所馈赠给他的一切不公和逆境。

他拙于表达，说不出什么好听的话，也没有太多的见识，但我知道那一张机票一张卡，已经是他竭尽所有。

可是他自己，这一生，何尝得到过等量的情感，何尝得到等量的尊重和爱。

飞机起飞的那一刻，我终于潸然泪下。

爸爸，我回来了，你要等我。

空乘半蹲在座位旁，温柔地问我："季小姐，这是我们今天的菜单，您看看需要些什么？"

我不看，也不说话，只一心一意地哭。

气氛一时有些尴尬，但我不理会，我父亲病重躺在医院里，我还有心情想吃飞机餐？

旁边一个略微有些低沉的男声说："给她上跟我一样的套餐就行了。"

我捂着脸，小声地啜泣，没有抬头。

航程过了一半，面前的生鱼片和红酒我碰都没有碰一下，人已经哭得倦了，这才收住眼泪。

旁边的人轻声说："你看外面。"

我向外望去，遮阳板外是一道绚丽的彩虹，那么近，那么美。

我怔怔地发了好半天的呆才回过神来，很不好意思地对他说："谢谢。"

很明显，这是一个已经不那么年轻了的男人，但非常好看，连眼角浅浅的细纹都给他加分。

他穿着剪裁考究的黑色衬衣，手里拿着一本英文版的《人性的枷锁》，有着恰到好处，礼貌而谦逊的微笑，那笑容无端端地令人心生平静。

我哭够了，便将座位往后倒斜，很快就睡着了，朦胧中我听见他唤空乘拿来一条毯子，细心地替我掖好，我原本想说一声谢谢，可是发不出声音，我太累了。

一直到落地，我们没有再多聊什么，下机时我瞥到他的登机牌。

沈墨白，一个看过一眼就忘不掉的名字。

后来他跟我讲，你身上有种同龄的女孩所没有的安静，即使是哭，都哭得那么内敛，尤其是你睡着的时候，看起来那么小，那么需要保护。

实际上，那一年，我已经年满二十，不算小了。

而沈墨白，比我大十五岁，早已经是过了而立之年的成功人士。

## [ 2 ]

倘若我有预知未来的能力，那一天我就该知道，自己遇上了那个能够操控我的一生，使我无法轻松自如地再与别人缔结感情的人。

可惜当时只道是寻常，我匆匆忙忙地坐上出租车，直奔医院，连一声再见都没有同他讲。

我并不知道在我身后，他一直凝视着我的背影。

医院里的白色刺得人眼睛疼，病榻上的父亲瘦得只剩一把骨头，可他看到我的时候，却抢先说了我的台词："西柠，你怎么瘦成了这样。"

我强忍住心中悲恸，装出一副轻松的模样与他说些玩笑话，母亲在一旁一声不吭地看着我们，想必她心中也是五味杂陈。

真好笑，非得到了这个时候，一家人才肯不吵不闹地聚在一起。

病房里的人进进出出，父亲忽然说："几十年没进过医院的人，这次进来了，不晓得还出不出得去。"

我心里一酸，眼泪到了眼眶边，连忙找借口出去打水，母亲顺势跟了出来，从病房到水房一路无话，末了终于开口说："只怕撑不到下个月了。"

没头没尾没主语的一句话，轻轻地就击溃了我。

手中的暖瓶似有千斤重，从水房回病房短短的一段路，我走了十分钟。


父亲生命中最后的那段日子，也许是他一生中所拥有过的最宁静祥和的日子。

我和母亲都陪在他的身边，每天陪他讲话，一起吃饭，天气晴朗的时候扶他去楼下的花园里散散步。

好几次趁母亲回家做饭的空当，他都感叹有这样的老婆和这样的女儿，上天不算亏待自己。

只要他说这样的话，我就难过得不知道说什么好。

这样一个老实人，给他一丁点儿的温暖，他就满足得像是拥有了世界。

他跟我讲："西柠，我唯一的遗憾，是还没能看到你结婚生子，但爸爸相信你一定会嫁得好，嫁个疼惜你，赚很多钱给你花的人。"

我笑着抹眼泪："不说这个，爸，我们不说这个。"

时间像是从死神手中偷回来的一样缓缓流逝，可最终还是到了清算的这一天。

这是我第一次直面死亡，而对象竟然是我的至亲。

最初那会儿我回不过神来，抓着父亲逐渐冰冷的手，有一种很奇怪的想法在我的脑中形成。

当母亲来拉我，将父亲的手从我手中抽走，我才从混沌中苏醒，意识到这件事。

从今以后，我没有父亲了。

一种撕心裂肺的剧痛从胸腔深处炸开，顾不得自己已是二十岁的大人，我哇的一声大哭起来。

往昔所有的轻慢和忽略，所有自以为来日还能弥补的遗憾，终究随着逝者的离去，成为永远的来不及。

葬礼那天我穿一身黑，鬓角别着白色的花朵，肿着一双眼睛向每一位来宾鞠躬。

母亲的表现比我得体得多，她天生就是那种处变不惊的女人，在这样的场合，她的天赋再次得到了彰显。

我没她那么好的风度，趁人不注意，我偷偷跑去一个角落里哭。

"季西柠小姐。"背后有人叫我。

我没有回头，哽咽着说："有事请找我母亲。"

那个声音沉默了片刻，又说："我找的是你。"

这便是我和沈墨白第二次相见，在我父亲的葬礼上，在一个无人的角落里。

当时我的脑子里除了悲痛没有其他的情绪，我忘了问，你怎么会知道我的名字，你怎么会在这里？

我什么都没有问，可是在他的眼中，我看到了真真切切的关怀。

他没有像其他人一样对我说着节哀之类劝慰的话，而是走上前一步，轻轻地拥抱了我。

这是一个猝不及防的拥抱，我甚至来不及思考在这样的一个场合，它是否有些不合时宜。

我像一个溺水的人，在漩涡中扑腾着，渐渐丧失求生意志的时候，终于抓到了一只前来救援的手。

我紧紧地与他相拥，全然忘了这不过是一个仅仅有过一面之缘的陌生人，他的怀抱那么温暖那么结实，仿佛承载得了我一生的沉重和苦难。

我们良久没有分开。

"你放心地哭，不要紧。"

他的声音很低很低，后来的日子里，他时常用那种语气跟我讲话，在我情绪低落的时候，安抚我，如同安抚一个孩童。

后来的人生道路上，我再也没有遇到过一个这样的人。

在《圣经》故事中，我最喜欢《出埃及记》，我相信每个痛苦的生命都会有一个摩西。

我一看你的眼神就知道你是不是那个可以带我走很远的人，去到丰沛之地，去到上帝之城。

[ 3 ]

很久之后我问沈墨白："你当初费心找到我，可是内心侠士情怀作祟？"

他一边抽烟一边笑："西柠，我是商人，我不会出于冲动去做任何不利于自己的事情。"

事实上，找到我，查清我姓甚名谁，以及我的家世背景，这些他通通只用一个电话就搞定了。

有钱人有一套他们自己做事的方法，一声令下，自然有人鞍前马后。

当我知道这些的时候，我们已经相熟，所以他不再瞒我，打从一开始，在飞机上我坐在他的旁边，掩面啜泣的时候，他便对我产生了兴趣。

"你不像是那种经常坐头等舱的姑娘，你哭的样子也不像是跟男朋友吵架了，西柠，你身上有种谜一样的东西，我承认我被这种东西吸引。"

他脸上那种表情，叫作势在必得。


父亲过世之后，我与母亲相对无言地度过了几天。

或许我们都曾想过要做些什么来修复母女之间的裂痕，但时间已经这么久，积怨已经这么深，我们甚至连对对方和颜悦色地说一句话都觉得别扭。

冰冻三尺，积重难返。

我们之间最后那点儿情感的牵绊也随着父亲的离世而一同消失了，再也没有一个人会在我们母女之间斡旋周转，我们的关系，终于以不可逆转的趋势一路坏下去了。

离家那天，我站在她的卧室门外轻声说："我走了。"

门里面久久没有回应。


沈墨白的车在路口等我，他降下车窗示意我上车。

我只迟疑了两秒钟，便拉开了车门，端端正正地坐了上去。我不笨，这个人喜欢我，我看得出来。

车越开越不对劲，我终于忍不住发问，这不是去车站的路。

他哈哈一笑，这是去机场的路。

彼时我并不知道他的来历，但直觉告诉我，他要我怎么样，我就怎么样好了，反正他不会害我。

这是我们第二次同乘，他事先替我买好了机票，过安检时，我忽然想起父亲过世前曾说的那句话："西柠……爸爸相信你一定会嫁得好，嫁个疼惜你，赚很多钱给你花的人。"

我那一生劳苦的父亲，他对男女之间情感的理解最深只到这个份儿上，我曾经觉得这句话俗气得有些可笑。

直至我真正遇上这个人，但凡我喜欢的东西，他都会送到我的面前，我才知道，父亲自有他的智慧。

回到学校，再走到曾经跟顾恒一起走过的路上，心中已经不再有任何情绪起伏波动，我知道，人生已经翻开新的篇章。

沈墨白出现的次数渐渐多了起来，最初只是周末接我去高档餐厅吃饭，吃完饭即刻送我回学校，其余的事一件都没有。

到后来，吃饭的时间越来越长，我们说的话也越来越多，大多数时间里都是我在说，他听，十分耐心的样子，我对这个人再没有任何设防。

摊牌的那天，是我的生日。

除了我自己，没有人记得，母亲连一通电话一条短信都没有，我握着手机坐在田径场边，想起父亲要是还在，断不会让我这么委屈。

鼻子刚刚一酸，沈墨白的电话就打来了。

他带我去了位于本城最高的那栋大厦上的旋转餐厅，隔着玻璃，满城夜景尽收眼底。

我心里酸涩，胃口不是太好。

沈墨白什么也不问，将一个包装得十分考究的方形盒子推到我面前，见我面露疑惑，微微一笑说："生日快乐，我年纪大了，不懂你们小女孩喜欢什么，多包涵。"

我半是震惊半是感动地看着他，一句话也说不出来。

一个小小的暗红色绒面盒子，打开之后，一对小小的祖母绿的耳坠在光线下幽幽生辉。

我不识货，但仍然由衷地对他说："谢谢你。"

他仍是笑着，云淡风轻的语气："你皮肤白，这个颜色衬你。"

很久之后，迟昭涵在我的耳垂上看到这对耳坠，当即面色大变。

从她愤愤不平的态度上，我推断出来，这对小玩意儿的价值应当远远超过我的估算。

她强忍着醋意，尽量不让我得意，只是话语之中仍有股掩饰不了的忌妒："沈墨白祖上一位太太在战乱时期为了补贴家用，当了自己的陪嫁，后来随着动荡的局势，东西流落到了国外。很多年后，沈墨白在欧洲一家古董店无意中得逢此物，价格都不问就买了下来。

"没想到，他竟然送给了你，凭什么！"到最后，迟昭涵终究还是破功了。

那晚，餐厅送了一个杧果蛋糕，小小的六寸，慕斯上铺满了坚果。

我感动得想流泪，沈墨白轻轻咳了几声，清了清嗓子说："西柠，你坐稳，我有话跟你讲。我想即使我不说，你也感觉出来了，我很喜欢你。"

这话落进我的耳朵，一时之间空气就像是冻结了一般，我连眼睛都不敢抬，从脸到耳际都开始发烧。

他说得没错，我心里知道，可是他真正说出来，我还是觉得震动。

他不理睬我的反应，自顾自地说了下去："西柠，请你原谅一个中年人的笨拙和急切，如果我现在跟你身边的那些男孩子一样年轻，我也愿意拿出百分之百的时间和精力来追求你，用真心而不是金钱来打动你。

"但我是生意人，做事情习惯了算成本，只好用这么庸俗的方式来表达对你的喜欢，但愿你不要嫌弃。

"我可能太过直接，你一时之间无法接受，我愿意给你时间让你谨慎地考虑这件事。"

从头到尾，我没有说话。

晚上他开车送我回学校，下车前，我忽然问他："你有没有妻子？"

他一呆，继而大笑："没想到你年纪轻轻的，道德感竟然这么强。"

我却不肯笑，仍然执着地看着他，等他给我一个答案。

车窗外淅淅沥沥地下起雨来，水迹使得玻璃外的世界呈现出一种奇异的景象。

"我曾经有过结婚的机会，但事到临头，对方反悔了。"

"这样——"我拉长了尾音，"真想不出，什么样的女人会拒绝你。"我嘴里这样说着，脸上却忍不住浮现起笑意。

他侧过头来看着我，轻轻地，却是不容拒绝地握住了我的手。

【4】

我这一生，真正的修炼，始于沈墨白。

进入读图时代，小清新们都随身带着一个小小的卡片机，用来拍美食或者自拍，而文艺女青年们则是走到哪儿都扛着一台单反。

我攒钱攒够了，也想给自己买个小相机，这事被沈墨白知道了之后，干脆利落地制止了我。

他说，是时候培养一下你的品位了。

沈墨白给了我一台式样老旧的胶卷相机，我有些不高兴，人家的相机都是五颜六色，还有触屏功能，我这个怎么好意思拿出去。

他不言不语，只将型号告知我，我回去上网一查，这才知道"哈苏"是什么东西。

他说："你要真想学摄影，就把数码相机扔开，从胶片学起。"

他说："这个速成速食速朽的时代，一切都被数字化了，西柠，你要沉得下来，才能做好事情。"

慢慢地，我入了门，上了道，才体会到他的用心良苦。

数码相机的快门摁下去，没拍好就删掉重新拍，一百张里总有一张好照片。可是胶片机不一样，每一次摁快门之前都要反复斟酌构图、光线、距离，一张胶卷就是一张胶卷，没有机会给你重来。

为此，沈墨白从国外订购了很多重得能当板砖砸人的摄影集，收集的全是世界顶尖大师的摄影作品，并配有详细的介绍：年份，地点，照片背后的故事……

还有诸多名家画册，他叮嘱多看，认真看，这些有利于培养我的审美。

到后来，他甚至找朋友借来暗房，手把手地教我如何冲洗照片，在幽暗中，他的鼻息扑在我的耳边，我心生敬意也心生惧怕。

我知道，我不能只有三分钟的热度，沈墨白不会允许我只是玩玩而已。

在他面前，我可以心安理得地做个孩子，但与此同时，我也必须要承受他加诸我身上的殷切期望。

他如同一个苛刻的匠人，而我则是他亲手打磨的玉器，在他手里，我渐渐脱去土气，摒弃杂质，开始散发出只属于我的，独一无二的光芒。

我们真正发生实质性的关系，已经是很久之后的事情了。

尽管我心里一直隐隐约约地知道会有这么一天，但它究竟何时来临，我一点儿端倪也看不出来。

沈墨白是真正的君子，即使在暗房那样暧昧的场所，只有我们两个人，他也与我保持着安全的距离。我们之间最亲昵的程度，也不过是我低落时，他抱一抱我，握一握我的手，听我说些废话。

他深不可测，看起来像是没有欲望的样子，然而他所拥有的一切……尽管不确定他的生意究竟做得有多大，但我知道，这个男人绝非一般角色。

偶尔在他喝了一点儿酒，心情不错的时候，他也会谈起一些关于自己的事，我像收集碎片一样，通过这些只言片语去拼凑这个我怎么都看不透的男人。

大户人家的小孩，十几岁就开始玩股票玩得风生水起，念商科出身，毕业于世界级的名校，三十岁不到就开了公司，两年内，进行资源重组，转手以数倍的价格将公司出手，从此之后以钱生钱，过着很多人一辈子都只能梦想着的生活。

这样的一个人，在他的眼里，我大概真的只是个手无寸铁的孩子。

这一天到来的时候，没有一点儿征兆。

从餐厅出来，他忽然说："今晚就不送你回学校了。"

我心里像是响鼓重锤一般，面红耳赤又慌乱，我想这可怎么办，我出门前甚至没来得及换一套性感点儿的内衣，待会儿脱了衬衣，露出海洋风的蓝白格子，会不会被他笑死？

这点儿小心机没躲过他敏锐的眼睛，他仍然是保持着我们初遇时那种淡淡的笑，什么都没说，可是我明白他在宽慰我，不要紧张。

可是，我怎么可能不紧张！他不是一般的愣头儿青，他是阅人无数的沈墨白啊！

公寓位于江畔，这个楼盘开盘时就因为过于昂贵的价格引起了不小的骚动。

这算得上是我第一次登堂入室，在电梯里时，沈墨白说："原本想去酒店，但怕你觉得不够庄重，还是家里好。"

我心里一暖，原本慌张的心情顿时平静了许多，甚至有些微小的感动。

房间很大，家具全是象牙白，墙上挂着几幅油画，在这方面我没有研究，但想来必定出自名家，否则怎么入得了沈墨白那么挑剔的眼。

厨房很新，一看就知道很少用，宽敞的客厅里有一面大大的落地窗，窗外就是江景。

我坐在柔软的沙发上，手足无措。

那一刻我心里的自卑像是开了闸的洪水一般奔腾而出，我与这里是多么格格不入啊，简直像是贸然地来到城里富贵的亲戚家做客的乡下丫头。

沈墨白手里端着两个玻璃杯在我身边坐下，我接过杯子的手微微地颤抖着，他笑着问："季西柠小姐，你这么忐忑干吗？"

我不答话，仰起头，将杯子里的液体咕嘟咕嘟悉数灌下，喝完之后才发觉："咦，不是水！"

他终于忍不住哈哈大笑："这是朋友送的一支白葡萄酒，1918 年产，我轻易不拿来招待客人，哪儿有你这样的喝法。"

我原本就红了的脸，因为羞愧而变得更红了。

沈墨白洗完澡出来发现我还坐在客厅的沙发上，连位置都没有挪动过。

他想了一会儿，走过来蹲在我的面前，仰起头看着我，问我："你还打算在这里坐多久？通宵？"

我难过得都快要哭出来了，他近在咫尺的眼，我连对视的勇气都没有。

过了很久，他的声音里有了些不耐烦的情绪："西柠，我不喜欢勉强，我去换衣服，送你走。"

就在他起身的时候，我拉住了他，用从前从未在任何人面前出示过的软弱面孔对着他，我说："我不是不愿意，我是觉得自己不够好。"

我们用一种奇怪的姿势僵持了半天，短短几分钟，我觉得眼泪马上就要流下来的时候，他再次俯下身体，俯下脸，靠近我，吻了我。

那是我们第一次亲吻，他的嘴里有薄荷牙膏的味道，我觉得自己像是要飞起来了。

那天晚上我是被他抱进卧室的，床头有一盏小小的黄色的灯，灯罩上镶嵌着白色的羽毛，他没有计较我那近乎幼稚的少女型内衣，而我慢慢地放松了自己——身体，和心。

最后那一刻，他问我："你是不是第一次？"

我在他的眼睛里看见自己的脸，我说："是，这是我们的第一次。"

[ 5 ]

从那之后，我一直不敢确定的某些东西才算是尘埃落定。

沈墨白开始带我去见一些朋友，跟他们一起打高尔夫，骑马，这些原本离我的生活很远很远的事物，因为他，一夕之间都来到了眼前。

我那么笨，什么也不会，他就像教我冲洗照片一样手把手地教我挥杆，提醒我腰的力度，手臂的力度，球杆与地面的角度。

第一次骑马时，我吓得身体僵硬得像块木头，双手胡乱地抓着缰绳，双脚乱蹬，无论驯马师如何循循善诱都无法让我轻松自如。

无奈之下，沈墨白只好亲自过来教我，真奇怪，他一站过来，我立刻就变聪明了，坐在马背上竟也慢慢地有模有样了。

后来沈墨白问我："要不要领养一匹小马？可以由你亲自命名。"

我小心翼翼地问："是不是很贵？"

他想了一下说："要请专人照料，训练，打理……的确是不便宜。"

我说："那我就不要了，给你省钱。"

我也不知道这句话好笑在哪里，但他的的确确是笑得很开怀，笑过之后，又用一种特别温柔的眼神看着我，那种眼神，我只在父亲的眼里看到过。

但有一点，沈墨白向他的朋友们介绍我时，只说这是季西柠，再没有多的头衔。

我不在意这些，我想他应该是爱我的，有爱做前提，没有正式的名分怕什么？我是无冕之王。

直到在那次只有少数几个人的聚会上，有个坐在我们对面的男人多喝了几杯，笑呵呵地说出了"这么多个里面，她最漂亮"这句话，沈墨白不言不语，我心里才滋生出了一些疑惑。

散了之后我问他："那句话是什么意思？"

他专心地开着车，企图用哈哈一笑来敷衍我。

我没有让他得逞，又追问了一句："什么叫'这么多个'，你解释给我听。"

跟他在一起时，尽管他非常宠我，可我总是出于一种莫名其妙的畏惧，极少任性，但这一次我阻止不了自己与生俱来的倔强。

我知道自己的偏执可能会带来一定的风险，会惹得他不高兴，甚至激怒他，但我还是执意要问。

车开得不快，旁边一辆又一辆车超了过去，他仍然无动于衷。

他曾说过，到了他这个年纪，做人做事只求稳妥，不会跟那些飙快车的年轻人较劲。

我一直等，等了很久，他的沉默使我的等待变成一件极其难堪的事情。

就在我的目光彻底暗淡下去之前，他终于开口了。

"今晚那个人，是某行的行长。铺这条线，我用了三年时间，虽然到现在还没让他为我做过什么，但将来一定用得上。

"最开始的时候，我就跟你说过，到了我这个年纪，人生差不多已经过了一半，一定有些过去是你不知道，也无法了解的。西柠，你知道我最喜欢你什么吗？"

每当他用这样的语气跟我说话，我就连大气都不敢出，更别提妄自揣测他的答案。

"我最喜欢你的干净，你心里没那么多曲曲折折的东西，这一点非常难得。

"所以，西柠，不要破坏你在我心里美好的样子。"

我以为这件事就这么过去了，后来走到这段感情彻底无可挽回的时候，回想起来，原来这就是转折了。

在此之前，我们相处得很好，我甚至抛开年纪的距离和阅历的悬殊幻想过我们的未来。

而在此之后，沈墨白渐渐地意识到，我也不过只是一个普通的女孩子，得陇望蜀，渐渐地忘了分寸，开始窥探他不愿意示人的那些隐秘。

他意识到，再这样下去，局面会不再受自己控制。

从那之后，他来见我的次数逐渐减少，他给我的解释是：忙。

忙这个字，是厌倦和躲避最好的借口。

我原本应该守着我的本分：你有空，我陪你，你没空，我等你。

可是我不甘心，怎么可能，他明明那么喜欢我，怎么会将对外人的冷淡和漠然拿来对我？

我不信他会这样对我。

这时的季西柠，已经不是当初在飞机上小声啜泣，怕打扰到旁边的人休息的季西柠了，沈墨白用了那么高规格的待遇来栽培我，我的的确确被他宠坏了。

恃宠而骄，是每一个深陷在爱情里的女人都会犯的错误，这与年龄无关。

在没有知会他的情况下，我便去他的公寓楼下等他。

那样高档的小区，没有门禁卡自然是进不去的，可我不放弃，一直等，终于等到了那辆熟悉的宾利。

车上除了沈墨白，还有一个陌生的年轻女生，只是一个照面，我心里立刻雪亮，从她看我的眼神，便知道她也有同样的感悟。

我们这样的人，根本不需要通过言语过招就能清晰地辨识出对方的身份。

沈墨白的脸色非常难看，从我认识他以来，从未见过他那么冷峻的神色。

理智上，我知道，这时我最好口都不要开，乖乖地滚。

可是，我说过，我有一种与生俱来的固执，这种固执，也许最后会彻底摧毁我的人生，可我在所不惜。

他盯着我，眼睛里像是要冒出火来，我仰面看着他，毫不示弱，指着车里那个人问："她是谁？"

这个游戏中，是我先越界。

我输了，这一生，再也不可能会赢。

作为惩罚，沈墨白整整两个月没有见我，连我打去的电话都不接。

其实当我回过神来，也知道自己的确错了，我根本不敢再主动联络他，如同做错了事情的小孩，只能安安静静地等待大人的原谅。

爱情，岌岌可危，自尊，也被无声地凌迟，碾碎。

后来迟昭涵告诉我，沈墨白的确就是从这时开始，下决心结束跟我的这段关系。

一年多来，我竟不知道沈墨白身边竟然还有迟昭涵这号人物，关于他的人生，我所知道的，真的太少太少了。

在清明节去给父亲扫墓，回来之后，我终于见到了迟昭涵。

父亲离世一年多来，我跟母亲之间就像是生了锈的齿轮，始终欠缺一些润滑剂。

回到家里，我们很少说话，即使要说，也都是些"吃饭了吗""我不饿"这样毫无营养的客套话。我知道她跟我一样，已经彻底放弃去改变这种现状了。

我们是一对生硬的母女，自我七岁起，我一直伪装成柔顺乖巧的模样，到了十八岁那年，我不想再装了，挑战了她作为母亲的权威，这一点，她一直耿耿于怀。

人间四月天，阴寒潮湿，我在坟头烧了很多纸钱，最后它们都化作了灰。

到头来，谁不是一把灰呢？功名利禄，都是浮云，这么一想，我便恨不得立刻回到沈墨白身边去。

出了机场，便看见一个穿着银灰色风衣的女人，经过沈墨白一年来的悉心教导，我在第一时间就准确无误地辨认出了它属于哪个品牌。

像是心电感应一般，我知道，她等的人是我。

这个女人缓缓走近我，我怔怔地看着她。

在四月的春风里，我和迟昭涵，两个原本互不相识的陌生人，借着沈墨白这座桥梁，终于见面了。

## ［6］

平心而论，迟昭涵很美，至少风韵气质远远甩我十条街。

那么我的优势在哪里？挺直了脊梁，唯一支撑我的也不过就是贫瘠的青春。

如果我有跟沈墨白同等的经历和阅历，如果我不是这么匮乏和空白，如果我多懂一些翻转腾挪的技巧，那么会不会，我们不至于那么快就结束，他会不会被我吸引得久一些？

跟沈墨白在一起时，很多次，我恨不得一睁开眼睛自己已经三十岁，那样，我就能以一个平等的姿态跟我爱的人站在一起。

是的，我爱的人，虽然我表达得很拙劣，但我深爱沈墨白，这是事实。

迟昭涵胸有成竹的模样让我在还没交手时就已经落了下风，她处理这样的事情太有经验，沈墨白每一次懒得自己出面收拾残局时，都由她来接手烂摊子。

我问自己，如果换成我是她，做得到吗？

过了片刻，答案清清楚楚地浮现出来：我不能。

她开门见山地介绍了自己，沈墨白多年来的固定女友，以及事业伙伴。

在他有闲情逸致陪在我身边听旧唱片的那些时间里，她替他操持着背后大大小小的一切事物，对他来说，她不是简简单单的一个女伴，而是不可或缺的左膀右臂。

这种将情感和利益糅合在一起的联盟，远远要比他一时心血来潮被我吸引稳固得多。

当初对着蒋南，我尚能虚张声势地进行还击，可对着迟昭涵，这场仗还没打，我已经一败涂地。

"我没有什么金玉良言送给你，只有一句，你还年轻。"她连抽烟的姿势都那么好看，狠话从她嘴里讲出来我都不觉得难听。

我生平第一次为一个女人所折服。

"是他让你来跟我说的吗？"尽管结局已定，但我还是想问个清楚。

"季小姐，我的时间也很宝贵，何必蹚浑水，显得我多能干？"面对我的问题，她四两拨千斤。

就算再蠢的人，到了这一步，也知道无力回天了。

"我要他亲口跟我讲，不然，我不死心。"这是我最后一次机会，哀兵必胜，我不知道是不是这个道理。

迟昭涵凝视着我，好半天，最终是一声长叹。

我在洗手间的门口听到她打电话，声音里有些幽幽怨怨的余韵："沈墨白，你会毁了她一生。"

我站着，一动不动，看起来完好无损，但实际上，我已经魂飞魄散。

一个阴雨天，沈墨白终于从"百忙"中抽出时间来见我。

距离那次我在公寓楼下见到他，时间已经过去了三个多月，他没有什么变化，依然是玉树临风的沈墨白。

是的，他还是他，我却已不再是我。

跟他在一起这么久，我自以为自己已经长成了喜怒不形于色的成年人，但当这个人再次出现在我的眼前，我的眼泪还是不可抑制地流了下来，那一刻，我才明白，我永远都不是他的对手。

他不仅仅是我的爱人，他同时还是我的老师，我的知己，是引导我探寻世界的人。

他不是我漫长生命中一段可有可无的感情，他就是我的生命。


真正爱一个人的时候，什么都可以不要——脸都可以不要。


不同于跟顾恒分手时的强装镇定，这一回，我完完全全是一副豁出去了的姿态。

但我越哭，沈墨白的神情就越冷，我都泣不成声了，他还是一言不发。

灵魂像是从躯体里脱离了出来，飘在半空中，用怜悯和同情的眼神注视着这具毫无尊严的肉身，我的眼睛在流泪，可是我的心里，却淌着血。

我明明白白地看到了这个男人的残酷和无情，覆水难收，一切已成定局。


他终是有些不忍，想过来抱抱我，却又被我一把推开。

事已至此，这断壁残垣的一生，不能跟你在一起，我还要那些虚情假意做什么？

沈墨白不会浪费时间跟我拉锯，他喜欢快刀斩乱麻。

一张卡推到了我的面前，泪眼模糊中，我怔怔地看着他，这算什么？遣散费？契约精神？我出了青春，你出了钱，从此两讫？

忽然间，我大笑起来，笑声中充满凄楚，令人毛骨悚然。

我一边笑一边摆手："不不不，沈墨白，你不能这样侮辱我，这一年多的时光，不是一场交易。"

他的脸上已经露出不耐烦的表情，但还是尽量以柔和的语气同我讲话："西柠，我不是这个意思。

"你跟了我这么久，眼界已经打开，不可能再退回去过从前的生活。你已经不同于你身边那些朴素的女孩子，未来你需要更丰厚的物质，很多时候，有钱就意味着有更多选择。

"我不能再照顾你，以后的日子，你要自己照顾自己。"

我相信他这番说辞的确发自肺腑，可是听到我的耳中，却是实实在在的黑色幽默。

是你将我带到这里，是你导致了我不同于那些因一个蛋糕一场电影就能收获快乐和满足的女孩子，是你让我看到了更大的世界，可最终，你告诉我，剩下的路，我要一个人走。

我以为我们会不离不弃，你却要求我们好聚好散。

从来没有人像你待我这样好过，没有被爱过的人生，不值得度过。

他不再与我废话，起身出门，我跌跌撞撞地跟在他身后，看他拿出了车钥匙。

原谅我，从这一秒钟起，我做的任何一件事情都不由自己控制，理智输给了情感，我只能屈从于本能。

哭也好，哀求也好，都是徒劳，你连看都不再看我一眼，你这一生还会有无数美丽的邂逅，可我这一生，就断送在你手中。

在我清醒的时候，我也告诉自己，你给过我一段比梦境还绮丽的时光，尽管短暂，但我再要多些仍是贪婪。

可要我在现实中，眼睁睁地看着你的背影越走越远，对不起，我无法冷静。

去他妈的镇定，去他妈的姿态，我只知道，这段感情已经被你单方面地画了句号。

那我的人生呢？你有没有想过，以后的我，要怎么活下去？

第一声玻璃的碎裂，划破了寂静的夜。

我这才醒过来，发现自己做了一件匪夷所思的事：我居然随手操起路边的一根粗木棍，砸向了宾利的风挡玻璃。

一定是有什么鬼怪操控了我，否则，我怎么会一次一次地抡起木棍，穷凶极恶地，义无反顾地，挥向那辆曾载过我无数次的车。

飞溅的玻璃划伤了我的手臂和脸，我感觉不到疼，只是机械地砸过去，一下，一下，再一下，我没去想他如果要让我赔我该怎么办。

没关系，反正我没有钱，他要让我赔，我就把我这条命给他。

很久之后，我回想起当时的情形，仍然无法想象自己是多么可怖，多么凶残。

不不不，那不是我，那时我一定是被妖魔附体了……否则，我如何能够原谅自己……


沈墨白站在离车仅仅几米的地方，静静地看着我发疯。

他越安静，我越绝望。

分崩离析，支离破碎，我们的感情如同这块玻璃一样碎成齑粉，走投无路了，我们的感情，走投无路了。

## ［7］

有些爱情是生命中的一场感冒，吃两三粒药，捂上被子睡一觉，醒来就好了。

而另一些，却像是风湿性关节炎，平时不会发作，可一到梅雨季节，它就会爆发出来，从骨头里往外渗着痛。

沈墨白，他是后者，这或许可以解释，为什么在那么长的时间里，我不能提起这个名字。

程玺若有所思地偏着头，过了好半天，他问："那天你在飞机上流泪，是因为这个人？"

我艰难地点点头："是，我从没想过，像他那么聪明，那么高明的人，会落得这样的下场。

"我依稀还能记得那时他胸有成竹的样子，说'那个人……将来一定用得上'，到今天，他有没有后悔自己走错了这步棋？还是说，聪明反被聪明误呢？"

"在那之后，你们再也没有过交集？"程玺的眼睛真是好看啊，像暗夜里的星星。

我用手指拨弄了一下地上的烟头，短短一个晚上，我们差不多已经抽了两包烟。

"在那之后……"我看向远方，又陷入了回忆。

在那之后，沈墨白确实没有再见过我。

可以理解，换成谁都不会愿意再见这样一个疯子，但他对我，的的确确算得上是仁至义尽。

他派了迟昭涵来探望我，那时候我的手臂上还缠着绷带，最严重的伤口有五厘米长。

迟昭涵看了我半天才感叹着说："幸好没毁容，季西柠，你何苦。"

我不晓得怎么回答，干脆就沉默到底。

她是奉命来送那张卡给我的，我一见到她拿出那张卡，惨痛的回忆立马从脑海里浮起来，刚想厉声拒绝，她便抢先一步喝止了我："住嘴，我不想浪费时间和口舌。

"你连这对祖母绿的耳坠都收了，还在乎一点儿小钱吗？"她既气又急。

我哑口无言，在此之前，我真的不知道这对小玩意儿的价值。

她在我面前走来走去，走了好几分钟才平静下来，再对着我，又恢复成了沈墨白身边那个最得力的干将："听着，季西柠，我要是你，就老老实实收下这张卡，再也不去烦他，这事就算彻底结束了，谁也不欠谁。"

她在走之前，忽然靠近我，用探究的眼神审视着我，距离之近，吓得我当即噤声。

"你太年轻，太愚蠢。对着沈墨白这样的男人，一旦你开始索取，他就会眉头都不皱一下地离开。

"在见到你之前，我一直很好奇，这次他看上的究竟是个什么样的女孩。见过你两次之后，我想，其实你和她们，也没什么区别。"

到最后，她还是要重创我。

可她不明白，我已经不会疼了。


## ﹛第三颗﹜

### [ 1 ]

行尸走肉，这四个字便可以完完全全地概括离开沈墨白之后，我所过的生活。

没什么好说的，我被沈墨白选中，有过一段好日子，然后被无情地抛弃，事实就是这样难堪，我不想承认都不行。

我听从了迟昭涵的建议，收下了那张卡，密码是我的生日，卡里的数额比我想象中还要多一点儿。

真阔绰，全然不像是生意人做的事，这笔买卖，他亏了。

拿着他给我的这笔款子，我做了很多荒唐的事。

我在学校附近租了一套公寓，买来各种酒当水喝，从天黑喝到天亮，天一亮，我就拉上遮光窗帘睡觉，睡醒了又继续喝。

余生无非也就是这样了吧，天黑等天亮，天亮又等天黑。

这段时间里，我迅速地学会了抽烟，但无论我对着镜子如何练习，姿势都不如迟昭涵那么好看——潜意识里，我当她是敌人，总忍不住暗暗拿自己跟她比较。

真丝睡衣买回来，只穿过一次，就被酒醉后的我剪成了一条一条。

楼下有家花店，我打电话叫他们把店里所有的花都送一束上来，躺在浴缸里撕花瓣玩，凋零的花瓣很快腐烂成泥。

还有一次，我心血来潮，大白天出了一趟门，回来的时候身上居然穿着一件给我妈穿都嫌老气的皮草。

…………

我不知道该怎么排遣痛苦，做任何一件事都无法减少我的痛苦。

走在大街上，看到形形色色的男男女女，他们的脸和背影都透露出喜悦，有时我会情不自禁地流下眼泪。

这个世界上有这么多人，可我季西柠，无人可爱。

我的心是一座空荡荡的死城。


事实上，我整夜整夜地哭过。

我拿刀割过自己。

我在空空荡荡的房子里揪着自己的头发往墙上撞过。

我在半夜对着窗外尖叫过号啕过也无声地呜咽过。

我暴饮暴食后又抠喉。

我在路上看到车开过来的时候直挺挺地站着不动，被人骂得狗血淋头。

我想过死，一遍一遍地计划过，遗书写过好几份，每一份的开头都是：亲爱的沈墨白先生，我要去死了……


我做过这么多事情，不遗余力地伤害自己，可到头来，每一天我还是睁开眼睛，确定自己依然活着。


然后，我便走上了另一个极端，既然他不要我了，那么我也不必爱惜自己。

可以成就你的人，也可以轻易地摧毁你。

既然沈墨白要摧毁我，那么，我再助他一臂之力。

我开始荒废学业，每天晚上流连在城中最红的夜店，穿着暴露，跟不认识的陌生男人抱在一起跳舞。

音乐，酒精，激光灯，还有那些暧昧不明的面孔，这一切都是好东西，像致幻剂一样麻醉了痛苦的神经，一天之中至少有那么几个小时，我不会想起他，不会想起过去。

但只有一点，我严防死守，无论那些人怎样企图把我灌醉，将我带走，都无法得逞。

我的灵魂可以堕落，堕落到地狱最底层都无所谓，但我的身体，只属于他一个人。

肃杀的秋天到来时，我已经有了一群固定的欢场上结识的狐朋狗友，有男有女，我们厮混在一起，打牌，抽烟，晚上出去喝酒，大家都喜欢我。

为什么？很简单，因为我舍得花钱。

他们都不知道我的钱从何而来，不知道那是我以一段生命为代价换来的，他们不关心我即将被学校处分，二十多年来的漂亮的人生履历上即将画一把鲜艳的红 ×。

这就是我要的关系，今朝有酒今朝醉，醉后各分散。

父亲去世了，母亲不管我，沈墨白抛弃了我，多么自由，这庞大的自由使我一时之间有些不知如何自持，但有什么关系？重要的是这世上再也没有什么牵绊得了我。

简直连做梦都会笑醒呢。

在我纵情声色的那些日日夜夜里，没注意到有一个人，三番两次地藏匿在那些嬉笑的面孔后面安静地观察我。

像猎人观察猎物那样，伺机而动。

又是一年生日到了。

我从昏睡中睁开眼睛，像是从一个冗长的梦里醒来，一摸眼角，竟然有泪水。

对着天花板发了将近半个小时的呆之后，我跟跟跄跄地爬起来，打算洗个脸就开始化妆，我想过了，今晚要化大烟熏，还要在脸颊上贴上水钻做出眼泪的效果。

　　沈墨白在我身上花费的心血没有白费，现在我自己都看得出，季西柠的确是有那么点儿味道了。

　　在找水钻的时候，我手忙脚乱，翻箱倒柜，一个小小的暗红色绒面礼盒从抽屉里掉了出来。

　　那对祖母绿的耳坠，我早已不戴了，但它重见天日的这一刻，幽幽的光泽还是惹得我痛哭了一场。


　　堕落，有用吗？

　　这些虚假的繁盛真的能够掩饰我内心无涯的黑暗和悲伤吗？

　　忽然间，我全身瘫软，跌坐在墙角，灵魂深处迸出一声一声的"渴"——那种没什么能够解决的渴。

　　我根本忘不了他，我骗自己骗得好苦。

　　他们见到我时都大吃一惊："西柠你怎么了，怎么妆都没化就跑来了，还有，你穿的这是什么东西？"

　　我微微一笑，不打算向他们解释。

　　包厢里的温度越来越高，有女生直接跨坐在男生的腿上，拿着麦克风心猿意马地哼哼唧唧，我一改往日爱出风头的个性，蜷曲在角落里，像抱着一只流浪猫那样抱住自己。

　　一个我连名字都叫不上来的人，不由分说地将我从人堆里扯出来，牵起我的手，一言不发地打开了门。

　　大家都玩得很开心很尽兴，没有人关心我们要去哪里。

　　我也不问他要带我去哪里，如今的我，去哪里又有什么分别？


　　幽深的巷子里，只有路口有一盏瓦数很低的路灯，昏暗中我只能大概看清楚他的轮廓。

他长得不错，身上的香水味我也喜欢，出于这两点，我愿意多给他一点儿时间，看看他究竟要做什么。

"我喜欢你不化妆的样子。"这是他对我说的第一句话。

我背靠着年久的砖墙，仰起脸静静地承接着他的审视。

他的手指从我的额头一路滑下来，停止在嘴唇："你平时涂的那些口红，颜色太过艳丽，不适合亲吻。

"季西柠，现在，我要吻你了。"

这是我们的第一个吻，也是一生中唯一的一个。后来我回忆起来，连这个人的名字叫什么我都不知道，可我们之间，确确实实地发生了一个很温柔的吻。

说不清楚为什么，我心里很想推开他，身体却完全不听使唤，手垂在两侧，像被抽掉了骨头一般绵软无力。

我们的身影融化在无边的黑夜里。

我想，也许，是因为太久太久没有人吻过我了吧，我觉得冷。

[ 2 ]

第二天中午，在酒店里醒来，我很不好意思，一直不拿正脸对他，他笑着说："女生先穿，这也是社交礼仪。"

这阵尴尬很快就过去，穿上衣服，我们便恢复成两个礼貌而疏离的陌生人。

一人抽了一支烟之后，他说："生日快乐。"

我说了一声"谢谢"，便不知道再说什么好，这种事我没有经验，虽然过了一段相当迷乱的生活，但玩到这种程度，这是仅有的一次。

成年人善于给这种事情找理由，比如，情爱是天赋人权，我们理应自由支配自己的身体。

那我就做一次成年人吧。

依稀记得前一天晚上，他吻过我之后，轻声问我："还想回到那个包厢里去吗？"

我坚决地摇摇头，不知道是不是酒精的作用，我隐隐约约有点儿兴奋。

他的声音里有股魔力，像是巫蛊一样迷惑了我，他问我："那要不要跟我走？"

我这一生，犯了一次又一次不知悔改的错，就是每当有一个人问我这个问题时，我都毫不犹豫地跟他走。

我是那么渴望被一个人带走，走得更远，一次比一次还要远。

洗漱完毕，他替我将了将额前的碎头发，忽然轻轻地抱住我，轻声跟我说："宝贝，不要当真，我们都不要当真。"

我的身体僵了僵，听见自己说："好。"

走出酒店，两个人都如释重负，这个游戏，大家打了个平手。

这件事就这样云淡风轻地过去了，那晚一起玩的人，谁也没有问过我后来去了哪里。

而他，也从这群人中消失了，有时候我简直怀疑，那个夜晚真的存在过吗？

那个吻，那个房间里的触碰和战栗，皮肤和手指的温度，这一切真的有过吗？或者只是我的幻觉？

但这个人，的确是有的。

后来有一次，在夜店里，我看见了他，怀中抱着一个假睫毛能戳死人的妞儿，两个人黏得像连体婴儿，分都分不开。

想起那晚他对我说"我喜欢你不化妆的样子"，我不禁一声冷笑，原来也只是逢场作戏而已，对着不同的人自然有不同的念白，有什么好奇怪的。

远远地，他也看见了我，扬了扬眉梢，就算是打过招呼，我转过脸去，假装没认出他。

心里那一点儿若有似无的东西，无声无息地落了地。

这件事结束了吗？我以为是这样的，直到一个多月之后，我接到他的电话。

"我是柏晗。"他自我介绍过之后，我仍然无法将这个声音同我认识的任何一个人对号入座。

电话中的沉默令双方都有些尴尬，他只好又补充了一句："你生日那天晚上，我们在一起。"

我这就知道了。

没问他是从哪个人那里打听到我的手机号码，我开门见山地问："有什么事吗？"

我的声音里有种拒人于千里之外的冷漠，冷漠的缘由……或许是那次在夜店，无意中瞥到的那一幕吧。

又是一阵沉默，终于，我听到他说："有些难以启齿……我的身体出了一点儿问题，我不确定是什么时候的事，你尽快去医院检查。"顿了一下，他补充说，"那次我们没有做措施，你一定要尽快去医院，要是有事，抓紧时间治疗。"

他是个聪明人，没有多余的铺垫和迂回，而是把一件复杂的事情化繁为简，用最直接的方式说给我听，纵然如此，我还是消化不了。

后来他还说了些什么？我一个字都听不见了。

不是说不会再疼了吗？为什么会有一种被人强灌进硫酸的痛楚？

是不是我玩得太疯，神都看不过去了？

躺在 U 型的台子上，亦步亦趋地回答着医生提出的每一个问题，其实我的脑子里是一片空白。

我讨厌这样羞耻的感觉，更悲哀的是我对此无能为力。

为什么，我要这样作践自己？为什么我要忍受这些？

检查完毕，医生叮嘱我次日下午三点半去大厅取报告。

整整一夜，我没有睡着，躺在床上翻来覆去，我在心里向神起誓，如若这一次我幸免于难，以后一定洗心革面，好好儿生活。

像一个作恶多端的重刑犯，面对即将到来的刑罚，我做出了诚意十足的忏悔。

神愿意给我机会吗？我一点儿把握也没有。

中午一点我就到了医院，坐在大厅里，我看到那些面容愁苦的医患和家属，很自然地想起了父亲在世的最后那段日子。

他直到去世，都惦念着我的将来，怕我过得不好，怕我得不到幸福。

而我都做了些什么？我将父亲一生唯一疼爱的女儿，伤得体无完肤！父亲的在天之灵，能否原谅我荒唐的自我放逐？

用了这么长时间，我才恍然醒悟。

不到即将付出巨大的代价，人不会长大。

我死死地攥紧拳头，指甲都掐进了手掌心里却感觉不到疼，如坐针毡的两个半小时，几乎磨去了我所有的耐心。

三点半一到，我便第一个冲向拿报告的地方，几乎是对小护士吼着说："我来拿报告。"

小护士白了我一眼，漫不经心地拿出厚厚一摞纸，又漫不经心地问："叫什么名字？"

我硬着头皮吐出了"季西柠"三个字。

除了七岁那年在门外不小心听到不该听的声音之外，还没有哪个时刻比这一刻更漫长，更难熬。

我眼巴巴地盯着她的手从最后一页翻到了第一页，最终，她抬起头，面无表情地说："没有。"

"怎么会没有呢！"我暴躁得要自燃了。

"没有就是没有，不信你自己翻。"她又朝我翻了个白眼，语气比先前更差了。

尽管我很想冲进去掐着她的脖子让她解释给我听为什么没有我的报告，但最终，最终我用尽全身的力气，遏制住了自己满心的怒火。

"再等一个小时吧，还有一部分报告没送过来。"小护士用一句话打发了我，转身又去玩手机了。

好，我等。

一个小时之后，报告里还是没有我要的那份。

我的耐心终于用光了，昔日那个害我砸碎了沈墨白的车窗玻璃的妖魔鬼怪又回到了我的身体里，它怂恿我用我能够想到的最难听，最恶毒，最下流的话骂向那个无辜的小护士。

她被我骂蒙了，尽管气得眼泪汪汪，却哆嗦得不敢吭声。

如果不是护士长及时赶来，我想我一定会冲进去，揪着这个姑娘的头发往墙上撞，就像曾经很多次，揪着我自己撞墙一样。

我是有病，但不是生理上的。

长久的放纵和自我摧残，淤积在我的心中，已经成魔。

颤颤巍巍地从手机上找到那个号码，拨过去，第一句话就是："我 × 你妈！"

柏晗阴沉着脸坐在我的身边，这一刻我们的关系如此尴尬。

我发现自己就是有这个本事，把出现在我生命中的任何一个人最难看的样子给逼出来。

我从来没有这样恨过一个人，即使是顾恒，即使是沈墨白，他们毕竟都曾给过我爱和美好，而眼前的这个人，他给过我什么？

我若知道一夜纵情之后会是这样的下场，当初他牵起我的手时，我就应该一耳光甩过去。

我静静地坐着，理智却到了崩溃的边缘，我恨他，令我坠入这样的耻辱。

天色已晚，护士长拿着最后一批诊断报告走了出来，我已经没有勇气，也没有力气去问了，柏晗看了我一眼，终是起身走了过去。

五分钟后，他拿着一张薄薄的纸站在我的面前，那张纸犹如我的命运诊断书，我诚惶诚恐地抬起眼睛，等待着一个最坏的结果。

"阴性。"他冷冷地说。

见我一脸茫然的样子，他只好又补充了一句："你没事。"

绷了好些天的神经和身体一起松懈下来，我这才感觉到自己有多么的脆弱，多么的，不堪一击。

[ 3 ]

"这也算是一段感情吗？"程玺听完之后不禁莞尔。

"不，这是一个教训，至少让我知道以后在自由支配自己的身体前，需要做一些准备工作。"

我配合着程玺一起笑，人生中除却主题曲和片尾曲之外，总还是需要有那么几首插曲来作为点缀，不然生命多么乏味。

这都是很久之后的玩笑话了，在当时，我是没法这么轻松面对的。

柏晗把报告折好放进我的手里，又蹲下来捧起我羞愧的脸，一字一句慢慢地说："西柠，既然结果出来了证明你没事，那有些话，我不得不说了。

"你跟我们终归是不一样的，我最早看到你的时候就知道，你有你的禁忌，有不能碰的雷区，你不是真正出来玩就放得开的女孩子。

"你偶尔闯入这种生活，被五光十色的错觉蒙蔽了双眼，或者，我猜想，你心里大概有一些不能提起的伤痛，你跟他们厮混在一起，是为了逃避，为了麻痹自己……

"但是西柠，你做不到，你其实是做不到的你知道吗？从你对我大发雷霆这件事就能看出来，你其实还是个小孩子，只有小孩子，才害怕承担过错，才想把所有的责任都算到别人头上。

"如果，我有一瓶颜色很艳丽的毒药，你出于贪玩，喝下去之后，死了，你能怪我吗？

"西柠，别忘了，那天晚上，你是自愿跟我走的。"

在柏晗说这些话的时候，我整个人呈现出一种奇异的安静，真的，我觉得他说得很有道理，我一点儿想反驳的念头都没有。

我甚至觉得惭愧，我怎么会是这么一个只知道声讨别人，不懂得检讨自己的家伙？

那是我们第三次见面，也是最后一次，他一直把我从医院送回了公寓。

深秋的季节，道路两旁都是金色的落叶，我们都穿着黑色的外套，双方都有着暴露在阳光下也仍赏心悦目的面孔，说真的，这幅画面好看极了。

如果我们之间不是一个那么仓促的开始，没有一个这么乌龙的过程，或许，就不会是如此啼笑皆非的结果吧。

"离开那群人，去过健康的生活吧，伤痛不过百日长，你会好起来的。"在公寓的楼下，柏晗抱了抱我。

"为什么？"我终究忍不住问他，"为什么要跟我说这些，为什么要救我？"

"就算我有怜香惜玉的情怀，也要对方是真金白玉啊。"他哈哈大笑，笑完又摆出正经模样，"西柠，趁早离开泥潭，否则会越陷越深，到你想抽身时，恐怕也是身不由己，就像我一样。"

我深深地凝望他，他的眼睛在说出最后那句话时，有一闪而过的缥缈，想必这背后，是另外的故事了吧……

"你是有灵魂的人，爱惜你的灵魂，你应该有一个美好的未来。"

这算是柏晗给我的，最后的忠告。

我没有辜负他的嘱托，就算是我借这股力量完成了自救吧。

从那之后，我慢慢地疏远了那些人，为了避免他们穷追猛打，我没有一次性脱离团体，而是不经意地，一点一点地退出。

就像很早之前蒋南说的那样，我仿佛天生就知道怎样藏起自己真正的想法，面对那些对我来说不重要的人，我有办法不叫他们看破我的伎俩。

先是减少聚会的次数，叫我十次，只到八次，还有三次迟到，两次早退。

渐渐地，开始抱怨钱越来越不够花，买单的时候也推推阻阻，不再像从前那么爽快干脆，甚至有时候会提出 AA，叫他们频频侧目。

酒肉朋友都现实得很，当初带我玩，也就是看上我一掷千金的豪气，既<br>
又不肯随便跟人上床，那还跟我玩个屁？

容易，要费很多心思和精力，但要被一个圈子抛弃，<br>
无一丁点儿利用价值。

西柠，再也没有价值，他们连踹我一脚都嫌浪费力气。<br>
但这一次，正中我下怀。

取了一个大过的处分，但于我来说，这已经超出预想

校里再也没有需要我避讳的人，像是周游了世界一圈<br>
，我反而比身边那些终日待在宿舍看偶像剧的同学更

？

中的位置不可替代，我的心上有一个缺口，是他的形状，<br>
。

默，最痛的痛，是不说。

人明了人生的真谛，但经历会让人懂得节制，不再追

来似乎是这样的，但后来的事情证明，任何的平静祥<br>
彻底毁灭做铺垫。

彻底消失了？”程玺说，“听起来，他在你生命中所<br>
超过伤害。”

的海浪，事实上，我后来还听到过一次他的消息。<br>
间，我去商场给母亲选礼物，父亲不在了，这个任务总

独木舟 / 作品

EXILED
IN
TIME

我亦
飘零久

全新增补版

在希思黎的专柜，我遇到了一个曾经一起玩过的女孩子，她在那群人里算是跟我不太熟的，因此再见反而少了客套的寒暄，直接叙旧。

我们站着闲聊了几句，说起以前那些人那些名字，像是隔着很久远了一般，她叹了口气，某某家里有背景，后来送出国了。某某某家里介绍了个男朋友，回去过相夫教子的日子了。还有某某，好传奇啊，一个远房亲戚去世，没有子女，居然留了一大笔遗产给他……

那群人，最后也是作鸟兽散。

我正寻思着要如何尽快结束这场对话，她忽然话锋一转，问我："以前一块儿玩的时候，有个很帅的男生，不知道你注意过没……"

我的心绪飘在空中，直到被她一句"叫柏晗"给拽回了地上。

她没注意到我脸上那一瞬间微妙的变化，自顾自地说了下去："那时候很多女生喜欢他，他很好玩，不过一般的妞儿他看不上，在圈里挺出名的。"

我回想起他的面孔，不禁露出微微一丝笑意，然后，这个女生，说了一句我怎么都想不到的话。

"他死了。"


## ｛第四颗｝

### [1]

拿着挥霍之后所剩不多的钱，我过着相对来说还算舒适的生活。

可是内心深处，劫后余生的庆幸和后怕始终笼罩着我，尤其是得知柏晗的死讯之后。

真正意义上来说，我们只见过三次面，一次在酒店里坦诚相见，一次在医院里怒目相对，还有一次没说过话。

但他对于季西柠来说，绝非匆匆一个过客。

或许可以说，如果没有他，我这一生就会像是写错了第一行的代码，一路错下去，直到终结。

打从心里，我欠他一句谢谢。

我们曾经有过亲密的关系，到头来，连他的死讯我都是从路人甲口中获知。

那个女孩说，那是一次只有五六个人的聚会，他们一起玩，冬天里，门窗都紧闭着，空调温度开得很高，一会儿的时间就上头了。

根据她的描述，我的脑袋里很清晰地勾勒出当时的场景：

房间的地板上铺满了软绵绵的被子，他们在软性毒品制造的幻觉里飘飘欲仙，男的女的滚在一起。

柏晗独自蜷曲在角落里，身体渐渐不受控制，往下沉，棉被柔软得就像云朵一样，他贪婪地将脸埋在云朵里，闻到似有若无的淡淡馨香。

周遭的一切都成了幻影，千万只蚂蚁在骨头里轻轻地咬噬着，又酥又麻，这种滋味真好，他要睡了，他要在云朵里睡去，获得一场酣眠。

这场酣眠，没有尽头。

那姑娘轻轻地摇着头，语气里充满了遗憾："死于窒息，一房间的人全都不清醒，第二天才发现他身体都已经僵硬了。"

顿了一下，她又加重语气说："这事对大家的影响都挺大的，后来很多人不出来玩了，也有这个原因。真可惜，才二十七岁。"

我说："我还有事，先走了。"

转身之后，眼泪差点儿夺眶而出。

他是对的，凭着良知良能，他阻止了我在那条路上越走越远。

柏晗，柏晗，我甚至都没说过一声谢谢你。

新年过后，每个周末我都会乘车来到郊区这座福利院，买一些零食和一些生活用品给孩子们，然后陪他们玩一个下午，看着他们吃过晚饭才回市区。

来回两三个小时的车程，我总会想起柏晗。

我们相识一场，我却连他姓什么都不知道。

通过一些不着痕迹的探寻，我得到了些许关于柏晗的信息，他的身世背景是个谜，唯一可以确定的是，他是在城郊这座福利院里长大的孩子。

就当是感谢他，我觉得我必须得做点儿什么才行，我必须得做点儿什么，心里才会好过些。

半年多来，我风雨无阻地来这里，孩子们一开始都很怕生，后来次数多了，才渐渐同我混熟。我最喜欢一个患有自闭症的小男孩，他不跟任何人说话，每天都埋着头画画。

我的审美经过沈墨白的培育，早已经是脱胎换骨，正因如此，我能够从这个小男孩的画里看到一些闪光的东西。

但我不知道该如何与他相处，只好每次都买来大量的颜料和纸张给他，我说过，我是一个只会用笨拙的方式表达情感的人。

他是我见过的最有性格的男生，我对他那么温柔，他却连微笑都吝啬给我一个。

八个多月的时间，这已经成为我生活中不可缺少的一件事情，就像习惯一样，改不掉，也没想过要去改。

事实上，我已经背离了自己的初衷，如果说一开始我来这里是为了柏晗，那后来，我便是为了自己，我喜欢这里，也喜欢这些敏感而脆弱的小孩。

跟他们在一起，我觉得安宁，生命里那些汹涌的伤害仿佛都已经被擦拭干净，还原成一片素白。

然后，我遇到了乔萌。

那是一个下着滂沱大雨的下午，路上一直塞车，我比平时到得要晚。

有个穿正装的年轻人在院长的办公室跟院长和义工们谈论事情，氛围很严肃，我原想悄悄地溜过去，却不小心被眼尖的一个阿姨看到了。

她连声叫我的名字，另一边还向那个年轻人介绍我："就是她，就是她，每个礼拜都来，好姑娘啊。"

看样子，他们已经说起过我，这一刀，躲不过去了。

也罢，我只好硬着头皮走了进去，院长热情地向我介绍他："这是乔先生。"

什么来头我没问，阿姨们已经自告奋勇地七嘴八舌说开了，××集团的少爷呢，年轻有为啊年轻有为，今天是代表他们企业来捐助福利院的，特别低调……

在这样的嘈杂中，我和这位乔先生，都没说话。

那天我穿着一条墨绿色的裙子，被雨水淋湿的裙摆紧紧地贴着小腿，头发也淋湿了，发梢上的水滴不断地滴下来。

我安静地站着，直挺挺地看着那个饶有兴致地打量着我的陌生人，怎么说呢，长得不差，但气质鲜明于容貌，一看就知道是有钱人家养出来的小孩。

别说我势利，仔细地去观察吧，从小得天独厚的小孩和经过咬牙切齿的努力才获得自己想要的东西的小孩，根本就是不一样的，这就叫先决条件。

路走得特别顺的人，连头发丝都带着一种自信。

这个家伙的眼睛里有种很毒辣的东西，像是要把我剖开，如果说沈墨白是老奸巨猾的狼，那么这位乔公子，只算得上是初出茅庐的小豹子，浑身的力量都被一双利爪给出卖了。

但此时的季西柠，怎么会轻易示弱，我静静地承接着他的端详，无惧那道目光。

后来乔萌形容当时看到我时，感觉像是看到了一个大号的自闭症儿童，干净，倔强，不宜靠近。

一见钟情往往潜伏着血光之灾，相信我，这是我的经验之谈。

那天的琐事很多，被耽误了很多时间，到我离开福利院的时候，已经接近末班车的时间了。

一把小小的伞根本无助于我在瓢泼大雨中行走，我一边打喷嚏一边祈祷千万别赶不上车，这荒郊野岭的，我可是一点儿办法都没有。

走了一小段路，鞋上已经满是泥泞，我暴躁得想爆粗口，一辆米白色的车适时地停在了我的旁边。

车窗里那张面孔有些扬扬自得："季小姐，送你一段吧。"

我清清楚楚地记得他明明在一个小时前就已经走了，这么看来，他这个时间出现在这个地点，并不是巧合。

我一贯不是扭捏作态的人，既然他有此番善举，我成全他不就是了。

只是这场景，好像，似曾相识。


"乔先生……"我刚想致谢，他就哈哈大笑起来："我 ×，咱能不这么装吗？都是年轻人，随和点儿行吗？"

我瞪了他一眼，这人懂不懂礼貌啊。

"季西柠，我叫乔萌。"他正色道。

## [ 2 ]

就是这样认识，很快便相熟起来。


不用乔萌多说什么多做什么，第三次见面，他牵了我的手，第五次见面，我们就在他的车里接吻。

我承认，我不够矜持，过于莽撞，甚至显得有些迫不及待。

可我的确很喜欢乔萌，这一点，我无从掩饰。

经历了这么多，那些恋爱中的女生该耍的小心机和无伤大雅的手段，即使是看我也都看会了，但我没有用过。

说我骄傲也好，不自量力也好，都无所谓，我承认我就是对那些不纯粹的东西充满了不屑。

我这一生，爱过的人不止一个，但我能说，我从未用过任何技巧。

我每一次，用的都是真心。

一个人若是在畸形的情感中沉沦了太久，就需要另一个有趣的人用洁净的感情观来拯救她被弄坏了的爱情的胃口。

是，这段感情，从一开始，就被我寄予了太多不切实际的期望，所以注定了要以失望收场。

既可笑，又可悲，我吃了那么多亏，受了那么多苦，可还是一点儿也没学聪明。

我以为我和乔萌是恰逢其会，后来才知道，这仍是一场误会。

他闲暇的时间不多，但尽量都跟我待在一块儿。

有一次他带我去看小型演出，乐队的成员都是他的哥们儿，在昏沉的环境里，乔萌大声吼着："他妈的，老子要不是要继承家业，主唱之位舍我其谁！"

旁边的人都在笑，那是一种默认事实的笑。

演出结束，喝了几杯酒，我便主动要求唱几首歌，乔萌很少见到我这么活泼，立马鼓动周围的人鼓掌，尖叫，大有"我的妞儿真给我长脸"的架势。

我唱着唱着，他的兴致也来了，蹿到舞台上，烟还叼在嘴边，衬衣袖子已经卷了起来，拿起鼓槌，行云流水。

旁边有人一边起哄一边拿手机拍视频，我唱完之后去看，镜头有点儿晃，画质也不是很好，但还是可以清楚地看出来我有点儿害羞，而他有点儿沉迷。

我们看起来那么像是要天长地久的样子。

我看着视频，暗自想，世界如果在这一刻毁灭，该有多好。

但其实直到这一刻，乔萌都没有说过一句"我喜欢你"或者"你愿不愿意和我在一起"。

他比沈墨白更年轻，理所应当地，也就更随性，更无情。

我觉得自己已经走上了歧途，从第一次恋爱开始，我似乎永远都会被那种不那么老实，不那么本分的人吸引，一种莫名其妙的瘾，只有这样的人才能解我的渴。

这些人，像是一个巨大的磁场，而我如此渺小，根本无法抗拒自己天性里的那些东西。

那些东西，是否来自母亲的遗传？

我的父亲，一生之中只爱过我母亲一人，虽然他从来不曾说过一句肉麻矫情的话，但他用自己不那么长的一生证明了这一点。

我若像他，一定不会这样，一次一次不知疲倦地去爱人。

所以，只有一个解释：我成为自己的直系亲属当中，最害怕成为的那个人。

真好笑是不是，我在暗地里跟她较了那么久的劲，后来又明面上撕破了脸，我一生都在跟自己从小最害怕的那件事情对抗，可是渐渐地……

我发现我皱眉的样子，我咳嗽的样子，我笑起来的时候眼睛的弧度，都越来越像她。

我一直都在跟自己的基因对抗，可到头来却悲哀地发现，这一切的努力都那么苍白。

如果这就是我的命运，那我为什么还要负隅顽抗？

那我就顺从命运吧，那么多人都做得来，我想这并不难。

很多时候，很多事情都令乔萌对我另眼相看。

比如一起去打高尔夫，他自以为能狠狠地羞辱我，在车上放了不少狠话，还大言不惭地让我拜他为师，我只是笑，不说话。

结果真是不好意思，让他失望了，我挥杆的姿势无懈可击。

比如去看艺术展，他原本想在我面前卖弄，刚清了清喉咙，就听见我对各个流派如数家珍，信口道来。

甚至连骑马都没难到我，从头到尾，我连扶都没让旁边的人扶一下。

乔萌在震惊之余，脱口而出了一句"你比司空还厉害啊"，见我脸色一变，这才意识到自己说错了话。

司空是他的前女友，这个我是从乐队那群朋友口中得知的，他们总爱说司空如何如何，司空怎样怎样，虽然我没见过司空，但光想想也知道，一定是个相当受欢迎的人物。

谁没有过去？但我不会主动问，他也不会主动提。

就像乔萌也不明白，并不是季西柠有多厉害，而是她有过的际遇，造就了这样一个她。

教会我这些事的人，已经离我仿佛有半生之遥，但他像是早在冥冥之中就算准了我之后的命运，知道这一切我将来都用得着。

沈墨白这个人，已经从我的生命中彻底退出，可昔日的一切，仍然还在影响着今时今日的我。

一路走下来，有些事情便是水到渠成，两个人相处得时间久了，好像就非得做点儿什么才能证明大家是成年人。

经过柏晗那件事之后，我还是长了些记性，什么都准备好了，就是没想到生理期会提前来到。

面对这样尴尬的场景，乔萌先是无奈，接着便大笑，一直笑得我恼羞成怒，满脸通红。

电视的声音没掩盖住他的笑声，我气得穿上衣服就要走，到了门口，被他一把抱住，暖暖的鼻息哈在我的耳边，带着一点儿孩子气："别闹，做不了，抱着说说话也挺好的。"

我放在门把手上的手松开了，虽然身子还是一个别扭的姿态，但心里却像是有什么东西融化一样那么柔软。

一个正常的男生对一个正常的女生有肉体之外的兴趣，是不是说明在他的心里，多多少少是有些爱的成分？我觉得应该是吧。

然而，这个想法又一次暴露了我的愚钝。

乔萌当然不必非要跟我做这件事，他身边有的是美丽的女孩子，得不到季西柠，换一个就是了，有什么稀罕。

可惜，在当时，我没悟透这一层，还像个纯情小女生一样靠在他的肩头，认认真真地同他聊起天来："乔萌，你说，爱究竟是欲望，还是本能？"

他想了一会儿，说："当然是欲望。"

"那性呢？"我又问。

"性是本能。"他毫不迟疑地回答。

我没再问任何问题，只是幽幽地想，这就是我们的不同之处吧，对于你来说，爱只是欲望，可对我来说，它是本能。

乔萌问我："你有喜欢的男艺人吗？"

我摇摇头，美色对我来说没有吸引力，我在乎的是灵魂。

不知道这句话怎么就让他感兴趣了，他追问下来，那你心里喜欢的男性是什么样子的？

我想了一下，说："林觉民。"

没错，就是那个林觉民，写下《与妻书》，抛下怀孕的妻子，为了更多人的幸福生活，毅然投身革命的好男儿。

乔萌眯着眼睛看了我半天，又抱紧我，说："真是个好姑娘，好姑娘，不能随便上。"

他的目光中有一个成年男子对一个姑娘的喜爱之情，这种喜爱因为混合着珍惜和尊敬，令我微感有愧。

那个夜晚有极美的月色，后来他在沉睡中发出均匀的呼吸声，我撑着手肘，借着月光，凝视他的脸。

这是一张还未染风霜和沧桑的脸，也就意味着未来有更多的变数。

他有些像沈墨白，又有些不像，弄得我很错乱。

那又如何？我发觉自己已经爱上了这个人。

其实在爱的时候，仍然孤独，但不同的是，没有惧怕。

过去，我从不知道人的心可以这样不知廉耻，碎了一次，又碎了一次，你以为它已经碎无可碎了，它居然还能再碎一次。

我知道，那些使我悲伤的事，使我在午夜梦回依然心碎的事，无非都是来自爱。

虽然不说，但在我的心里，依然希望有人爱我。

乔萌爱我吗？我没有把握。

他是我这一生中，所经历过的异性中，唯一一个有感情，却没有发生实质关系的人，同样，在他的生命中，我也是唯一一个这样的存在。

那时候，我并不明白，人生中有些事情只有一次机会。

这次没有发生的，以后永远也不会再发生，所谓宿命，有时是机缘巧合，有时，是人为。

[ 3 ]

在乔萌的枕头上发现几根长发，我的心在霎时间，落到了谷底。

不不不，比谷底还深，它一直往下落，落进了一个没有一点儿光亮的黑洞里。

"有人在这里睡过。"我尽量使自己的语气平稳镇定，但声音中还是有轻微的颤抖。

乔萌没当回事，继续拿着 iPad 看股票，嘴里若无其事地回应我："不就是你吗。"

我捏着那几根长发，走到他的面前，一把拍掉他手里的 iPad，机子掉在木地板上发出沉闷的一声响，乔萌抬起头来非常惊讶地看着我，可是，他没有说话。

对着阳光，我的手伸到他眼前："看清楚，这是鬈发。"

而我，两年多来，根本无心打理这一头长发，它早已恢复成自然直。

"你不爱我不要紧，为什么要骗我？"我真是难过，难过得忍不住哽咽起来。

算了算了，他们一个个的，全都是这样，没有一个例外。

像是穿一件衣服，第一粒扣子扣错了，接下来就全错了，衣服还是能穿，但穿在身上怎么看都别扭，怎么看都难受。

离开他家的时候，他企图拉住我，向我解释。

但我不想听，不是矫情，我真是一个字都不想听，逼得他撒谎来骗我，何必呢？

　　想起蒋南，想起沈墨白车上坐着的陌生女孩和迟昭涵，想起乔萌枕头上那几根不怀好意的卷曲长发，我真是百感交集。

　　我季西柠的人生是被诅咒过吗？我这一生，换了一个又一个舞伴，却永远也遇不到真爱是吗？

　　伤心之下，我独自坐在冰激凌店要了一份大杯的抹茶加杏仁的冰激凌，不需要任何人帮忙，我木然地吃了个底朝天。

　　从十几岁开始，我吃冰激凌只吃这一种口味，穿鞋必须先穿左脚，桌上有一点儿水迹必须马上拿纸擦干，关上门之后必须反复确认钥匙在包里……还有很多很多，我疲惫极了。

　　这些奇怪的小毛病一度折磨得我心神不宁，我自己上网找心理测试做过评估，结果显示我有重度强迫症和广泛性焦虑，网站上还说，这属于心理疾病，严重的话要尽早医治，否则会影响到患者的日常生活。

　　那么，一次次飞蛾扑火一般去爱那些注定要伤害自己的人，也是一种强迫症吗？

　　换而言之，爱情也是一种病吗？

　　女人多活些岁月，还是有用处的，年纪大了至少懂得克制自己的行为。

　　你看我就不会像以前对沈墨白那样咄咄逼人地质问乔萌，要他把真相讲给我听，我关上门来听音乐，看电影，不去打扰他跟别人风流快活。

　　我多识大体。

　　人活到一定的年岁就会明白，真相往往都不够美好，所以大家都愿意抱着幻象过活。

　　有什么不可以呢？至少幻象不会伤人。

　　所以，一个礼拜之后，乔萌来找我，我客客气气地请他进来坐，泡了上好的铁观音，笑嘻嘻的像是没发生过不愉快的事。

　　可是乔萌不配合我，他任性得近乎孩子气，他告诉我说，那个人是司空。

我没吭声，拿着电视遥控器一通乱摁。

他说："西柠，你别这样，我觉得你离我好远。"

我分明就坐在他的身边。

他说："不要这样，你看着我，你别不说话。"

可是我真的不知道说什么好，怎么办？我低头想了一下，开始脱衣服，针织外套里面只有一条雪纺长裙，滑溜的布料从皮肤上轻轻地掠过，像是我蜕下来的一层皮。

我赤裸着身体站在乔萌眼前，他闭着眼睛，好像很难过的样子。

我说："来吧，别人能做的，我都能做。"

时间像是静止了一般，房间里的一切都没有变化，除了那杯逐渐冷去的茶。

乔萌把我抱到床上，动作很温柔，却始终没有真正意义上地享受我的身体。在这个过程中，我的眼睛一直失焦地对着天花板，心里有一种苦涩的酸楚。

他笑了，笑得很平静也很无辜。

他说："西柠，你不要这样。"

其实我真的很想哭，像很多年前那样毫不顾及形象地大哭，如果我这样做，或者就能够打动他，让他明白我是这样希望他爱我。

可是以前流的眼泪太多了，现在流不出来了。

我哭不出来。

我渴望有一个人真正了解我，知道我喜欢什么，害怕什么，知道我用什么牌子的牙膏和洗发水，在我哭泣的时候拥抱我，我觉得这就是这个星球上最美好最温暖的事情。

可是我一次又一次地失望。

他一直在说，你不要这样。

我不懂，那我究竟要怎样？我问他："为什么你跟别人可以，就是跟我不可以？"

乔萌把脸埋在我的颈窝里，手不停地抚摸着我的脸，时间一分一秒地过去，我没法形容那种感觉，太绝望了，真的，太绝望了。

我甚至不知道是哪一个环节出了问题，他要这样对我。

临走时，他替我盖好被子，又说："我奶奶病了，要去趟P岛替她上香，你跟我一起去。"

没有商量的余地，只是知会我一声。

关灯时，他站在黑暗中，轻声说："你和她们不一样。"

没头没尾的一句话，可是我听懂了。

[ 4 ]

P岛一行，离开了既定的生活轨迹，我们都放松了下来，呈现出最本真的自己，也许是因为环境的改变，令乔萌暂时忘记了自己的顾虑，与我说了很多的真心话。

我知道，这些话放在平日里，他是绝对不会说的，因为太真了，不掺一点儿假。

短短四天的时间，我们断绝了彼此关于未来的一切可能性，灵魂却前所未有地亲近起来。

乔萌说，他很喜欢岛屿，岛屿意味着隔绝，从小到大他一直生活在友群之中，家族里人丁兴旺，他从来都不知道孤独是什么感觉。

在海天相接的地方，有光影和灰尘，海鸟时高时低地乍起，这一刻我的内心极为平和。

乔萌绕到我的身后，抱住我，我们多像是一对相亲相爱的情侣啊，可是只有我们自己才知道，这样的情形再也不会有第二次了。

他说："你知道自己为什么吸引我吗？"

他说："一是因为你漂亮，二是因为你孤独。"

那是不知今夕何夕，那是以命相酬的四天，那是烟花寂灭前最后的璀璨和浪漫。

第一天去拜佛，他跟我讲，你有什么心愿都可以跟菩萨说，菩萨会保佑你。

他替我焚香，牵着我的手在大殿里转，眉目间有从未显现过的温柔。

到了下午，我们会穿着样式简单的棉T恤和人字拖去海边散步，静静地坐着看渔夫撒网捕鱼，涨潮的时候他抱起我就跑，浑身湿淋淋的两个人笑得像疯子一样。

洗完澡出来又牵手去买水果，榴梿芬芳，樱桃甜蜜，他左手提一袋，右手提一袋，背上挂着不肯走路的我。

暗夜里的花朵浮动着清香，我们睡在一起，安安静静地拥抱着彼此，不说话，不亲吻，可还是幸福得让人想要落泪。

我不知道要放弃什么才能够永远留住这样的时光，但我想无论要我放弃什么，我都愿意。

即使是沈墨白也不曾给过我这么美好的感受，人活一生，总要去相信点儿什么。

这一刻，我相信乔萌。


时间如同白驹过隙，最后一天晚上，乔萌终于将一切告知于我。

他是早有婚约在身的人，很常见的联姻，经商的家族需要一些政治后台，确保在将来局势不明的情况下不被清洗，而要获得这样的保障，必然要付出一定的代价。

婚姻只是一个形式，背后巨大的利益才是终极目的。

"两个月后，我要去英国。"

他说起这些的时候神情十分清淡，犹如在说一件与自己不相干的事，我想或许是因为对他来说，这真的算不上什么痛苦。


从前跟沈墨白在一起时，也目睹过一些这样的事。那时我还是个单纯的傻瓜，问沈墨白："不相爱的两个人被硬捆在一起，怎么生活啊？"

沈墨白眼皮都不抬一下地说："怎么不能生活？各玩各的就是了。"

当我已然能够辨别尘世间的许多虚伪，谁又知道我的眼里曾经藏纳多少污秽。

乔萌将来就要去过那种"各玩各的"的生活，如果我愿意的话，我也可以成为他众多女伴中的一个。

等他什么时候想起我了，就来看看我，其他的时间，要咬碎尊严忍受他流连在别人身边，甚至，是别人的丈夫。

我问自己，我受得了吗？

乔萌也问我："西柠，你受得了吗？"

我们不再说话，从对方的眼睛里，我们清晰地看到了答案。

后来我想，如果没有这四天的时间，如果不曾知道得到是多么美妙的感受，那么在失去的时候，或许我就不会那么疼。

这四天，原来是回光返照。

上船之前，乔萌捧着我的脸，跟我说："这世上原本就没有一个人是属于另一个人的，所以，并不存在失去。"

所以，不要难过，不要哭。

去机场的路上，要经过一座跨海大桥，我们戴着墨镜，一言不发。

我真希望大桥在这一刻垮塌，埋葬我这一生最后一场爱情。

全长五十公里的大桥牢固得如同命运，没有谁来成全我的传奇。

[ 5 ]

"你和我们不一样。"这句话柏晗以前说过，现在，司空又说了。

莫名其妙，我真是想笑，难道我是外星人吗？为什么我跟这么多人不一样？

司空的手指甲上都涂着鲜亮的橙色指甲油，她说："就拿这个举例吧，我们涂这样的颜色，别人只会觉得我们轻浮，但如果你涂这样的颜色，大家都会觉得很有性格，这个妞儿一定是搞艺术的。"

她说："季西柠，你不知道自己的气质很特别吗？"

她还说："乔萌自己也明白，你太认真了，玩不起。"

我跟司空见面，是乔萌有意安排的。

从P岛回来之后，我抑郁的情绪越来越严重，而距离他去英国的时间也越来越近，看着越来越瘦的我，他终于开口跟我说："我想介绍司空给你认识，你介不介意？"

人生已经到了这样的境地，我哪里还有那么多禁忌，于是便遂了他的心意，跟司空交个朋友。

第一次见到司空，我就明白了，为什么乔萌，乔萌那帮哥们儿都那么喜欢她。

实实在在地说，如果我是男生，应该也会喜欢上这样的女孩子，肤白，胸大，腰细，腿长，风情万种，更要命的是，她性格还不差。

司空也很喜欢我，像是学生时代不良少女喜欢乖乖女的那种喜欢，事实上，我心里知道，我们两个人当中，她反而更像乖乖女。

司空不是没有心机，但她所有的心机都是可以摆上桌面来讲的，不像我，把一切都藏匿在不见光的阁楼上，脸上却戴着一张谦卑的面具。

"乔萌告诉过你，我和他是怎么认识的吗？

"我跟你讲，我那时候可聪明可聪明了，在代理机票的地方做兼职，一有人来订头等舱的机票，我就赶快也给自己订一张，然后在航班上勾搭他们。

"我印象很深的是有一个大叔，他人真的很好，对我没有一点儿企图。我那时候看着挺像个小姑娘，我跟他说，我今天生日，从来都没有人给我买过生日礼物，结果啊，你知道吗，一下飞机他就带我去买了个香奈儿的包包。

"他对我根本就没有企图，我觉得他应该是那种非常有钱但心地很好的人，出钱哄一个小丫头开心，他自己也觉得满足，就像做慈善一样啦！

"不过乔萌不是这样的，他就是看上我了，我们在一起半年多，分手后他还经常找我上床。"

司空说这些的时候，脸上一点儿不好意思的神情都没有，她那么坦荡，那么自然，换了谁都不会忍心怪她。

我懒洋洋地靠在沙发上，三四天没有吃饭，胃里一阵一阵地绞痛。

她端起桌上的茶杯，说："分手之后，我曾经很明白地跟乔萌讲，我知道你有很多女人，但跟我有什么关系呢，我只要我自己那一份，在一起开心不就行了，想那么多干吗呢？"

见我没反应，她便拿着一个茶壶和一个杯子说："乔萌就是这个茶壶，你我都像这个杯子，我们是装不下这满满一壶茶的，但我从来不对他寄有幻想，这就是我跟你的区别。"

我终于沉不住气地说："那他要娶的那个人呢？那个人就装得下了吗？"

司空看了我一眼，起身跑去了厨房，过了一会儿，拿出一个白色的大瓷碗，一声不吭地把水壶里的水全倒进碗里。

她抓着我的肩膀，认真地说："你明白了吗？"

是的，我明白了。

进退有度，才不至于进退维谷，要宠辱皆忘，才能做到宠辱不惊。

司空做得到，其他的那些人也都做得到，可我做不到，我太较真，犯了大忌。

所以乔萌说，我跟她们不一样。

所以乔萌不像对待司空她们一样，送出很多礼物，他送给我的，是一段经历，是在Ｐ岛上与世隔绝的四天光阴。

"乔萌对你，也算是竭尽了全力，据我所知，他从来没有跟任何女孩子一起出去旅行过。他嫌碍事，怕影响他艳遇。

"季西柠，你还想要多少呢？这些还不够吗？"

司空没有辜负乔萌的期望，她的确不遗余力地开导我，宽慰我，必要的时候甚至现身说法。

但这些都无济于事，我得了很重的病，她不是那味起死回生的药。

她离开之前，我问了她最后一个问题："将来乔萌结婚了，他需要你的时候，你还会陪着他吗？"

司空哈哈大笑："别傻了，你也不想想，我从那么早以前就在航班上勾搭有钱人，目的是什么？我才不会浪费时间陪一个花花公子玩一辈子呢。"

她说："有人向我求婚，我答应了。"

那天晚上我坐在漆黑的房间里，没完没了地抽烟，脸上干燥得像是马上就要裂开了似的，我心中无忧无喜，眼中亦无泪水。

司空发来一条很长很长的短信，手机的屏幕在幽暗中闪着光。

"我不知道那种说法是不是对的，人这一生，真正的爱只有一次，灰烬过后，余下的都不过是理智的挑拣。当我想起这件事，我觉得非常难过，因为连这仅仅只有一次的爱，我都不曾有过。其实，你比我幸运。"

## ［6］

无论我有多么与众不同，最后的结局其实都还是相同的。

我不过是他锦绣人生中可有可无的边角余料，他给我的那些感情，也是经过反复的掂量，确定不会影响到他一生宏图的前提下，才肯拿出来的。

最终，他还是会离开我，为了家族的利益，为了自己的大好前程，为了余生富庶的生活，他都会离开我。

季西柠能够给他什么？

一具逐渐苍老的躯体，和千疮百孔的灵魂？

最后那个晚上，他带着行李来敲我的门，我已经骨瘦如柴。

我们躺在双人床上，相对无言。

这是我们今生最后一次睡在一起，可我仍然没有问，你是否对我动过那么一点点真心？

他轻轻地亲了一下我的额头，说："睡吧，西柠，我知道你累了。"

我生平头一次这么乖，顺从地说："好。"

人在极度孤独的时候，是完全不需要睡眠的。

凌晨时，我睁开眼睛，把他放在我身上的手挪开，摸黑找到了他的行李包，拉开拉链，左边的小隔层里，放着我要找的那样东西。

他的护照。

月光照得我一脸惨白，我浑身战栗着将那本小册子死死地揪住，两只手凝聚了全身的力气，只要轻轻一个撕扯的动作，他就上不了飞机。

那一分钟，耗尽了我一生那么长。


乔萌，你并不明白，我所惧怕的失去，是什么意思。

我对命运的无望，远远超过失去你。

也许我并没有很爱你，如果我真的很爱你，我应该跪下来抱住你，哀求你，哪怕你觉得我低贱，哪怕你觉得我没有尊严，哪怕你一脚把我踹开，我也会爬回到你的脚边，告诉你，我不能没有你。

我没有这样做，因为我知道这一切都是徒劳，我榨尽这粗粝的一生中所有的感情奉献给你，也仍然不够。

我什么也做不了，所以我干脆什么都不做。

你走吧，不必再惦记我的死活。


那本护照，最终完好无损地被放回了原位。

我蹑手蹑脚地爬上床，把自己塞进他的怀里，眼泪无声无息地融化在最后一夜。

乔萌的睫毛微微地颤动着，可我没有发现。

很久很久以后，他写了一封电子邮件给我，内容很短，他称我为"吾爱"。


其实那天凌晨，你翻出我的护照，站在月光里想撕碎它的时刻，我是醒着的。

我这一生，背负的东西太多，不得不保持清醒和节制，所以也就从来不曾冲动地做过任何一件事。

那个时刻，我没有起来拉住你，是因为我也想赌一把，如果你真的撕了我的护照，那我就留下来，和你在一起。

然而你没有，你回到床上抱住我，我知道你哭了。

西柠，你从来都没有问过我爱不爱你，我也没有机会告诉你。

如果你心中有过一点点的疑问，那么我可以回答你。

爱过——也许不多，但我爱过。


告别的那天，我躺在床上不肯起来，他穿戴整齐之后，在床边放下了一个小盒子。

暗红色的绒面，里面是一枚小小的钻戒。

曾经有一次，我们一起出去，在珠宝店前我失神地看了一会儿这枚戒指，它那么小，那么单薄，一点儿也不适合用来承载婚姻的承诺。

记得当时我说："从来没有人送过我戒指。"

记得当时他说："走啦，有什么好看的。"

如今这枚戒指真的属于我了，他却要去到另一个女人身边，在神父和亲友面前承诺无论生老病死，永远对她不离不弃。

何以我的人生，这样笑料百出。


他走的时候，我没有回头。

我突然发现，原来绝望就是绝望，这个词语后面不可能搭配一个过字。

绝望没有过去时，绝望的后面，应该是死亡。

我买好了来 P 岛的机票，这里有海，有回忆，很值得最后再来看一眼。

在出发之前，我接到那个小警察的电话，他问我："你是季西柠吗？请到 × × 路的警察局来一趟。"

从顾恒开始，到顾恒结束，我的一生，一个完美的，孤单的圆。

## ｛谁在世界的尽头哭泣｝

这就是我所有的感情，直到现在。

像是一管被挤光了的牙膏，也许用力再挤挤，还能挤出一丁点儿，可是我不想再用力了。

我累了。

一个人只要不再想要，就什么都可以放下。

程玺说："这就是为什么我第一次看到你时，觉得熟悉，西柠，你有我从未见过的哀愁的面容。"

他说："与你一样，我也是被诅咒了的人。"

他说："西柠，我也给你讲一讲我的故事吧，不如你的那么长，主角也没那么多，情节也没那么跌宕起伏，但痛苦的感受，不亚于你。"

"他的妻子即将临盆，半年多来，他一次见我的时间都抽不出来。"程玺的声音很平静，是那种从深深的失望中淬炼出来的平静。

电光石火之间，我明白了。

"我们是高中同学，我的成绩没有他好，每次考试他都想办法给我抄，大概我们就是那时候开始喜欢上对方的吧。

"后来读大学时，分隔两地，我省下生活费，每个周末都坐六个多小时的火车去看他，他的同学都认为我们是很铁很铁的哥们儿，有些人甚至以为我是他弟弟，他们总说，程玺你来啦，程玺你又来啦。

"他一直很优秀，大一就进了学生会，大二就混到了学生会主席的职位，年年都拿优秀生奖学金，很多女孩子喜欢他，有时我去找他，一开抽屉，全是女生们送的各种各样的礼物。

"但他说，他只爱我。

"他没有骗我，四年大学时光，除了我，他没有别人。"

"后来，人进了社会，总会为一些现实的因素所影响，所侵害。

　　"他妻子是公司老总的女儿，不算漂亮，但在千金小姐当中算是性格、家教都非常好的姑娘。

　　"那是他进公司的第二年，她从法国留学回来，对他一见钟情，为了他差一点儿连书都不去念了。

　　"而他，没有告诉她真相。"


　　"我不怪他，毕竟，在这个时代，选对一个人就等于做对了人生中大部分的事情。人总是趋利避害的，他只是没有免俗而已。

　　"他结婚的那天，我喝得比谁都多，可是怎么喝都喝不醉，其实我是为他高兴的，他那么好，应该去过正常的生活，而不是陪着我在黑暗中一起沉沦。

　　"他一生中完美无缺，我的存在是唯一的污点。

　　"眼下，社会的开放程度对我们这样的人来说，还不够宽容，我这一生怎么样都行，但他一定要过得幸福。"


　　我听得心里有些难受，一种钝痛隐隐约约地从胸腔深处传来，我忍不住问："你还爱他？"

　　程玺笑了，他真是好看，皱眉的样子好看，笑的样子也好看。


　　"是的，我还爱他，这一生我应该都不会再爱上其他人了。"

　　"即使他不再爱你？"

　　"不是所有相爱的人都能够生活在一起，厮守在一起，但只要你知道对方在这个世界上的某个地方，过着他想要的生活，那么你的心里，也会感到很快乐，很幸福。"

　　我不再问了。


　　"西柠，宇宙能够听到我们内心的声音，只要你依然愿意相信，你能够获得一管全新的，从未被人开启过的牙膏，宇宙一定会满足你的心愿。"

"怎么证明？"

"宇宙能够被证明吗？"

"不能。"

"爱也一样。"

远处的地平线上翻起鱼肚白，海浪由远而近，那声音像是有人在世界的尽头哭泣。

我们没有再说话。

天很快就要亮了。

—完—

【一切又回到眼前】

EVERYTHING IS
HERE AGAIN

# [ 1 ]

2017 年元旦之前，我们一行人定下了去柬埔寨的计划。

我们在咖啡馆里讨论着行程，说是去工作呢，还是说其实更像是去旅行。大家都有点儿兴奋，每个人都像在雾霾里困得太久了，迫不及待要出去透透气。

这个时间，距离《我亦飘零久》第一版出版刚好过去整五年。

五年前我住在北京的郊区，谈着一段很认真的恋爱，有点儿离群索居的感觉。

那时，六环外交通很不便利，想进城的话只能坐公交车，经过一个小时四十分钟左右的车程到达终点站国贸，而回程的末班车是晚上八点，这就意味着，你可控的时间非常有限。

我极少出门，跟朋友们的联络自然也就淡了。因为缺乏娱乐活动，所以在那段时间里我看了大量的电影和书籍，有些其实没看懂，但我觉得那也不重要——我穿过了它们，这个动作本身才是最重要的。

谁知道呢，那些没被理解和消化的，也是我生命的组成部分。

我还清楚地记得，2012 年的冬天，《我亦飘零久》出版了，编辑联络我说要做一个签售会，需要我从北京回趟长沙。

那是我写作生涯里的第一次签售，我有些担忧，如果没有读者去现场怎么办？

他们都安慰我说，怎么会呢，你要对自己有信心。

后来我做了更多的签售会，去了更多的城市，但每一次签售前，我还是会怀着不安问这个问题。

我始终没有学会给自己更多信心。

去机场的那天，北京正好下雪，我从黑车（那时打车软件还没有面世）的后车窗看出去，莽莽天地，只有道路两旁掉光了叶子的树和一个越来越小的身影。我转过头来，不明白自己为什么会流下眼泪。

在那个时候，你可以清晰地确认，这是爱，不是别的什么。

一年后，我们分开了。

我写了新的长篇小说《一粒红尘》。

很久之后，我回忆起这些，说不清是什么感受，好像是有些悲伤吧，但又不够确切。

或许那就是注定要发生的离别，我对自己说。

## ［2］

去柬埔寨之前，我回了趟长沙看妈妈。

不知道要给她买什么礼物，于是就领着她去买了一棵树。

新房子交房已经两年多，一直都是妈妈在替我住。

就像所有勤俭持家的母亲一样，她对房子里的所有东西都爱惜得过了头，恨不得每样电器都盖一块布，看不得木地板上有一点儿灰尘。买沙发时附送了一堆多余的抱枕，尽管很占地方，严重影响了沙发的舒适度，但她还是舍不得扔掉。

我总觉得人不该活得这么局促，所以每次回家都会为这一类事情跟她发生争执，但有什么意义呢，我们都说服不了对方，言辞过激时还会造成不必要的伤害。

我好像一直到很晚才明白，一个人是很难改变另一个人的。

事实上，连自我革新都不是容易的事情。

妈妈从来不动我书房里的任何东西，哪怕是一张废纸，她也会等我自己回去决定扔不扔。

她不知道哪些书我看过，哪些书我没看过，以后还会不会看，她也不知道书柜最下面那几个纸盒里装着的奇奇怪怪的东西是什么。

她从来没问过，为什么我会留着一张破快递单，那一大堆旧明信片有什么用，还有那几颗小石头是哪儿来的……

这些貌似来历不明又毫无价值的东西，对于我的意义，从前没有人明白，往后也不必有人明白。

纸盒里有一个牛皮纸封面的本子，从第一页到最后一页都写满了，字迹很潦草。

当年在菩提伽耶，陌生的僧人赠予我的菩提树叶就夹在这个本子里，它们没有变色，没有腐败，只是比我获得它们的时候更脆弱一点。

它们的静默，何尝不是岁月的证明。

这些年来，我搬过很多次家，丢弃过许多，遗失过许多，但这些东西始终跟随着我。

我拍下树叶的照片发给 Jenny，这个曾经跟我一起走过最艰苦旅途的女生，她现在其实已经不叫 Jenny 了，就连微信昵称也是 Molly。

她向我解释过："我换了工作，新公司里已经有一个女生叫 Jenny 了，我就改了个英文名咯。"很不以为意的语气。

但我还是习惯性地叫她 Jenny，也没想过要改口。

"你看，五年了。"我说。

她纠正我说，是六年。

这六年中，我们的生活都发生了很多改变。

她在武汉，结了婚，养了一只叫胖虎的猫，猫如其名——我从朋友圈的照片上都能看出来——的确是越来越胖。

我见过一次她先生，在他们还是男女朋友的时候。

2014 年夏天，我和 Jenny 从京都飞回武汉，她男朋友开车去机场接我们，带我们去吃饭。一路上，Jenny 零零散散地数落他，他都不争辩，一直笑呵呵的，脾气很好的样子。

他们婚后第二年一起去美国度假，而同一时间里，我和笨笨在越南旅行。

在西贡，我吃河粉吃到想死的时候，收到 Jenny 发来的一张食物的照片，卖相很差，看起来像浸在某种奇怪的蔬菜汁里的妙脆角。

她说："这是饺子，35 美元，像屁屁一样。"

那个时刻，我突然觉得自己不应该再抱怨吃太多河粉了。

我和 Jenny 之间有种别人不能懂的默契，我们无论去哪里旅行，和谁在一起，都会给对方发微信，絮絮叨叨，没有重点，也没有目的。

她从不问我日常生活中的事情，有什么打算，恋爱了吗，分手了吗，为什么没能在一起，她不问，只是会每隔一段时间问一句，作家，你今年打算去哪里玩？

六年前的印度之旅，让我们人生的某个段落紧紧连接在一起，我们后来各自经历的所有旅程，仿佛都是从那里开始。

"一起去过印度还没闹掰的朋友，就可以一起去世界上的任何地方。"

这是我们一个共同的朋友对 Jenny 说的话，她转述给我的时候，我们都笑了一下。其实当年在旅途中我们也有过一些摩擦，也有过看对方很不顺眼的时候，也闹过好多次小别扭。

但在这一切过去之后，对于那一段旅程和她，我内心只有满满的感激：恐怕再也不会有这样的机缘跟任何一个朋友一起走一段这样的路了吧。

我们在机场分别，各自回各自的城市时的情形，我至今还记得，说是不舍吗，我又觉得比这个要复杂得多得多。

我花了很长时间来整理书柜里那几个纸盒，里面的东西我留下了一些，也扔掉一些，最后整合成了一个小纸箱。

"这些东西你不要了吗？"妈妈把书房里的纸篓拿出去倒垃圾的时候，问了我一句，"你不是一直当宝贝收着的吗。"

"不要啦。"

好像也该往前走了，是吧。

我把菩提叶子夹在手账里带回了北京。

# [ 3 ]

深夜两点多，首都机场航站楼。我一动不动地盯着巨大的电子屏，世界各地的城市名在屏幕上翻滚，中文，英文，航班号，时间。

我看了好一会儿，觉得那些名词和数字的组合，比爱情小说还要动人。

你有没有清晰地感觉到自己被"自由"召唤过？如果有的话，我想你会明白那一刻我在想什么。

清晨六点半，在香港机场落地，转机，下一个航班起飞时间是八点。我们有一个多小时的空当可以吃点东西，换换衣服。

餐饮区到处都是人，白人黑人黄种人，每个人都在讲话，十分嘈杂。

我们等了好一会儿，终于在一个港式餐厅的区域等到了空座。点餐前我去洗手间，把毛线长袜脱下来放进背包里。

我的钱包里有一些从前没用完的港币，付钱的时候没留神，混了几个其他国家的硬币在其中。

"小姐，这个，我们不收的。"收银的工作人员捏着一枚面值 500 的韩元硬币，冷着脸，用生硬的普通话对我们说。

"不好意思不好意思，弄错了。"我低着头继续翻钱包，听到她对旁边的同事说"唔知……几蚊咯……"

气氛一时有点儿尴尬。

我对香港的感觉，一直有点儿复杂。

一方面，我从小到大看了无数 TVB 的戏，听了无数的港乐，最爱的几位歌手都是香港人。而另一方面，当我真正来到这个地方，站在它的土地上，它却并不像我想象中的那样亲切。

我想，可能是我去得太晚了吧，已经错过了一些东西。

但究竟是什么呢，每个人心里都有不同的答案。

时局一直变化，人们也随之变得越来越敏感和紧张，双方都有些小心翼翼，怕产生误会，怕讲错话，怕不得体，无形的压力将距离拉得更开。

经常待在欧洲的朋友在某次闲聊中说起，在香港购物，他讲英语比讲普通话要方便得多，礼遇也好得多。有一次他从香港转机，排队时问了工作人员一句自己应该去哪条通道，对方答他"你拿什么护照你自己不知道吗"。

他为此感到很生气。

无论对方主观上是否存在歧视，这种话语的伤害已然是造成了。

而我的经验是，别人尊不尊重你，如何看待你，不是你能掌控的，一个人最要紧是自我尊重。

当我想明白这点的时候，我觉得也就够了。


每次我走在香港街头都会感觉，它有小部分是让人觉得熟悉的，但大部分是陌生的。

前者当然是它的市井气：菜市场、茶餐厅、菠萝油、车仔面和冰柠檬茶……后者，也许是它的冷。

香港的冷，不光是冷峻，或者冷漠，还有一种冷静。

在大时代荡涤过的商业型城市，或许都有这样的气质。就像人一样，最好的最坏的都见过了，喜怒都不形于色。

它当然是现代化、先锋、时尚的大都市，散发着跟上海和东京相似的商业社会的气息，精致，利落，快节奏，规则鲜明，写字楼周围充满了精英气质的白领，每个人都行色匆匆，而市民区是闲散的，温暖的人间烟火。


北京是另外一种风格。旧旧的，大喇喇的，慢慢悠悠（除了CBD），发达的区域非常发达，破败的地方极其破败。

它曾是一座皇城，见证过朝代兴衰，也见证过权力更迭。有时深夜里，你沿着年岁久远的红墙走一路，仿佛仍能闻到几百年前的肃杀之气。

北京的房价高得骇人，但其他生活成本并不算夸张。

它早见过大世面了，面对什么阵仗都宠辱不惊了，但它还有慈悲，任何人都能在这里找到自己的一条活路。

民工、学生、老板、知识分子、小官员、创业的年轻人、行业大佬，还

有层出不穷的网红们……在某些你想不到的时刻，这些社会身份迥异的人真的有可能会在同一节地铁车厢里出现。

北京是老江湖，藏龙卧虎，龙蛇混杂。

它似乎没有鲜明的规则，没有传承下来的，万无一失的人生指南，你只能靠自己去摸索它的脉络，你要有冒险精神，你要花很多很多的时间，才能慢慢看清它。

身在其中的人渐渐养成一个习惯——你一边抱怨它，一边又无法离开它，你在这种周而复始的矛盾中一面自怜，一面又被千锤百炼。

又悲伤，又坚强，就是我们。

八点多，飞往暹粒的航班准时起飞。

我套上 U 型枕，又迷迷糊糊地睡着了。

## [ 4 ]

很长一段时间里，我被朋友们叫作"东南亚迷妹"，他们总是说，舟舟最喜欢去东南亚了。

我很不服气地说，不，我也很喜欢去日本，等有空了我还想去北欧玩，去美国玩。但等到下次有人要去东南亚，他们又会说，你问舟舟啊，她最喜欢去东南亚了。

我确实去得有点儿多，护照上一多半的签证都是东南亚国家。

那片土地对我一直有着某种魔幻般的吸引力，每隔一两年，我总是会想要回去晃晃。

你看，我用了"回去"这个词语。

曾经少年心性，拖着箱子到处流浪，觉得天下之大，自己却无以为家。这些年我经历了不少事情，痛苦过，也快活过，回头看过去，终究是收获多过遗憾。

或许，但凡曾留下足迹的地方，都是某种意义上的"回家"吧。

闷热，潮湿，色彩艳丽，日照时间长，水果新鲜，蚊虫多。

在旱季，突突车开过去后会扬起铺天盖地的灰尘，而雨季，从早到晚都是湿答答的感觉。

姑娘们脸上热情的笑容，一群群晒得黑黑的小孩儿。

闲散，缓慢，今天做不完的事情就留到明天再做，不必为此感到焦虑。

这就是我脑海中关于东南亚的印象。

柬埔寨没有辜负我的期望，光是在海关排队入境就花了一个多小时，工作人员的脸上仿佛写着"你急吗，急也没有用，慢慢排着吧"。

好不容易过了海关，行李传送带已经转了十几圈，我还没看到自己的行李箱。可我实在憋不住要去厕所了，只好求助钟编辑："你帮我拿一下箱子吧，大红色的日默瓦，挂着一个 Choco 行李牌，记住啊，别拿错了。"

"Choco 是什么？"

！！！！！

"就是一个熊啊，布朗的妹妹，"我决定上完厕所再出来给她普及一下亚洲抢钱天团 Line Friends 的各位成员，"很洋气的哦。"

等我从洗手间里出来后，看到一个奇怪的场面：大家都拿到了自己的行李箱，除了我的。

"红色的日默瓦是有一个，我看了好多遍，"钟编辑指着行李传送带那边，"但是没有挂你说的那个行李牌。"

各——位——观——众，你敢相信？

我的 Choco——被偷了！

这种震惊的感觉，令我想起了当年在加尔各答的街头，差点被乌鸦拉了一坨屎在头上的情形。

没错了，这就是东南亚——我熟悉的那个东南亚，任何不按常理出牌的事情都有可能发生。

检查完行李箱里其他物品，我关上箱子走出机场。

我瞬间被热空气裹住，胸口闷闷的，有点儿喘不上气。朋友们去排队买电话卡，我在一旁等待，眼神四处飘荡，看着那些皮肤黝黑，穿着短袖、拖鞋的人，他们举着写满了英文的纸牌，热热闹闹地挤在一起，接人，揽客，身后是几十辆突突车……

我陷入了恍惚。

我坐在 30 寸的大行李箱上，没有跟任何人说话。

周围的喧嚣和熙攘都有些不真实，如果把时间的指针一直往前拨，拨到足够久以前，我甚至能够跟二十四岁的自己面对面。

那个茫然的，胆小的，怯生生的，面对外面的世界有很多好奇，也有些瑟缩，但最终还是鼓起勇气迈出脚步，踏入自己命运的年轻姑娘，她依然在河的对岸，跪下去，虔诚地往河水里放了一盏花灯。

曾经经历过的一切又重新回到我的眼前。

我回来了，是这样吗，我心里有个声音一直在说，是啊，我回来了。

### [ 5 ]

去洞里萨湖的时候，我们坐了一艘小船。

旁边开过去一艘大船，船头有夸张的龙头造型，掀起连续好几个大浪。混浊的湖水把我们所有人都浇了个透，一时间大家全都蒙了，半天没有反应过来。

"他们是故意的吗？"我慌慌张张地擦着脸上的水，其实也没有问哪个具体对象。

我们的突突车司机好像听懂了，笑着摆了摆手。

一个纯朴的本地人，脸上总是带着和善的笑容，憨憨的。元子说，他为了更好地服务游客，还特意去学了中文。

我们在暹粒的拍摄期间，他每天都准点到酒店接我们。我们参观景点的时候，他就在外面耐心地等待，等多久都没有抱怨，更没有坐地起价索要额外的报酬。

朴素的情谊，令人感动。

那天的云层太厚了，我们没能看到洞里萨湖的日落。

在观景台上等了很久，直至最后一丝光亮也消失在地平线，所有的游客都散去了，我们终于死了心，坐上船回城。

月亮升起来，但天色还残留了一些泛泛的白。衣服依然有些潮湿，贴在身上有点儿冷，大家都很累，没有任何人说话。

小船在湖水里匀速前行，我们沉默着，神情自若，一直沉默着。

我永远也不会忘记那种宁静。

也许在那个时刻，每个人脑海里都翻滚着万千思绪，可一直到船靠岸，我们什么都没有说。

那天晚上，洗完澡之后，我在酒店房间里写手账。

旅行是最好的素材，轻松、惬意、随性，无论记点什么应该都是欢快的，可是我的心里，有一件很悲伤的事情。

这一天中午，我们到达酒店，在大堂沙发上坐着等待 Check in（登记），大家刷了一会儿朋友圈。

突然，元子抬起头对我说了一个名字，她说："她去世了。"

那是一个写作多年的作者，身患疾病，我们互相并不认识，但这个名字这个人，我是知道的。

我怔住了，不知道该说什么，喉咙里只挤出一个"啊"的声音，我想那一刻我的表情一定跟她一样，滞重。

很快，酒店服务员过来叫我们办理登记手续，我们没有再继续这个话题。

接下来的几天里，我在朋友圈陆续看到有几个朋友转发这个消息。

一场电影上映，一次重度污染，或者是一次营销事件，朋友圈都会沸腾，很多肤浅而哗众取宠的推送都能轻易刷屏，可是……

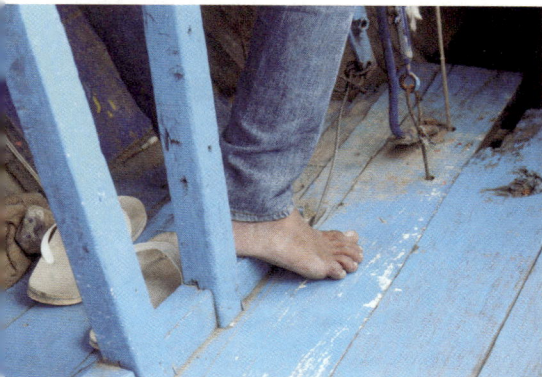

我想说什么？或许我自己也并不能够精准地表达。

某些事情不能够也不应当与另一些事情放在一起说，一起比较，它们原本就不在同一个价值体系里。


两年前，我认识的另一个女生也因为疾病去世了。当时我自己也刚出院，在静养，于是没有回长沙去参加她的追悼会，只是托人带了一些钱给她的家人。

她生前与我交流很少，彼此并不熟悉。

我们最初相识时，我刚毕业，她跟我同年，两个人都很清贫。我租了一个小破房子，整天埋头写小说，她去做一次客。从聊天中我知道了她也是在单亲家庭长大的女孩，没谈过恋爱，只想好好工作，多挣一点钱，让妈妈生活得好一些。

后来我四处旅行，居无定所，我们再也没有见过面。

《我亦飘零久》出版前，她在 QQ 上跟我说很喜欢我写的东西，那时候她的身体就已经不太好了，我说，那等书出来之后我送一本给你。

在我心里这是很小的事情，举手之劳罢了，但她收到后非常高兴，给我留言说，你那么忙，没想到你真的会记得。

那语气单纯天真，像个小孩儿，我后来回想起来，总觉得很难过。


我有她的手机号码，但从来没有打过。她去世后，我也一直没有删除这个号码。

有时发信息，打字，输入法的自动联想功能会让她的名字自动跳出来，后面跟着的就是那串已经失效的数字。

每一次，我的心跳都会停一拍。


但愿她们都去往了一个更好的世界。


## [6]


凌晨四点半，元子过来我房间叫我起床，她说，司机已经在楼下等我们了。

我们要去小吴哥寺看日出，还要拍一些照片。

没时间给我化妆了，我只来得及涂一层防晒霜："我就这样，行不行啊？"

"蛮好的，"她们端详了一会儿，"不化妆也好看，带一支口红在包包里就行了。裙子也很好看。"

裙子是旧旧的藏蓝色，仿佛已经被水洗过很多遍。低领口的设计很漂亮，我特意系了一根黑色的蕾丝颈带来搭配它，尽管如此，它还是完全挡不住我脖子上的手术创口。

酒店很贴心地给我们准备了打包好的早餐，推开酒店门，天还黑着。

没有霓虹灯和高楼的街道，一抬头，就看到了漫天密集、璀璨的繁星。

尽管已经过去七年时间，但我从来没有忘记过，我曾看过的那片星空。

海拔五千二百米的高原，我睡在大通铺上，半夜被叫醒，披着冲锋衣跟在他身后走出那扇老旧的门。

"你看啊，那条就是银河。"

他的手指指向的方向，一条玉带悬挂于穹顶。那个伸手的动作，尽管那么轻，却是我二十四岁的青春里最震动的惊叹号。

那是我多少年后想起来都会双眼发亮的瞬间，也是收藏在纸盒里，我从来不曾淡忘的珍贵意义。

后来的岁月里我有过那么多茫然和挫败，心碎过一次一次又一次，被现实打击，也曾埋怨过命运，但苦海沉浮中，我知道自己手心里始终紧握着一颗糖。

很多人出现了，很多人又失散了，我没想过要刻意维系什么。每个人有各自的际遇和福气，包括苦难，犹如潮涨潮落，不到生命最后关头，谁也无法定义自己的一生究竟是好是坏。

幸福不是线条形态，只是生命刻度里一个又一个点状。

我曾看见的那片星空，尽管许多星星早已经陨落，但它仍是我灵魂深处最温柔的秘密。

天亮之后，我们在小吴哥寺旁边一家饭馆里坐了一会儿，把酒店准备的早餐吃了，每人叫了一杯咖啡。

虽然并没有如愿看到日出，但大家好像也都没什么脾气。

早晨的空气太好了，光线也好，重要的是我们在过去很长时间里都没有享受过这样一个清闲的早晨。

为什么喜欢旅行呢，旅行是某种程度上的逃避吗？

暂时脱离自己熟悉的生活轨迹，去到一个新的环境，把手机调静音，就可以假装真的忘记了都市里的烦扰和纷争，聊起那些鼎鼎大名的名字时更多的像是闲话家常，而没有任何攀比和羡慕。

想挣 ××× 那么多钱吗？想。

愿意付出 ××× 那么多精力和时间吗？不愿意。

或者这就是很多人的答案与矛盾。


在小吴哥寺里闲逛，很多壁画都已经斑驳至无法辨认。

我们说起，这些雄伟的、由石头堆砌的建筑，还能经得起多少年的风雨侵蚀呢，游客们络绎不绝的脚步在一点一点磨损着它们。我想起多年前去过的莫高窟，如果我当年没有去，后来我还会去吗？

你跟某一个地方的缘分，就像你和一本书——大部分人只能决定什么时候买回来，却不能决定什么时候读完——今天推明天，明天推下礼拜，一年很快过去了，你想那就明年再看吧，反正它总在那里。

但事实是，你通常不会再想起它。

因为，很快，你又买了新的书。


碰见一对瑞典的夫妻，看起来大概在六十岁，典型的欧美游客打扮，休闲、随意、亲和。

起先是他们请我们帮他们拍一张合影，后来不知怎么就聊起来。

"你们来了多久？什么时候回中国？"老先生得知我们的行程后瞪大了眼睛，那是一个很卡通的表情，"你们待的时间太短了，我和我太太已经在

这里待了六周，我们还要继续待下去。"

我们不好意思地笑，想解释，又觉得没法解释。

怎么说呢？我们要回去工作？挣钱？这是安身立命的根本？

这种心理上的不安全感是我们这一代人里大部分人的困境——尤其是当你身在异乡，而这困境之外的人通常难以懂得这种恐惧。

它使得我们的话题空间越来越小，也越来越乏味。我们在谈论这些事情的时候，有一些莫名的羞耻，和愤怒，可是这些复杂的情绪并没有一个发泄的出口。

它是复杂的，也是无力的，大家都处于同一个维度的孤独中。

我们和这对夫妇拍了几张合影，老先生看到了我的伤疤，问这是怎么回事。

我一时卡壳，不知道该怎么回答。元子代我解释说，是手术的创口。

我并不介意这道伤疤，它属于人生的一部分——而且是最真实的那个部分。

真实的，总是有美好也有狰狞。

我从来不幻想命运只给我好的东西，而把差的那些留下。长大以后，我不再觉得疤疤是某种意义上的勋章，事实上，苦难就是苦难，任何对苦难的美化和讴歌都是劫后余生的人吹的牛 ×——能渡过苦难，或许并不是因为我们够强大，而是我们够幸运。

如果可以的话，我希望自己不要遭遇任何艰难的事，但如果它是注定要发生的，我也会大大方方接受它，我的胸怀，装得下它。

人生这回事啊，就是泥沙俱下。

老先生拍了拍我的肩膀，他说："Beautiful women are always beautiful, let it go（漂亮的女人总是漂亮的，让它去吧）"。

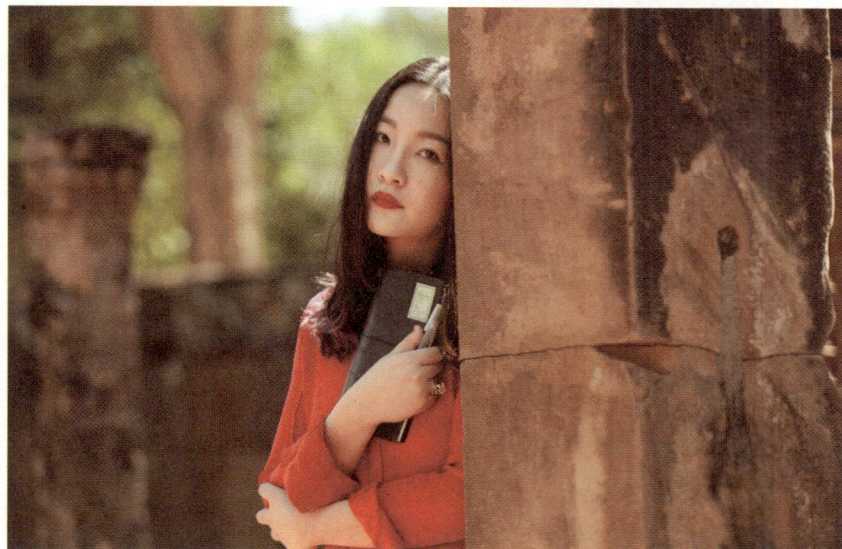

在暹粒的最后一天，我又穿上了白衬衣。

白衬衣和球鞋是我最喜欢的单品。

我从来没数过自己到底有多少件白衬衣，像是某种无解的执念，明明知道衣柜里已经有很多件了，但只要看到喜欢的，还是会买。

是因为我从来没有上过班吧，从来没有正正经经在一个稳定而封闭的环境里长时间工作过，所以任何款式的白衬衣穿在我身上，都没有 OL（白领女性）的职业感。

我穿白衬衣的样子，总让人想到无所事事、游手好闲之类的词语，或者换个好听点的说法，是散漫，是自由。

微博上很多老读者留言给我说：我仿佛又看到了当年的你。

当年的我是什么样子呢？她们或许因为太爱我，所以在记忆中加了很多层滤镜，一旦想起曾经的我，总认为那是一个美好的，肆意的，洒脱的少女。

但我自己一直都很清醒，我时常怀疑，这种清醒里是否包含着不近人情的冷漠：我知道自己并不聪明，更不如大家以为的那么洒脱。

曾经折磨我的事情，只是变换成了另外的形态，但它依然折磨着我。

唯一令我感觉安慰的事情，是我拥有能将它们写下来的能力。手捧着一只玻璃瓶子采集每一片叶子上的露水，虽然它分量越来越重，但仍然易碎，你要更加珍惜。

去暹粒之前，收拾行李时，我往箱子里放了一条橘红色的抹胸长裙。

七年前的夏天，绣花把这条裙子的链接发给我看，我们都很喜欢，于是便一人买了一条。

这些年，我一直都有处理旧衣服的习惯，扔的扔，卖的卖，送人的送人，但这条裙子我始终保留着，为什么？我也说不清楚。

我问过她，那条裙子你还留着吗？

她说，是的，但从来没有再穿过。

我也一样。


那年夏天，我还瘦瘦的，锁骨分明，留着很长的头发，从不化妆。

我还没有决定离开家乡，还没有遇到那些影响我一生的人。

彼时，我对未来的命运懵懂无知，不知道哪一脚踩下去是厚实温暖的地毯，哪一脚踩下去是泥泞，是沼泽。

我留着这条裙子，尽管我经常拿着它不知该如何是好，但我从没想过随意处置它。

这条廉价的，过时的雪纺裙，它算是某种象征吗——那些永不回来的流金岁月？

这种徒劳的坚持和怀旧其实并没有任何意义，我也知道。


在暹粒的最后那个下午，我穿着这条裙子去拍照。

我比从前胖了一些，当然也老了一些，我知道自己穿这样款式的裙子已经不那么好看了。

元子给我买了一个茉莉花编的手环，我戴着它，觉得十分高兴，一路上一直抬着手臂闻，一直闻。

我们遇到一个卖花的少女，她把莲花捆成一扎一扎放在水桶里卖，笑容清新自然，眼睛清澈明亮。

我会一直记得那双眼睛。

就像我记得清迈，记得新德里，记得大吉岭，记得我曾经在旅途中遇到过的那么那么多人，记得我们曾一起经历过的那些时光。


我问过 Jenny，你是不是说过，当年我们在机场分开的时候，虽然人那么多，但你还是在人群里一眼就看到了我？

她回我说：我还说过这种话呀？

的确，我翻遍聊天记录，也没有找到一点痕迹，我疑心或许这只是我的幻觉。

我没有想到，过了几个小时之后，她又发来信息：可能是因为当时春运，所有人都很期待踏上回家的路途，只有我们不期待吧。

当我又站在候机室巨大的落地玻璃前，外面已经是一片漆黑。

那个时刻，我想起许许多多的人，还有过去这七年间发生的许许多多的事。我以为自己会像当年一样，有饱满而沉甸甸的情感，有很多想要抒发的感受，但没有，什么也没有。

我变得节制了，也疏离了。热爱都深藏于心间，而隐没于唇齿。

我把头发扎起来，从背包里翻出黑色针织开衫，穿上。手机提示北京当天夜里的温度为零下四摄氏度。

回北京的航班将在深夜起飞。

我要回家了。

**图书在版编目（CIP）数据**

我亦飘零久：全新增补版／独木舟著 .—长沙：湖南文艺出版社，2017.10
ISBN 978-7-5404-8280-0

Ⅰ.①我… Ⅱ.①独… Ⅲ.①游记 - 作品集 - 中国 - 当代 Ⅳ.① I267.4

中国版本图书馆 CIP 数据核字（2017）第 196852 号

©中南博集天卷文化传媒有限公司。本书版权受法律保护。未经权利人许可，任何人不得以任何方式使用本书包括正文、插图、封面、版式等任何部分内容，违者将受到法律制裁。

上架建议：畅销｜旅行随笔

WO YI PIAOLING JIU: QUANXIN ZENGBU BAN

**我亦飘零久：全新增补版**

作　　者：独木舟
出 版 人：曾赛丰
责任编辑：薛　健　刘诗哲
监　　制：毛闽峰　赵　萌　李　娜
特约策划：谢晓梅　李　颖
特约编辑：王　静
营销编辑：杨　帆　周怡文
封面设计：Topic Design
版式设计：张丽娜
封面摄影：朱文豪
出版发行：湖南文艺出版社
　　　　　（长沙市雨花区东二环一段 508 号　邮编：410014）
网　　址：www.hnwy.net
印　　刷：北京中科印刷有限公司
经　　销：新华书店
开　　本：640mm × 915mm 1/16
字　　数：347 千字
印　　张：23.5
版　　次：2017 年 10 月第 1 版
印　　次：2017 年 10 月第 1 次印刷
书　　号：ISBN 978-7-5404-8280-0
定　　价：39.80 元

质量监督电话：010-59096394
团购电话：010-59320018